कक्काजी कहिन

कक्काजी कहिन

मनोहर श्याम जोशी

वाणी प्रकाशन

वाणी प्रकाशन

4695, 21-ए, दरियागंज, नयी दिल्ली 110 002

फ़ोन : +91 11 23273167 फ़ैक्स : +91 11 23275710

शाखाएँ

अशोक राजपथ, पटना 800 004, बिहार

कॉफ़ी हाउस कैम्पस, महात्मा गांधी मार्ग, इलाहाबाद 211 001, उत्तर प्रदेश

महात्मा गांधी अन्तरराष्ट्रीय हिन्दी विश्वविद्यालय, वर्धा 442 001, महाराष्ट्र

सुल्तानिया रोड, मोतिया पार्क, भोपाल 462 001, मध्य प्रदेश

www.vaniprakashan.com
marketing@vaniprakashan.in
sales@vaniprakashan.in

Kakkaji Kahin
by Manohar Shyam Joshi

ISBN : 978-81-8143-670-2
Play

प्रथम संस्करण 1996
द्वितीय संस्करण 2007
तृतीय संस्करण 2021

मूल्य : ₹ 395

आर. टेक ऑफ़सेट प्रिंटर्स, दिल्ली-110032 में मुद्रित

वाणी प्रकाशन का लोगो मक़बूल फ़िदा हुसेन की कूची से

दिग्दर्शक बासु चटर्जी
को
जिन्होंने इसे पर्दे पर उतारा

क्रम

नेता का निर्धारित लक्ष्य : एक करोड़ रुपया

एक छोटे से कस्बे में रहने वाला बी. ए. फेल नौजवान बुधना दिल्ली जाने की तैयारी में अपना बिस्तर गोल कर रहा है। इसी बीच वह अपने किसी दोस्त के सवालों के जवाब भी देता जा रहा है।

दोस्त : अरे ओ बुधना कहाँ की तैयारी है ?

बुधना : जनसेवक की दौड़ राजधानी तक। दिल्ली जाय रहे हैं अपनी किस्मत आजमाने।

दोस्त : दिल्ली में क्यों ?

बुधना : सेर बनने का फैसला किए हैं हम और तुम जानो जब गीदड़ को सेर बनने की सूझती है तब ऊ दिल्लीयै दरबार की तरफ दौड़ता है।

दोस्त : पढ़ाई-लिखाई छोड़ रहे हो का ?

(बुधना चूना तम्बाकू रगड़ने लगता है।)

बुधना : वो अईसा है कि जब से किताबें खोलकर परीक्षा दिए के बावजूद बी. ए. में हम फेल हुए हैं तब से इस सिक्सा ब्यौस्था से हमरी आस्था टोटली में उठ गई है।

दोस्त : दिल्ली में रिहाइश और गुजर-बसर का जुगाड़ कैसे करोगे भाई ?

बुधना : अरे हम कौनो देहाती लावारिस लल्लू केटेगरी में थोड़े ही जा रहे हैं दिल्ली। हम तो गजानन बाबू के पी.पी. बनकर वहाँ पहुँच रहे हैं।

दोस्त : पी.पी. क्या ?

बुधना : पी.पी. नहीं बूझते हो ? परम पुछल्ला। तुमको तो पता ही है कि गजानन बाबू का अस्टेट की राजनीति से पत्ता काटने के लिए उन्हें विधानसभा से राज्यसभा में लतिया दिया गया है। हमने जाके उनके चरण पकड़े और कहा कि अब हमरा खेला भी नयसनल लयवल पर करवा दिया जाए। आप फर्स्ट क्लास में जाय रहे हैं, हमें अटेन्डेन्ट वाले टिकट पर साथ ले चलें। आप वहाँ कोठी में रहिएगा हमको आउट हाउस में जगह दे दीजिएगा। आपकी दया से अब हमहूँ अपनी किल्ली दिल्ली में गाड़ब।

(बुधना हँसकर तम्बाकू की चुटकी मुँह में रखता है और फिर से बिस्तर बाँधने लगता है।)

(एक ही साल में दिल्ली में जनसेवक बुधना कक्काजी के नाम से मशहूर हो गए।)

कक्काजी एक पार्टी में पाँच-छह आदमियों से घिरे खड़े हैं। वह बाजू वाले व्यक्ति की पीठ पर जोर से धौल जमाते हैं—धौल खाने वाला कराहता-सम्हलता है।

कक्काजी : *(हँसते हुए)* उसके बाद ससुर ने कभी आँख नहीं मिलाई। *(हँसते ही चले जाते हैं।)*

आवाज़ : ये हिनहिनाती हँसी हमारे कक्काजी की ही हो सकती है।

कक्काजी : ये हँसी अपना कापीराइट है। बाकी कक्काजी-उक्काजी हम नहीं हैं। अदने से सेवक हैं दुखियारी जनता के। रेल रिजर्वेसन कराना हो, सरकारी अस्पताल में इलाज की ब्यौस्था करनी हो, तबादला कराने या रुकवाने का सवाल हो, या फाइल निकलवाने या दबवाने का हो, तो हमें याद कीजिएगा। परोपकार के लिए हमेसा तैयार हैं। काम हो गया कक्काजी की कृपा, काम नहीं हुआ ऊपरवाले की मरजी। *(ठहाका लगाते हैं।)*

आवाज़ : जनता का काम करते-करते आपका काम भी बन जाएगा कक्काजी ?

कक्काजी : आप सबका अस्नेह अउर आसीर्वाद रहा तो काम बनहि जाएगा हमारा भी। हमहूँ कक्काजी हो जाएँगे ट्वेन्टी फर्स्ट सैन्चुरी तक।

(एक बैरा व्हिस्की, बीयर वगैरह की ट्रे लेकर आता है और कक्काजी की ओर बढ़ाता है।)

कक्काजी : अरे ई सब का ले आए हमरे वास्ते ?

आवाज़ : आप तो सेवन करते हैं कक्काजी।

(कक्काजी नींबू पानी का गिलास उठाते हैं।)

कक्काजी : हम सिर्फ नींबू-पानी पीते हैं।

(बैरा जाने को होता है। कक्काजी इशारे से उसे रोकते हैं और ट्रे में से एक जिन का गिलास उठाकर नींबू-पानी के गिलास में उड़ेल लेते हैं।)

कक्काजी : *(धीमे से)* थोड़ी ज़िन मार के।

(कक्काजी गिलास में उँगली डालकर छींटा मारते हैं।)

कक्काजी : बम भोले ! इंगलिस मीडियम चीयर्स बोले। *(जाम उठाते हैं।)*

आवाज़ : चीयर्स। वैसे कक्काजी आपकी जितनी पहुँच है आप तो क्साल वन नौकरी पा सकते थे।

कक्काजी : क्लास वन हो या क्लास फोर, ए किरूर्र इज किरूर्र।

आवाज़ : किरूर्र ! मतलब ?

कक्काजी : किरूर्र, मतलब किरानी क्लर्क। किरूर्र उस जंतु विसेस को कहते हैं जो

पहली तारीख को तनख्वाह और बीस तारीख को उधार लेने के लिए है, समझे ना, और पहली से तीस-इकत्तीस तारीख तक रोजाना किसी-न-किसी कतार में लगने के लिए पइदा हुआ हो। माया-मोह में पड़ा व्यक्ति किरू जोनि से मुक्त नहीं हो पाता। जो माया-मोह से थोड़ा उबरता है वह बिजनेस की दुनिया में पहुँच पाता है। जनसेवा और राजनीति के क्षेत्र में वहीयै आ पाता है जो बाकायदा सिर पर कफन बाँध लेता है।

आवाज़ : लेकिन कक्काजी आपके सिर पर तो कफन छोड़ गांधी-टोपी तक नहीं है।

कक्काजी : अरे उ सब ढकोसला अब चलता नहीं। एक तो ढकोसला करो दूसरे यह खतरा मोल लो कि कोई भी अइरा-गैरा आकर उछाल देगा टोपी को।

आवाज़ : अरे कक्काजी मंत्रीजी आ गए।

कक्काजी : मंत्रीजी होंगे आपके लिए, हमरे लिए तो दद्दा हैं। बड़े भैया आए हैं। जरा पाँय लागी करि आएँ। अपना दुई परसेंट कमीसनगिरी का धंधा जरा मंदा चल रहा है आजकल।

(कक्काजी एक ओर से चलते हुए आते हैं। हाथ दिखाते हैं लेकिन कोई टैक्सी नहीं रुकती। वह बगैर परेशान हुए पान चबाते रहते हैं।)

आवाज़ : धंधा इतना मंदा है कक्काजी कि अपना गाड़ी-स्कूटर नहीं खरीदा अब तक ?

कक्काजी : अइसा है प्यारे भाई कि प्रोफाइल लो रखना ही ठीक रहता है। ऊ गाड़ी-कोठी वाला हाई प्रोफाइल कर देंगे एक दम से तो इन्कमटैक्स वाला आ धमकेगा।

(कक्काजी के हाथ देने से एक टैक्सी आकर रुक जाती है। कक्काजी उसमें बैठते हैं।)

टैक्सीवाला : किधर चलना है ?

कक्काजी : फिलहाल तो स्वच्छंद विहार और कई जगह जाएँगे। अउर अपना अइसा है डिरेवर बाबू कि कस्बे का रिक्शा हो या नेसनल कैपिटल की टैक्सी, सुबह करते हैं तो रात को घर लौटने पर ही छोड़ते हैं। *(मुस्कराकर धीरे से)* जब पेमेंट किसी भगत से ही करवाना है तो इस गरीब की गरीबी क्यों न हटवा दें।

(टैक्सी चल पड़ती है।)

एक डाइनिंग टेवल पर बैठी निशा एक फिल्मी मैगज़ीन पढ़ रही है। वह हँसती है।

निशा : हमारी फिल्मी दुनिया अब हालीवुड के कान काट रही है। एक-एक

एक्टरवा के दो-दो बीवियाँ।

(पास ही दूसरी कुर्सी पर निशा का पति रवि बैठा अखबार पढ़ रहा है। पढ़ते-पढ़ते नाश्ता भी कर रहा है। वह निशा की तरफ देखता है।)

रवि : सिनेमा की चकाचौंध से तुम्हें यह नहीं दिख रहा कि देश किधर जा रहा है। यह देखो····। *(निशा को अखबार दिखाता है।)*

रवि : छापे में इन्कमटैक्स वालों को एक करोड़ रुपइया मिला।

(निशा फिल्मी मैगज़ीन का पन्ना पलटती है।)

निशा : अरे कोई हमारा घर था जहाँ फूटी कौड़ी भी ना मिलती।

(रवि खाते हुए बोलता है—)

रवि : देश को कहाँ ले जा रहा है यह भ्रष्टाचार—गरीब देश में खुशहाल देशों का खाऊ-पीऊ····।

(रवि खाते-खाते खाँसने लगता है।)

निशा : कितनी बार कहा सवेरे-सवेरे अखबार मत पढ़ा कीजिए। दिनभर पित्त चढ़ा रहता है तुम्हारा।

रवि : हम जर्नलिस्ट हैं। अखबार न पढ़ें?

निशा : दफ्तर में पढ़ा कीजिए।

रवि : दफ्तर में अखबार निकालने जाते हैं, पढ़ने नहीं।

(तभी बाहर से शोर-शराबा होने और नारे लगने की आवाज़ सुनाई देती है।)

नारे : स्वच्छंद विहार यूथ एसोसिएशन जिंदाबाद। बनाके रहेंगे कराटे क्लब।

(रवि नाश्ता छोड़कर उठ जाता है और अन्शन की तख्ती सम्हालता है।)

रवि : ये आशीष माना नहीं। अगर ये पार्क की जमीन पर कराटे क्लब बनाने की ज़िद करेगा तो हम आमरण अन्शन पर बैठ जाएँगे।

निशा : जब तुम्हारे रेजीडेन्ट एसोसिएशन के प्रेसीडेन्ट और सेक्रेटरी ने अपने-अपने घर के पीछे पड़ने वाली पार्क की जमीन पर कुछ-न-कुछ वना लिया है तो हमारा बेटा हमारे घर के पीछे की जमीन पर कराटे क्लब क्यों नहीं बना सकता?

रवि : सब कुएँ में गिर रहे हों तो हम भी गिर जाएँ?

निशा : कुएँ में खजाना हो तो क्यों नहीं गिरें?

(रवि बाहर की ओर निकल पड़ता है।)

रवि : हमें करनी पड़ेगी भूख हड़ताल।

(निशा उसके पीछे-पीछे जाती है। दरवाजे पर दोनों उधर से आते हुए कक्काजी से टकराते हैं।)

कक्काजी : पायलागी जीजाजी। गोड़ लागी निशा जीजी।

निशा : जीता रह बुधना। कब आया ? कैसे आया ?

कक्काजी : आ तो परसों ही गए थे गुरुजी के साथ। उन्हें चीफ मिनिस्टरी से लतियाके ऊपर राज्यसभा में भेज दिया गया है। फर्स्ट क्लास में उ आए, अटेन्डेन्ट में हम।

निशा : बुधना तो कक्काजी है। ये सुलझा देगा पार्क की समस्या। चलिए अब भीतर भूख हड़ताल करने की जरूरत नहीं है।

(कक्काजी रवि के हाथ में आमरण अनशन की तख्ती देखते हैं।)

कक्काजी : आमरण अनसन ? ये क्या चक्कर है जीजाजी ?

निशा : इनको दिन में दो बार अन्शन ही सूझता है।

(कक्काजी हँसते हैं।)

कक्काजी : जीजाजी जरा हमें नास्ता-पानी करने दिया जाए। फिर हमहूँ अनसन पर बैठेंगे तुम्हारे साथ।

(निशा सामने की रुकी हुई टैक्सी की ओर इशारा करती है।)

निशा : अरे टैक्सी तो छोड़ दे बुधना। दूसरी मिल जाएगी।

कक्काजी : *(रुकते नहीं। रवि के साथ भीतर जाते-जाते कहते हैं)* अरे जब पेमेन्ट किसी भगत से ही कराना है जीजी तो इस गरीब की गरीबी थोड़ी क्यों न हटवा दें।

निशा : नाश्ते में क्या खाएगा भैया ? चिउरा कि सतुआ ?

(कक्काजी उसे एक टोकरी देते हैं।)

कक्काजी : अब तुम्हारी दया से हलुआ ग्रेड में आए गए हैं। ये मिठाई का टोकरा ग्रहण किया जाए जीजी। एक भगत दे गया था।

(निशा टोकरी ले लेती है।)

निशा : इनको कोई कुछ नहीं देता और दे भी क्यूँ, ये भी अपने अखबार में सबको गालियाँ ही देते रहते हैं।

(कक्काजी हँसते हैं।)

कक्काजी : कबहुँ कबहुँ गाली देने से भी खुसहाली बढ़ती है।

(तभी आशीष अपने तीन-चार दोस्तों के साथ धड़धड़ाता हुआ भीतर आता है। ये सब किशोर हैं और कराटे की पोशाक में हैं।)

आशीष : पाजी, चोट्टे, कमीने, बच्चों से लड़ने के लिए गुंडे बुलवा लिए हैं। अरे हम भी गुंडों के ग्रांडफादर बुलवाएँगे।

(आशीष कक्काजी की तरफ नहीं देखता और सीधा टेलीफोन का नम्बर घुमाने लगता है।)

निशा : अरे आशीष !

आशीष : *(फोन पर)* आपसे नहीं कह रहे हैं कक्काजी, आप कौन बोल रहे हैं? अरे हम का कोई नाम भी होगा ना। तो ऐसे कहो कि बचुआ बोल रहे हैं। हम बोल रहे हैं, जैसे मिनिस्टर हों कहीं के। छुन्नन-मुन्नन हैं? आएँ तो कहना फौरन हमारे यहाँ पहुँचे। स्वच्छंद विहार में लाठी-वाठी लेकर। हम आशीष बोल रहे हैं और कौन। बबुआ मत कहो, हम बहुत बड़े हो गए हैं।

(आशीष फोन रखता है और रवि तख्ती उठाकर बाहर जाने लगता है।)

रवि : हमें तुरन्त प्रोटैस्ट फॉस्ट पर बैठना होगा नहीं तो वायलैंस हो जाएगा, आशीष।

आशीष : हम वायलैंस से नहीं डरते पापा। आने दो ब्लैक छुन्नन-मुन्नन को। आज इस ग्रीन बैल्ट में रैड ब्लड न बहा दिया तो हम अपनी ब्राउन बैल्ट उतार फेंकेंगे।

(आशीष अपनी बैल्ट उतारने लगता है। कक्काजी उसके पास आते हैं।)

कक्काजी : नहीं आसीस, हम तुम्हें मारपीट नहीं करने देंगे और जीजाजी, हम आपको भी अनसन पर नहीं बैठने देंगे।

रवि : अगर हमें अनशन पर नहीं बैठने दिया गया तो हम आमरण अनशन कर देंगे।

कक्काजी : जरूर कीजिएगा अनसन लेकिन पहले हमें समझने दिया जाए कि मामला क्या है। हमें बगैर लाठी ब्रेक किए साँप को सेट करने की विद्या आती है।

आशीष : आइए! मैं बताता हूँ।

(कक्काजी रवि और निशा आशीष के पीछे-पीछे मकान के पिछवाड़े की तरफ जाते हैं जहाँ पार्क है।)

आशीष : यह देखिए कक्काजी। पार्क का यह हिस्सा हमारे घर के पीछे पड़ता है। इसे हमने अपने कराटे क्लब के लिए घेर लिया है। सोसाइटी के प्रेसिडेण्ट धर्मवीर और सेक्रेटरी राजेंद्र बाबू आँखें दिखा रहे हैं।

निशा : जबकि उन्होंने अपने-अपने मकानों के पीछे की जमीनें दबोच ली हैं। वो देखो प्रेसीडेण्ट धर्मवीर बाबू ने अपनी पिराइवेट टैक्सियों का अड्डा खोल लिया है और सेक्रेटरी राजेंद्र ने मोहल्ले के चौकीदार के नाम पर सर्वेन्ट क्वार्टर बना लिया है।

आशीष : और कक्काजी उन दोनों की नीयत हमारे हिस्से के पार्क पर भी कब्जा जमाने की है।

रवि : सवाल उनकी नीयत का नहीं है।

निशा : आपको जो कहना हो अपने अखबार के एडिटोरियल में कहा कीजिए। यहाँ हमें बोलने दीजिए।

निशा : *(कक्काजी से)* पहले धर्मवीर बाबू आए। बोले, बहनजी, आपके घर के पीछे की ज़मीन में अपने ड्राइवर लोगों के लिए शेड बनवा दूँ। फिर राजेंद्र बाबू आए। बोले, बहनजी, इस जगह चौकीदारों के लिए बाथरूम बनवा दूँ। अरे हमारे घर की सीध में जो जमीन पड़ती है। उसे हम गिरेब करेंगे कि तुम?

रवि : पब्लिक पार्क मोहल्ले का फेफड़ा है, हम अपनी जान दे देंगे लेकिन पब्लिक का फेफड़ा नहीं जाने देंगे।

कक्काजी : आसीस की तरफ से हम वचन देते हैं रवि बाबू कि यह कराटे क्लब नहीं बनाएगा। आप अनसन का इरादा छोड़ दीजिए।
(आशीष परेशान होता है।)

आशीष : अरे यह क्या कह रहे हैं कक्काजी?

कक्काजी : हमें कक्काजी कहते हो तो हमारा कहा मानो।

रवि : खाली कराटे-क्लब न बनने से क्या होगा। टैक्सी स्टैण्ड और सर्वेण्ट क्वार्टर तो फिर भी बने रहेंगे। आलतू-फालतू लोग यहाँ आते रहेंगे। माता-बहनों का पार्क में आना मुश्किल हो गया है। भूख हड़ताल के अलावा कोई चारा नहीं है।

कक्काजी : माताओं-बहनों की चिंता आप दो घंटों के लिए मुलतवी कर दीजिए। हम तमाम आलतू-फालतू लोगों को यहाँ से हटवा देंगे।
(कक्काजी हाथ पकड़कर रवि को अंदर ले जाते हैं। डाइनिंग टेबल पर रखे हुए मिठाई के डिब्बे में से लड्डू उठाते हैं।)

कक्काजी : लीजिए। मीठा लड्डू खाए के कड़वा फास्ट ब्रेक कीजिए।
(रवि वाशबेसिन की ओर बढ़ता है।)

रवि : कक्काजी, तुम तो हाथ धोके पीछे पड़ जाते हो। हम हाथ भी न धोएँ।
(कक्काजी हाथ धोते हुए रवि के मुँह में लड्डू डाल देते हैं।)

कक्काजी : कक्काजी के हाथ तो बगैर धुले ही पवित्र रहते हैं।
(रवि भुनभुनाता हुआ लड्डू खाता है। हाथ धोता है। डायनिंग टेबल पर बैठता है। निशा खुश है लेकिन आशीष और उसके दोस्त बहुत खफा हैं। कक्काजी अब उनके पास जाते हैं।)

कक्काजी : का बात है आसीस।

आशीष : आपने तो सारा खेल चौपट कर दिया। कमाल है। आप हमें अपना लैंड खुद गिरेब नहीं करने दे रहे हैं। आपको मालूम है जमीन की कीमत क्या है?

कक्काजी : मालूम है इसीलिए कहि रहे हैं कि उसे हड़पने के वास्ते नन-वयलन्स का रास्ता अपना। सारी वयलैन्स, सारी हिंसा अपोनेन्टस को आपस में करने दे।

आशीष : मतलब ?

(कक्काजी आशीष के कान में कुछ कहते हैं। आशीष खुश होता है। कराटे के दाँव दिखाता हुआ उछलता है। मिठाई का डिब्बा उठाता है। वो और उसके साथी लड्डुओं पर टूट पड़ते हैं और बाहर चले जाते हैं।)

एक मकान का मुख्य द्वार। इस पर धर्मवीर कुमार की नेमप्लेट लगी है। आशीष कालबैल प्रेस करता है। धर्मवीर दरवाजा खोलता है और बहुत ही हमलावराना तरीके से आशीष को देखता है।

धर्मवीर : पार्क में पिट के तसल्ली नहीं हुई जो मेरे घर भी चला आया।

आशीष : हम सॉरी कहने आए हैं धर्मवीर अंकल। हमें तो राजेंद्र अंकल ने भड़का दिया था। कहते थे कि आप पक्के चोर हैं, सारा पार्क हथिया लेंगे।

धर्मवीर : चोर तो वो आप है। मोहल्ले के चौकीदारों के रहने की जगह का सुआल उठाकर असोसिएशन के पैसे से आउटहाउस बना छोड़ा है पार्क में और अब टॉयलेट बनाने की सोचने लग पड़ा है।

(टायलेट का जिक्र आते ही आशीष नाक पकड़ता है।)

आशीष : अंकल, मेरे पापा ने कहलवाया है कि हमारे घर के पीछे आप गैराज बना लें, राजेंद्र बाबू को टॉयलेट न बनाने दें।

धर्मवीर : तू बेफिकर रह पुत्तर। मैंने बंद करा छोड़ना है उस बलवीर का टॉयलेट।

दरवाजे पर राजेंद्र माथुर की नेमप्लेट। आशीष जाकर कॉलबेल प्रेस करता है। राजेंद्र दरवाजा खोलता है।

राजेंद्र : देखो मिस्टर, तुमने पार्क में मुझे गालियाँ दीं, इससे तुम्हारे खिलाफ दफा···के तहत केस बन चुका हैगा। अब मेरे घर में जबरदस्ती घुसे तो मैं दफा···के तहत भी केस दायर कर दूँगा।

आशीष : एक दफा मेरी बात तो सुन लीजिए राजेंद्र अंकल। मैं माफी माँगने आया हूँ। धर्मवीर अंकल के भड़काने पर लड़ पड़ा था। वे कह रहे थे कि आप चोर हैं। आपने एसोसिएशन के पैसे से चौकीदारों के नाम पर अपने नौकरों के लिए आउटहाउस बना लिया है।

राजेंद्र : वो धर्मवीर इस तरह बदनामी करता रहा तो मैं दफा 506 में केस दायर कर दूँगा। तू इस धर्मवीर को सचमुच धर्मवीर समझता है। भैये इसका

जितना अधर्म करने वाला तो नरक में सर्चलाइट लेके ढूँढने पर भी नहीं मिलेगा। इसने अपनी विधवा भाभी की सारी प्रॉपर्टी मार ली हैगी और सुन भैये.... ।

आशीष : अंकल दफा पाँच सौ.... ।

(आशीष उसके ओंठों पर अंगुली रख देता है। राजेंद्र सकपकाता है।)

आशीष : मैं तो आपको पापा का मैसेज देने आया हूँ कि हमारे घर के पीछे की जमीन में धर्मवीर बाबू का गैराज मत बनने दीजिए। वहाँ आप चौकीदारों के लिए टॉयलेट बनवा दीजिए। इमरजेंसी में हमारे भी काम आएगा।

राजेंद्र : नार्मली भी बेटे, नार्मली भी।

घर के भीतर रवि नाश्ता कर रहा है। कक्काजी, निशा और आशीष साथ बैठे हैं। वे भी खा रहे हैं।

रवि : तो यहाँ किसी नौकरी के इंटरव्यू के लिए आए हो ?

कक्काजी : नौकरी ससुरी से किसी का रासन-पानी चल पाया है जीजाजी, इण्डिया दैट इज भारत में।

रवि : हमारा कैसे चल रहा है ? पाँच-पाँच बेटियाँ ब्याहीं, बार-बार फेल होने वाले बेटे को कालेज में पढ़ा रहे हैं। फिर भी जी रहे हैं, इज्जत के साथ।

(निशा दोनों हाथों से कमरे की आरती-सी उतारती है।)

निशा : अरे ये जीना भी कोई जीना है बुधना, दिन काटने वाली बात है। साप्ताहिक 'हुंकार' के सहायक संपादक हैं ये, मगर हफ्ते में एक मरतबा हुंकारने के अलावा कोई सुख हासिल नहीं किया है।

कक्काजी : वो तो देखहि रहे हैं। आज भी वहीयै फर्नीचर है जो हम लोगों ने दहेज-विरोधी जीजाजी को दिया था। ये सोफा है ससुर कि भैंसा गाड़ी, चूँ-चूँ चरचर।

(जोर का ठहाका मारता है और सोफे पर बैठकर कूदता है।)

रवि : क्या करते हो जी ! तोड़ दोगे हमारा सोफा।

कक्काजी : सुनिएगा रवि बाबू ! अगर दुई हफ्ता के भीतर टॉपमोस्ट का बैस्ट से बैस्ट सोफा सेट यहाँ डलीवर ना करवा दें दो हमको कक्काजी नहीं, भैंसा गाड़ी वाला कहिएगा।

(कक्काजी फिर सोफे पर कूदते हैं।)

रवि : तुम जैसे निकम्मों को हम तो कभी कक्काजी कहेंगे नहीं।

कक्काजी : आपके लिए तो हम वहीयै रहेंगे जीजाजी, बुधना दसवीं फेल।

(कहते हुए हाथ-पाँव फैलाते हैं और सोफा लगभग गिरा देते हैं। तभी बाहर शोर-सुनाई देता है।)

रवि : ये शोर कैसा है? ये कौन लड़ रहा है?

निशा : अरे शहर के अन्देशे से आप क्यों दुबले होते हैं!

रवि : तो तुम यहाँ नेतागीरी करने आए हो।

(कक्काजी मठरी अचार के साथ खा रहे हैं।)

कक्काजी : हाँ! हमने कहा अचार बहुत खा लिए, अब जरा नेसनल कैपिटल में जाकर ठोस आहार की ब्यौस्था करें।

(कक्काजी ठहाका लगाते हैं।)

आशीष : माने?

कक्काजी : माने रुपइया एक करोड़ कमाने आए हैं।

रवि : हेराफेरी से?

कक्काजी : आसान काम नहीं है हेराफेरी। बड़ों-बड़ों के पसीने छूट जाते हैं इसमें।

रवि : तुम लोग कभी ये नहीं सोचते कि इतिहास क्या कहेगा?

निशा : अरे कोई सुनेगा तब न कहेगा इतिहास।

(लड़ाई का शोर जोर पकड़ता है। रवि उठता है।)

रवि : ये कौन लड़ रहा है? तेरे वे छुन्नन-मुन्नन तो नहीं आ गए आशीष?

(आशीष खिड़की से झाँकता है।)

आशीष : छुन्नन-मुन्नन को मैंने आपके सामने मना कर दिया था। ये तो धर्मवीर और राजेंद्र अंकल के गुण्डे लड़ रहे हैं आपस में।

(रवि फिर से तख्ती उठाता है और नीचे की ओर जाने लगता है।)

रवि : पार्क में गुण्डागर्दी। हमको करना ही पड़ेगा फास्ट-अन-टू क्या नाम डैथ।

कक्काजी : बिरेकफास्ट तो हुई गया अब लंच तक शौक से अनसन कीजिए।

(रवि तेजी से आगे बढ़ता है कि पीछे की तरफ से पार्क में जाए लेकिन उधर से आते हुए धर्मवीर और राजेंद्र से टकराता है। एक हाथ की तख्ती धर्मवीर के लगती है और दूसरे हाथ की तख्ती राजेंद्र के। वे एक साथ चीखते हैं।)

धर्म/राजेंद्र : रविकांत जी।

रवि : जी?

(रवि जब तक सम्हलता है तब तक सम्हलने के क्रम में इधर वाली तख्ती उधर और उधर वाली तख्ती इधर लग जाती है।)

धर्म/राजेंद्र : आपने अपने घर के पीछे के पार्क की जमीन हमें दी है ना?

(रवि फिर सम्हलता है। फिर तख्तियाँ पहले की तरह लगती हैं।)

रवि : हमने वह जमीन किसी को नहीं दी है।

धर्मवीर : बादशाहो, आसीस मैसेज लाया था आपका।

रवि : मेरा मैसेज वही है कि पार्क को पार्क की तरह मेन्टेन कीजिए नहीं तो मैं आमरण··· ।

कक्काजी : *(बात काटकर)* अनसन को मेनटेन करूँगा।

(रवि पाँव पटकता चला जाता है, पीछे-पीछे निशा।)

धर्मवीर : जब एडमिनिस्ट्रेशन ही नहीं करता तब हम किस तरह मेन्टेन करें पारक?

(कक्काजी के मुँह में पीक भरी है और वह टपकती है।)

कक्काजी : अडमिनिस्ट्रेसन किस-किस को मेन्टेन करे साहब? मुल्क को? अपने को? या आपके पारक को? अरे पौधा लगाए गए वनमहोत्सव पर। अब का माली की ड्यूटी भी उनहि से बजवाइएगा?

राजेंद्र : आप बीच में बोलने वाले कौन हो?

आशीष : अंकलजी, ये कक्काजी कहलाते हैं, बहुत दूर तक पहुँच है इनकी।

(जिस समय आशीष बहुत दूर कहता है कक्काजी ओंठों के आगे दो अंगुलियाँ लगाकर पीक दूर तक थूक देते हैं।)

राजेंद्र : आप किस पार्टी में हैंगे भैये?

(कक्काजी ठहाका मारते हैं जिससे पान के छींटें इधर-उधर पड़ते हैं।)

कक्काजी : जिसमें भी तर माल परोसा जा रहा हो उसमें। और आप कउन मंडली के कीर्तनिया हो?

(धर्मवीर और राजेंद्र मुस्कराकर इस तरह सिर हिलाते हैं जैसे टी.वी. पेनेलिस्ट।)

आशीष : ये धर्मवीर बाबू हैं, रेजिडेन्ट्स एसोसिएशन के प्रेसिडेन्ट। और ये राजेंद्र बाबू, सेक्रेटरी।

कक्काजी : अच्छा आपहि हैं। मेरा प्रनाम लें और जरा ध्यान से सुनें। आप लोगों की वजह से जीजाजी को कुछ हो हुआ गया तो हमें बहुत पीड़ा होगी। पीड़ा से क्रोध उपजेगा, क्रोध हमारा विवेक हर लेगा, उस अस्थिति में··· ।

धर्मवीर : बात करो हिंदी में, समाचार नहीं ना सुनाओ।

कक्काजी : बात सिर्फ इतनी है, धर्मवीर बाबू कि आप पब्लिक पार्क से अपनी पिराइवेट टैक्सीज हटा लें और राजेंद्र बाबू, आप आउट-हाउस तोड़ दें। नहीं तो··· ।

(एक-एक कान में दोनों बोलते हैं।)

धर्म/राजेंद्र : *(चीखकर)* नहीं तो आपने क्या कर लेना है?

(कक्काजी दोनों कानों में उँगली डालकर साफ करते हैं।)

कक्काजी : पार्क की हवा खराब कर ही चुके हैं और अब यहाँ भी नाईज पॉल्यूसन फैला रहे हैं। जरा धीमे से अपना प्रस्न दोहरा जाइए। हम समझ नहीं पाए।

धर्म/राजेंद्र : *(धीमे से)* आपने क्या कर लेना है। ?

(कक्काजी भीतर जाना शुरू करते हैं।)

कक्काजी : हमें कुछ नहीं करना है। कराना है अडमिनिस्ट्रेसन ने। आप लोग तो अइसे बिहेव कर रहे हैं, जइसे इस देस में गर्वनमेंट नाम की कोई चीज न हो।

(कक्काजी भीतर जाते हैं। पीछे से राजेंद्र, धर्मवीर और आशीष आते हैं। कक्काजी फोन को ठोड़ी में दबाकर जेब से चीजें निकालते हैं। वह नोटबुक खोज रहे हैं। नोटबुक निकालने में नोटों की एक गड्डी गिरने को होती है। आशीष सम्हालता है।)

आशीष : कक्काजी, पैसा इस तरह मत रखा कीजिए, कभी गिर जाएगा।

कक्काजी : भाँजे, ये कक्काजी की जेब है। पइसा इसमें गिरता है, इसमें से नहीं।

(कक्काजी नोंटबुक में से नम्बर देखकर घुमाते हैं।)

कक्काजी : *(फोन पर)* हलऊ! कउन बच्चू बाबू ? हम बुधना आपके सी. इन. सी., नहीं कमांडर इन चीफ नहीं, चमचा इन चीफ। जरा मंत्री से बात कराइए।

(ठहाका मारते हैं। माउथपीस पर हाथ रखकर कहते हैं।—धर्मवीर से) हमें बहुत बुरा लग रहा है, आपकी शिकायत करते हुए। आप अब भी सोच''' । *(फोन पर)* गोड़ लागी जटाधर बाबू। हम बुधना, सरकार अपने के पुराने खवास। नहीं दिल्लीयै से बोल रहे हैं, आपके कमबख्त नक्सेकदम पर चलते हुए हमहूँ पहुँच गए। हम स्वच्छंद विहार में उतरे हैं। यहाँ के वीमेंस असोसियेसन ने एक ठो प्राब्लॅम रेज किया है। पब्लिक पार्क में अंटी-सोमल एलिमेंट अन्क्रोचमेंट कर लिए हैं। हाँ जरा इनके खिलाफ नसेसरी अस्टेप उठवाया जाए। *(धीमे से)* जी-जी। *(तेजी से)* जी-जी-जी-जी-जी। *(खींचकर)* जी! अच्छा तो ईवनिंग में लेट में आते हैं चरन रज लेने। रख दें ? अच्छा प्रनाम।

(बाकायदा प्रणाम करके डिस्कनेक्ट करते हैं। रिसीवर ठोड़ी में दबाए हुए दूसरी नोटबुक में से नम्बर देखते हैं। मिलाते हैं।)

कक्काजी : *(आशीष से)* टॉप पलटीसियन तो हो गया फिट, अब एक ठो टॉप ब्यूरोक्रेटो कर लिया जाए टिंच। डी. सी. पी. साहब का नम्बर कहाँ गया ससुर ?

राजेंद्र : ये आप क्या कर रहे हैंगे भैये ?

कक्काजी : आप लोगन के अभिनन्दन की ब्यौस्था। *(फोन पर)* बब्बन बाबू। बुधना गिविंग सेल्यूट सर। अरे साहब, कहाँ के कक्काजी, मोस्ट अम्बर सर्वेण्ट हैं हम तो आपके। नहीं, फ्राम, डैलेहि ओनली। अस्टेइंग एट ए-53 स्वच्छंद विहार। विद रवि बाबू ब्रदर इन ला पत्रकार सर। एक छोटी प्रॉब्लम के लिए ट्रबल देनी थी सर। वो क्या है कि स्वच्छंद विहार पब्लिक पार्क वेस्टेड इन्ट्रेस्ट ग्रेब कर लिया है। मार अन्टीसोसल एलीमेंट गेदरिंग कॉजिंग ग्रेट सफरिंग टू अवर मदर्स एण्ड सिस्टर्स सर। येस सर, स्वच्छंद विहार सर। वन मिनिट *(माउथपीस पर हाथ रखकर)* ये साउथ जोन में आता है ना आशीष? *(आशीष सिर हिलाता है)* हाँ साउथहि सर! शैल आई पुट डाउन? ओ. के. प्रनाम।
(फोन रख देते हैं।)

धर्मवीर : ये मत समझिए कि हमारा कोई सोर्स नहीं ना है।
(कक्काजी तम्बाकू रगड़ते हैं, बनाकर धर्मवीर और राजेंद्र की ओर हथेली बढ़ाते हैं जो सिर हिलाकर मना कर देते हैं। खुद मुँह में रख लेते हैं। सही जगह पर धर्मवीर के चरण पकड़ते हैं। 'हमारे पकड़कर बैठ जाए' राजेंद्र के कान में धीरे से कहते हैं। ऐसा कहते हुए पीक गिर जाती है। थूकने जाते हैं। आकर फिर सोफे पर बैठते हैं।)

कक्काजी : देखिए धर्मवीर बाबू, इस देस में हर आदमी बेसिकली सोर्स लड़ैया है ससुर। किसी भी ईसू में ईवेंटस का फोर्स, इस तरह डिपेन करता है कि किसके सोर्स में फोर्स जियादा है? मनिस्टर तक हम पहुँचहि चुके हैं। आप उससे ऊपर जा सकते हों तो हम आपके चरन पकड़कर बैठ जाएँगे, नहीं तो आप हमारे पकड़कर बैठ जाइए।

राजेंद्र : आप कहना क्या चाह रहे हैंगे भैये ?

कक्काजी : यही कि पार्क को अकेले अकेले हजम मत कीजिए। सब काम बहुजन हिताय, बहुजन सुखाय, समझे। ना बहुजन खवाय किए जाने चाहिए।
(निशा दौड़ती हुई भीतर आती है।)

निशा : कक्काजी कुछ करो। धूप में अनशन पर बैठने से उन बिचारों की तबीयत खराब हो रही है।

कक्काजी : सिंक कर रहे हैं ?
(कक्काजी नम्बर घुमाते हैं।)

कक्काजी : फ्लाइंग अस्क्वाड का नम्बर, वन जीरो जीरो ही है ना ?
(धर्मवीर उसका हाथ पकड़ता है।)

धर्मवीर : फ्लाइंग अस्क्वाड की क्या जरूरत है बादशाहो ?

कक्काजी : वाह साहब ! गुण्डागर्दी के कारण टॉप जरनलिस्ट डाइंग। वी हैव टू कॉल द फ्लाइंग··· ।

धर्मवीर : पुलिस क्यों बुलानी ? मिल बाँट के खा लेते हैं पार्क की जमीन।
(कक्काजी धर्मवीर को बगलगीर बनाते हैं।)

कक्काजी : मिल-बाँट के खाने का नाम ही सोसालिज्म है। लेकिन क्या है कि रवि बाबू थोड़े पुराने ख्यालात के हैं। इसलिए पार्क में कोई सैक्युलर ननकंट्रोवर्सियल नेचर का ऐसा चक्कर चलाइए जिसके लिए अडमिनिस्ट्रेसन की परमीसन, पब्लिक का कोआपरेसन और सेठ साहूकारों का डोनेसन मिले।

धर्मवीर : आप ही बता दो कक्काजी ?

कक्काजी : यहाँ सहीद स्मारक बनवा लो।

राजेंद्र : ये जगह पहले चोरसराय कहलाती थी। यहाँ कौन शहीद हुआ हैगा ?

कक्काजी : पार्क हो रहा है कि नहीं सहीद ? अब तो आप लोग सहीद अस्मारक समिति बनाइए, चंदे के लिए रसीदें छपवाइए। सहीदों की चिताओं पर जब मेले जुड़ने लगेंगे, भक्तों के नोट तुड़ने लगेंगे। पच्चीस-पचास हजार भी बन गए तो आपके लिए बुरे नहीं हैं। हमरे लिए तो ये बहुत लो-लेयवल का खेल है। हम आनरेरी वर्क कर देंगे। इस तरह की शहादत की हमको खूब आदत है।

धर्मवीर : ठीक है, इस तरह ही कर लेते हैं।

कक्काजी : जाते हुए रवि बाबू से कहते जाइएगा कि आप लोग पार्क में अपनी घुसपैठ खत्म कर रहे हैं।
(धर्मवीर और राजेंद्र चले जाते हैं, साथ में निशा भी।)

आशीष : कक्काजी मान गए।

कक्काजी : अभी तो सुरुआत है। फारवर्ड-फारवर्ड सी वॉट हैपंस।

आशीष : और आज ये नई बात पता चली कि आप जटाधर बाबू के भी बहुत क्लोज हैं। उनकी मिनिस्टरी से एकाध लाइसेंस हमें भी दिलवा दिया जाए कक्काजी।

कक्काजी : अरे क्लोज-व्लोज का···हम तो उनको जानते तक नहीं।

आशीष : तो अभी आपने फोन कैसे किया ?

कक्काजी : अरे फोन तो हम चाहे जिसे कर देते हैं। कुछ भी नम्बर घुमाया और हो गए शुरू। *(नम्बर घुमाने लगता है।)*

कक्काजी : *(फोन पर)* हलऊ जया जी ? प्रनाम। हम बुधना। अमिताभ जी हैं का ?
(एक अजनबी औरत फोन पर।)

औरत : यहाँ कोई जया नहीं है।

कक्काजी : नहीं हैं ! अच्छा आवें तो कह दीजिएगा बुधना आए हैं इलाहाबाद का राउंड मारकर।

औरत : शटअप।

कक्काजी : रख दें। अच्छा प्रनाम।

(कक्काजी फोन रख देते हैं और फोन को प्रणाम करते हैं। ठहाका मारते हैं। तभी पीछे से रविकांत और निशा आते हैं। रविकांत बहुत प्रसन्न है। आते ही लड्डू खाता है।)

रविकांत : अब हम तोड़ेंगे अनशन। अंत में जीत सत्य की ही होती है, मगर अंत…।

निशा : कक्काजी, उन लोगों को मनाने के लिए क्या किया आपने ?

कक्काजी : लंका जलाने के लिए जो भी जरूरी था सो किया। बाबा कहि गए हैं, प्रबिसि नगर कीजै सब काजा, हृदय राखि कोसलपुर राजा।

आशीष : क्या कहा कक्काजी ?

कक्काजी : इंगलिस मीडियम हो तो इंगलिस में सुना पाए। इण्टर द सिटि डू एवरइथिंगा, हार्ट पुटिंग कौसलपुर किंगा।

बनाहिने से तो बनिहै बायोग्राफी

एक छोटा-सा कमरा जिसमें दरी बिछी है और गाव तकिए लगे हैं। कक्काजी नेताओं वाले अंदाज में दो तकियों पर कोहनी टिकाए और पाँव पसारे लेटे हैं। धर्मवीर और राजेन्द्र उनकी अगल-बगल बैठे हैं। कक्काजी शहीद स्मारक पर एक डिजाइन धर्मवीर से लेते हैं।

धर्मवीर : लो जी, अब स्मारक कमेटी की डिजाइन चुनने की मीटिंग शुरू करो कक्काजी। आपने मेरी सदारत में जो सब-कमेटी बनाई थी उसे तो ये डिज़ाइन सबसे चंगा लगा।

राजेंद्र : चंगा तो लगना ही था भैये। यह तुम्हारे भतीजे का जो बनाया हुआ है।

धर्मवीर : अगला मेरा भतीजा बाद में है बादशाहो, क्वालिफाइड आरकीटैक्ट पहले है।

(कक्काजी ने डिज़ाइन देखना शुरू कर दिया है। इसमें भारत के नक्शे के चौखटे में भारतमाता बेड़ियों से बँधी खड़ी है। एक शहीद उसकी बेड़ियाँ काट रहा है। एक गोरा सिपाही शहीद की पीठ पर संगीन घोंपने को तैयार है।)

राजेंद्र : कहाँ का आरकीटैक्ट, नक्शानवीस हैगा।

कक्काजी : बंदिनी भारतमाता ! वाह ! सर पर कफन बाँधा सहीद ! वाह !

धर्मवीर : मैंने कहा था न, चीज़ बहुत ही वाह-वाह बनी है।

कक्काजी : मगर अफसोस धर्मवीर बाबू, इतनी सारी वाह-वाह के बीच एक ठो जबरजस्त आह वाली बात हो गई है इसमें। ये संगीन घोंपने वाला गोरा सिपाही जो खड़ा हुआ है ना, ई के मारे कहीं सहीदों का अस्मारक गोरे सिपाहियों का अस्मारक ना बन जाई ससुर।

राजेंद्र : *(खुश होकर)* हंडरेड परसेन्ट यही धोखा होगा। मैंने तो खुद इन्हें समझाया था। अब जरा इनके नापसंद किए हुए इस डिज़ाइन पर गौर करें। ये एक क्वालिफाइड आदमी का बनाया हुआ है।

(एक डिज़ाइन दिखाता है जिसमें भारत के नक्शे की शक्ल में भारत-माता बनी है। उसके चरणों में एक शहीद अपनी गर्दन काट कर अर्पण कर रहा।)

धर्मवीर : अए तेरा साला होना कब से क्वालीफिकेशन होने लग पड़ी है।

राजेंद्र : चटर्जी मेरा साला नहीं हैगा।

धर्मवीर : फेर तेरी घरवाली उसको भाईसाहब किस तरह कहती है?

राजेंद्र : उसकी तो सबको भाईसाहब कहने की आदत है।

धर्मवीर : और तेरे को जमानेभर का बहनोई बनकर दहेज वसूलने की!

(कक्काजी डिज़ाइन को देखते हुए सिर हिलाते हैं।)

कक्काजी : उत्तम, अति उत्तम।

धर्मवीर : इस कंडम चीज को उत्तम कहते हो आप! इसमें तो शहीद आप ही अपनी गर्दन काटकर भारतमाता को पेश कर रहा है। यह आत्महत्या का मामला हुआ कि शहादत का?

कक्काजी : प्वाइंटुवा तगड़ा उठाए हैं आप।

राजेंद्र : काहे का प्वाइंट भैये। यहाँ तो शहीद सिर्फ ये जता रहा है कि वह भारतमाता की खातिर अपना सिर तक देने को तैयार है।

धर्मवीर : को अंग्रेजों से कटवाए, आप क्यों काट रहा है? हमारे डिजाइन की नकल मारी तुम्हारी चटर्जी ने, मगर नकल करने के लिए भी अकल चाहिए।

राजेंद्र : किसने नकल मारी, क्या बकवास करते हैं।

(धर्मवीर दोनों डिज़ाइनों को अगल-बगल रखता है।)

धर्मवीर : अब आप ही फैसला करो कक्काजी कि इन्होंने नकल मारी है कि नहीं। सेम टू सेम—भारत माता—भारत माता, चरणां विच शहीद—चरणां विच शहीद, नक्शे विच भारत माता —नक्शे विच भारत माता।

कक्काजी : इस नक्से ने ही तो सारा नक्सा बिगाड़ दिया है ससुर। अब दूनों के डिज़ाइन में नक्सा है और नक्से बहुत कन्ट्रोवर्सल होते हैं। कन्ट्रोवर्सी से अपोजीसन को बढ़ावा मिलता है और अपोजीसन बढ़ने से डूनेसन मिलना बंद हो जाता है। क्या आप चाहते हैं कि चंदा उंदा जमा न हो?

धर्म/राजेंद्र : *(एक साथ)* नहीं।

कक्काजी : *(हँसकर)* आप दोनों को एकमत होते देखकर हमें खुसी भी होती है और डर भी लगता है।

धर्मवीर : डर? वह किस से जी?

कक्काजी : कभी फुर्सत से समझाया जाएगा कि नेता लोगन को दूसरों में सहमति होती देखकर डर काहे लगता है। फिलहाल तो ई डिज़ाइन जरा देखा जाई जिसमें कला ही कला है, कन्ट्रोवर्सी कहीं नहीं।

(कक्काजी ब्रीफकेस खोलते हैं। नोटों की गड्डियों के बीच से एक कागज निकालते हैं जिस पर नीचे चौड़ी और ऊपर पतली एक चट्टाननुमा आकृति है जिसके बीचोबीच एक टेढ़ी-मेढ़ी लाल लकीर है।

ऊपर वैसी ही आँखें बनी हैं, जैसी नेपाल के मन्दिर पर बनी रहती हैं।)

कक्काजी : मसूरो मारूफ कलाकार राम रहीम रेम्जे से बनवाया है ये हमने। रामजी की दया से फ्री फंड में। जब हम अस्मारक के उद्घाटन के लिए सियाबर बाबू को राजी करने गए थे, वो भी दरबार में हाजिरी लगाने पहुँचे हुए थे। हमने उन्हें बताया कि हम सियाबर बाबू के खास आदमी हैं तो उन्होंने फौरन एक डिज़ाइन बनाके दे दिया।

(धर्मवीर डिज़ाइन देखता है।)

धर्मवीर : इसको कला कहा जाता है।

राजेंद्र : इसको तो बला कहा जाता हैगा भैये।

धर्मवीर : दो बड़ी-बड़ी आँखें, एक टेढ़ी-मेढ़ी लाल लकीर, एक बेडौल चट्टान। मैं पूछता हूँ जी इसका हमारे शहीदों से क्या लेना-देना है?

कक्काजी : जरा समझा जाए।

(कक्काजी डिज़ाइन के अलग-अलग हिस्सों पर अंगुली लगाते जाते हैं।)

कक्काजी : ई आँखें हैं भारत माता की। इन्हीं का दुख देखकर सहीद तमतमाए और बिजूरिया बनकर अंग्रेजन पर टूट पड़े। ई जो लाल लकीर आप देखते हैं यहियै है ऊ बिजूरी। इसहि के गिरने से गोरे लोगन का राज भसम हुआ अउर आजादी की मसाल जली। ई चट्टान वहीयै मसाल है आजादी की। और इसहि को तो लेकर आजकल टॉप के सेलिब्रिटी दौड़ते फिर रहे हैं।

राजेंद्र : हमारी समझ में तो ये बकवास आती नहीं हैगी भैये।

कक्काजी : आर्ट आप लोगों को समझने की जरूरत नहीं। आप अपना ध्यान अकाउन्ट पर दीजिए। देखिए आप लोग अस्मारक के जो डिज़ाइन बनवा के लाए हैं उन्हें बनवाने में खर्चा बहुत होगा और बनाने वालों को पैसा अलग देना होगा। इसमें तो कुछ क़रना ही नहीं है, एक चट्टान लाके रख देनी है।

राजेंद्र : ठीक है भइये। इसी पर बना लो।

कक्काजी : और आपकी क्या राय है धर्मवीर बाबू?

धर्मवीर : मेरी भी यही राय है। मगर आप हम दोनों के एकराय होने से डर मत जाना।

कक्काजी : यहाँ तो हम तीनों एकराय हो रहे हैं बादशाहो। और राजेन्द्र बाबू, आपकी कल्चरल प्रोग्राम सब-कमेटी में क्या झगड़ा है?

राजेंद्र : झगड़ा धर्मवीर का शुरू किया हैगा भइये। ये चाहते हैं कि इनकी बेबी का डांस रखा जाए।

धर्मवीर : सौंणा आइटम तो रखा ही जाएगा। आप किसी से भी पूछ लो कक्काजी कि आपकी बच्ची कितना अच्छा नाचती है।

(धर्मवीर हथेलियों को फन की तरह सिर के ऊपर रखता है और झूमता है।)

कक्काजी : वो अइसा है धर्मवीर बाबू कि ई अस्मारक उनकी इयाद में नहीं बनाया जा रहा है जो नागिन के डँसने से सहीद हुए। फिल्मी चीज ई मौके पर चल नहीं पाएगी।

धर्मवीर : तो फिर राजेन्द्र का बेटा नए-पुराने फिल्मी सितारों की नकलें किस तरह उतारने चला है।

राजेंद्र : मेरा बेटा तो अभिताभ की आवाज़ में देशभक्ति के डायलॉग बोलेगा, स्टीरयोफोनिक साउंड में।

धर्मवीर : तो मेरी बच्ची भी देशभक्ति का डिस्को सपेरा डाँस दिखाती है सिनेमास्कोप में।

(निशा आगे आती है।)

निशा : कक्काजी मेरा एक सवाल है। क्या प्रेसीडेन्ट और सेक्रेटरी के बच्चे ही आइटम कर सकते हैं, हम लोगों के बच्चों में भी प्रतिभा है।

कक्काजी : वो क्या है निशा जीजी कि हमरे देस की मेन प्रॉबलमुवा ये है कि हर क्षेत्र में प्रतिभा है ज्यादा और औसर हैं कम। खैर यहाँ के प्रतिभासाली कलाकार बच्चों की प्रॉबलम सुलझाने के लिए बाद में कभी एक ठो फाइवस्टार कल्चरल नाइट करवा दी जाएगी सहीद की याद में । जिसमें ऊ पाँच सितारे बुलवाए जाएँगे जिनका नाम इनकमटैक्सुवा न देने वालों की लिस्ट में सबसे ऊपर हो।

(कक्काजी हँसते हैं तम्बाकू-चूना रगड़ने लगते हैं।)

कक्काजी : उसके लिए नए सिरे से चंदा उगाही होगी, समझे प्यारे भाई।

राजेंद्र : यह अच्छी सुझाई भइये।

धर्मवीर : डबल फंक्शन डबल डूनेशन। ए गल चंगी है।

(कक्काजी अपना ब्रीफकेस खोलते हैं जिसमें चंदे की रसीदें हैं और कुछ पैसा भी पड़ा हुआ।)

कक्काजी : डूनेसन की बात से याद आया कि हम जो चंदा अब तक इकट्ठा किए हैं वह किसे दिया जाए? प्रेसीडेन्ट-सेकेटरी-ट्रेजरार तो आप अभी तक चुने नहीं हैं।

निशा : और मंत्रीजी ने कल का ही टाइम दिय है। उद्घाटन के लिए।

धर्म / राजेंद्र : कल का!

कक्काजी : फिर पाँच महीने तक कोई डेट नहीं निकाल पा रहे हैं गजानन बाबू।

धर्मवीर : कल आकर उन्होंने किस चीज का उद्घाटन करना है। अभी तो स्मारक बनने को भी नहीं दिया।

कक्काजी : अस्मारक तो राम रहीम रेम्ज़े की दया से मंत्रीजी के आने से घंटा भर पहले अस्थापित हुई जाई। हम आपकी ओर से आर्डर दे आए थे। समस्या तो इन पैसों की है, इन्हें कौन सँभालेगा?

निशा : जब तक जनरल बॉडी मीटिंग में ट्रेजरार वगैरह का चुनाव नहीं हो जाता तब तक आप ही सँभाले रहिए ना।

कक्काजी : अरे काहे हमें ऐसे छोटे कामों में फँसाती हैं।

राजेंद्र : नहीं यो ठीक कहती हैंगी भइये। होने वाले प्रेसीडेन्ट की हैसियत से मैं आपको इसकी ओथरेटी देता हूँ।

धर्मवीर : ले प्रेसीडेन्ट मैं हूँ, तू किस तरह ओथरेटी देने चला है? मैं देता हूँ जी ओथरेटी।

राजेंद्र : हर चीज के प्रेसीडेन्ट तुम्हीं बनोगे, कोई पट्टा लिखाके आए हो ।

कक्काजी : सांति, सांति। अस्मारक का उद्घाटन होने से पहले ही कहीं आप लड़ाई में सहीद ना हो जाइएगा। हम आप दूनों के आदेस को प्रेसीडेन्ट का आदेस मानकर ई रोकड़ा अपने पास ही रखेंगे और इसी से कल के फंकसन का खर्चा-पानी चलाएँगे।

(कक्काजी ब्रीफकेस उठाकर जाने लगते हैं।)

राजेंद्र : मगर कल्चरल प्रोग्राम का तो फैसला कराते जाओ भइये।

कक्काजी : वो अइसा है कि गजानन बाबू ने कुल बीस मिनट का टाइम दिया है। ऊ.में कोई लम्बा-चौड़ा कल्चरल प्रोग्राम ना हुई सकी। लिहाजा एकहि आइटम पेस किया जाए—देसभक्ति की कव्वाली और ऊ में ही तमाम कलाकार बच्चों को प्रतिभा दिखाने का अवसर दे दिया जाए।

एक हॉल। मंच पर से बच्चे कव्वाली पेश कर रहे हैं—सरफरोशी की तमन्ना आज मेरे दिल में है। पीछे बैनर पर लिखा है—'स्वच्छंद विहार शहीद स्मारक अनावरण समारोह'। मंच पर गजानन बाबू, कक्काजी, धर्मवीर और राजेन्द्र मौजूद हैं।

(गजानन बाबू मालाओं से लदे हुए हैं । सेक्रेटरी आकर मालाएँ हटाता है। गजानन बाबू अपनी घड़ी सेक्रेटरी को दिखाते हैं।)

गजानन : अरे बंद करवाइए ना कव्वाली-टव्वाली। सारा दिन यहीं बितवाइएगा?

(कक्काजी बच्चों के आगे से माइक हटा देते हैं।)

कक्काजी : बाकी तमन्ना फिलहाल अपने दिल में ही रखी जाए।

(कक्काजी माइक उठाकर और गला खँखारकर अपना भाषण शुरू करते हैं।)

कक्काजी : परम आदरणीय गजानन बाबू, संयोजन समिति के अध्यच्छ धर्मवीर बाबू, स्वागत समिति के अध्यच्छ राजेन्द्र बाबू, भाइयो, बहनो! सरफरोसी की तमन्ना आज हमारे दिल में है देखना है जोर कितना बाजुए कातिल में हैं। बच्चों का ई गाना सुनके हमरा मन भारी हो गया है। कितना सेक्रिफिकेसन किया सहीद लोग देस की आजादी की खातिर। और हम हैं जो उस आजादी को खतरे में डाल रहे हैं। देस की उस कस्ती को डुबोए दे रहे हैं जिसे तूफान से निकालकर सहीद लोग हमको दिए रहे कि बच्चों मेरे रखना सम्हाल के।

(गजानन बाबू गुस्सा होकर अपनी घड़ी की ओर इशारा करते हैं।)

कक्काजी : सच बताते हैं आपसे, बहुत निरासाजनक वातावरण है देस में। ऐसे में आसा की एकहि किरन मुझे दिखाई देती है—अपने श्री गजानन बाबू।

(गजानन बाबू थोड़ा खुश होते हैं। सेक्रेटरी घड़ी दिखाता है।)

कक्काजी : इनके परिवार में तीन पीढ़ी से सेक्रिफिकेसन का ट्रेडिसन है। त्याग की जसस्वी परम्परा है। इनके बाबा किसान आंदोलन में जेल गए। इनके पिताजी असहयोग आंदोलन में गिरफ्तार हुए। गजानन बाबू खुद कितनी बार जेल गए ये बता सकना मुस्किल है। इनके बदन पर ब्रिटिस की मार का कितना निसान है ये कभी कल्लू पहलवान से पूछिइएगा जो इनकी मालीस के लिए आता है।

(सेक्रेटरी फिर घड़ी दिखाता है।)

कक्काजी : हमें गजानन बाबू की तारीफ में कहना तो बहुत कुछ और भी था लेकिन इस समय ये जल्दी में हैं। अभी उन्हें चार ठो और सभाओं में बोलना है। फिर सी. एम. के साथ डिनर करना है और कल अर्ली मार्निंग में जिनेवा के लिए फलाई करना है जहाँ ऊ एन बाडी की मीटिंग है। तो हम सिर्फ यही कहेंगे कि आप गजानन बाबू के हाथ मजबूत करें। क्योंकि सहीदों की दी हुई मसाल यही सँभाले हुए हैं। अब मैं गजानन बाबू से अनुरोध करूँगा कि दो सब्द कहें।

(गजानन बाबू भाषण देने के लिए उठते हैं...गला खँखारते हैं।)

गजानन : भाइयो-बहनो, ये अबुधवा, जिसे आफ कक्काजी के नाम से जानते हैं हमरा सिस्य है। इसलिए उत्साह में एक बात बिल्कुल नानसेंस में बोल गया कि गजानन बाबू का हाथ मजबूत करो। अरे गजानन बाबू का अपना कुछ हैहिए नहीं—न हाथ, न पाँव, न दील-दिमाग, समझा कि नहीं। गजानन का जो भी है पार्टी का है, लीडर का है, कंट्री का है। तो पार्टी का हाथ मजबूत कीजिए, लीडर का हाथ मजबूत कीजिए, देस का हाथ मजबूत कीजिए। देस तभी मजबूत होगा जब आपसी झगड़ा

मिटाकर हम मिलकर खुसहाली पैदा करेंगे। लेकिन ये भी जरा समझ लीजिएगा कि खुसहाली पैदा करने की कोसिस तब तक कामयाब नहीं होगी जब तक हम जास्ती बच्चा पैदा करना नहीं छोड़ेंगे।

(गजानन बाबू जेब से पर्चियाँ निकालते हैं। उन्हें छाँटते हैं फिर उनमें से एक पर्ची सामने रखते हैं। सेक्रेटरी दौड़कर आता है और कान में कुछ कहता है।)

सेक्रेटरी : शहीदों के बारे में बोलना है। फैमिलीप्लानिंग वाली सभा तो अगली है।

(गजानन बाबू दूसरी पर्चियाँ देखते हैं।)

गजानन : नाड़ी ड़क्शा, संत लोकसंगीत, संत पड़मपड़ा, दक्षिण अफड़ीका····। सहीद के बारे में कोई असपीच नहीं दीए हो जी।

सेक्रेटरी : वैसे ही बोल दीजिए।

गजानन : सहीद हमको बहुत इंसपायर किए, हमारा जवानी के दिन में। एक मरतबे में पोलिस हमें बहुत टारचर किए कि बताओ तुमरा साथी लोग कहाँ हैं? हम कह दिए कि भले ही मर जाएँगे मगर बताएँगे नहीं। कम वॉट मे, समझा कि नहीं। ई डिफायंस का इस्पीरिट बिफोर द मायट ऑफ दी बिरटिस अम्पायर ई हम लोग को दिया ऊ सहीद लोग। इफ तुमरा पास में इम्पीरियलिस्टिक तमंचा दैन हमरा पास में भी नेसनेलिस्टिक सरफरोसी की तमन्ना एंड दीस तमन्ना सैल जे. हे. ने. से प्रीवेल ओवर दैट तमंचा। ई जो डू और डाय—करो या मरो का इसपीरिट सहीद लोग हमको दिए थे उसको आज का यूथ में हम पाते नहीं। सब लोग सुविधा चाहता है। अधिकार माँगता है। सरम के लिए कोई तैयार नहीं। कर्तव्य का किसी को बोध नहीं।

(सेक्रेटरी घड़ी दिखाता है।)

कक्काजी : अगली सभा के लिए देरी हो रही है, अब जरा चलके अस्मारक का अनावरण कर दिया जाए।

पर्दे से ढका हुआ स्मारक। गजानन बाबू डोरी खींचते हैं।

गजानन : हमें बिसवास है कि ये स्मारक आप लोगों को सहीदों की याद दिलाएगा। सुआरथ के लिए एक दूसरे का सर फोरने के रास्ते से आपको हटाएगा और देस के लिए सरफरोसी करने की तमन्ना आपमें जगाएगा। जय सहीद जयहिन्द।

कक्काजी : गजानन बाबू, ये हैं हमरे दोस्त राम रहीम रेम्ज़े, इन्टरनेसनल लेयवल के नामी आर्टिस्ट।

गजानन : आपको पहले भी कहीं देखे हैं सायद।

कक्काजी : आपके दफ्तर की दीवार पर बड़का चित्र बनाने के उम्मीदवारों में से एक ये भी हैं।

गजानन : ओ अच्छा। हियाँ कैसे आना हुआ?

कक्काजी : ये अस्मारक यही बनाए हैं। और इनकी इच्छा थी कि आपका ओजस्वी भासन कहीं सुन सकें ताकि आपके दफ्तर की दीवार के बड़के चित्र के लिए इन्हें सही आइडिया सूझ सके।

(कक्काजी रेम्जे से मुखातिब होते हैं जिसकी बगल में डिज़ाइनों का पोर्टफोलियो दबा हुआ है।)

कक्काजी : यहीं बैठके बनाया है इन्होंने। *(रेम्ज़े से)* आप गाड़ी में साथ चले जाइए गजानन बाबू के। रास्ते में सब डिस्कस कर लीजिएगा।

(रेम्ज़े गाड़ी में बैठ जाता है। गाड़ी चली जाती है। गाड़ी के जाने के बाद कक्काजी स्मारक की ओर बढ़ते हैं और देखते हैं कि रविकांत उसके सामने पालथी मारकर बैठ गया है। निशा कक्काजी की ओर दौड़ती हुई आती है।)

निशा : कक्काजी, उन्हें समझाओ ना, ये अनशन पर बैठने गए हैं।

कक्काजी : अब क्या हुआ रवि बाबू?

रविकांत : अनर्थ हुआ। शहीदों के स्मारक का अनावरण एक झूठे, निकम्मे और ढोंगी आदमी से कराया गया। ये तुम्हारे गजानन बाबू के बाबा किसान आंदोलन में जेल नहीं गए थे, जमीन के लिए फौजदारी करने पर उन्हें सजा हुई थी।

कक्काजी : किसान आंदोलन में जमीनै के लिए लड़ा जाता है।

रवि : और इनके पिताजी असहयोग आंदोलन में नहीं, राशन का लट्ठा-मलेसिया ब्लैक में बेचने पर गिरफ्तार हुए थे।

कक्काजी : अंग्रेज कहे रासन में बेचो, वो बेचे ब्लैक में, ये असहयोग ही हुआ ना?

रविकांत : और यह गजानन बाबू तो राजनीति में आए ही सन 47 के बाद। ये अंग्रेजों से कब लड़े? इनके बदन पर जो चोट के निशान हैं वो नर्सों के हॉस्टल के बाहर हुई पिटाई में लगे हैं।

कक्काजी : अरे वहाँ की सबसे बड़ी नर्स तो अंग्रेज थी। रवि बाबू समझा कीजिए। हमारे आपके बनानेहि से तो बनेगा विचारों का बायोग्राफी।

(रविकांत के कंधे पर हाथ रखते हैं। रविकांत हाथ हटा देता है।)

रविकांत : भ्रष्ट आदमी से अनावरण करवाया, स्मारक पर शहीदों के नहीं भ्रष्ट लोगों के नाम लिखवाए।

कक्काजी : चंदा देने वाले महापुरुषों के नाम हैं ये तो?

रविकांत : और स्मारक भी बिल्कुल भ्रष्ट बनवाया है।

निशा : ये बात तो है कक्काजी। स्मारक बहुत बेकार बना है।

कक्काजी : जो सहीद होके उठ गए हैं दुनिया से, उनके लिए क्या बुरा है। निसा जीजी, हमें उनका भी तो ख्याल रखना है जो अभी जिंदा हैं और सहीद होने की जल्दी में नहीं हैं।

(कक्काजी ब्रीफकेस खोलकर नोटों की गड्डियाँ दिखाते हैं और हँसते हुए इशारा करते हैं राजेन्द्र, धर्मवीर की ओर जिनकी आँखों में चमक आ जाती है।)

धर्मवीर बाबू का घर। कक्काजी धर्मवीर के साथ बैठे हैं। हँसते हुए रसीदबुक को बहुत तेजी से पलट रहे हैं। पास में खुले ब्रीफकेस में नोटों की गड्डियाँ और चेक नजर आ रहे हैं।

कक्काजी : ई तो इब्तदाए इस्क है। फारवर्ड फारवर्ड सी वॉट हेपन्स । चंदे के इस धंधे में चाँदी होती जाएगी आपकी। लेकिन एक बात है धर्मवीर बाबू, अब हमें इस झंझट से उबारिए। हम हैं नेसनल लेयवल के खिलाड़ी और आपने हमें ग्रासरूट लेयवल का घसखुदा बना दिया है। अस्मारक का काम अब आप सँभालिए विधिवत।

धर्मवीर : मैंने तो कल ही सँभाल लेना है बादशाहो, बस आपका हाथ पीठ पर होना चाहिए। वो राजेन्द्र बहुत रौला डाले हुए है। कहता है कि स्मारक कुमेटी का प्रेसीडेन्ट धर्मवीर नहीं हो सकता क्योंकि वह रेजिडेन्ट एसोसिएशन का प्रेसीडेन्ट पहले ही लगा हुआ है। लो कर लो बात। अरे जब वहाँ का प्रेसीडेन्ट मैं हूँ तो यहाँ का भी मुझे ही होना चाहिए।

कक्काजी : कायदे की बात तो यही है।

धर्मवीर : मगर जी, राजेन्द्र है बेकायदा इन्सान, कानून क्या पढ़ लिया है सारे ही गैरकानूनी काम करता है। आप मेरे से सुनो जी इसकी पोल-पट्टी। इसका इस तरह है····।

कक्काजी : हमें मत सुनाइए, पब्लिक को सुनाइए। पब्लिक में पब्लिसिटी कीजिएगा तबहि बात बनेगी। छपवा के बाँट दो। बदनाम हो जाई तो इसे रेजिडेन्ट असोसिएसन तक से निकलवा दिया जाएगा। अच्छा अब हम जाते हैं। जरा राजेन्द्रुआ को सेट कर आते हैं। अगर फिर भी अकड़ा तो पर्चेबाजी सुरू कर दीजिएगा।

(कक्काजी रसीदबुक ब्रीफकेस में डालकर उसे झटके से बंद करते हैं और उठ खड़े होते हैं।)

राजेन्द्र का घर। कक्काजी उसके साथ बैठते हैं। बीच में नाश्ते की प्लेटें रखी हैं जिन्हें कक्काजी बहुत तेजी से चट कर रहे हैं।

राजेंद्र : भैया, हम ये पूछते हैंगे कि ये धर्मवीर ऊपर से पट्टा लिखा के आया हैगा कि जब-जब, जहाँ-जहाँ, जो-जो कमेटी बनेगी.... ।

कक्काजी : तब-तब, वहाँ-वहाँ, उस-उस कमेटी का प्रेसिडेन्ट उसहि को बनाया जाएगा। हमें तो ये धर्मबिरुआ बहुत ही गड़बड़ इंसान लगा। और चोरी पे सीना जोरी ये कहता जाता है कि कक्काजी मैं तो कायदे की बात कर रहा हूँ।

राजेंद्र : उसका तो वही हैगा भइये कि जिसमें मेरा फायदा, वही मेरा कायदा। असलियत यह है कि इसने आज तक जो भी काम किया है कायदे कानून के खिलाफ ही किया है। इस पर फौजदारी की हर दफा के तहत मुकद्दमा चल सकता है।

(कक्काजी राजेन्द्र के कान में कुछ कहते हैं।)

कक्काजी : तो चला दीजिए न जनता की अदालत में। सारी पोलपट्टी खोल दीजिए लोगों के सामने । फिर दोनों ही कमेटियों से धर्मबिरुआ को निकलवाकर आपको प्रेसीडेन्ट न बना दें तो हमें कक्काजी नहीं हक्का-बक्काजी कहिएगा। फिर टोटल रासन पानी आपका।

(राजेंद्र खाने के हाथ बढ़ाता है। मगर कक्काजी प्लेट में बचा हुआ खुद खा जाते हैं और डकार भरते हैं।)

रविकांत घर में बैठा कुछ लिख रहा है। उसकी पत्नी निशा कोई फिल्मी पत्रिका उलट-पलट रही है। तभी कॉलबेल बजती है। निशा जाकर दरवाजा खोलती है। कक्काजी खड़े हैं। उनका मुँह पीक से भरा है। बोलते हुए पीक टपक जाती है। कुर्ते को रूमाल से पोंछते हुए कक्काजी भीतर घुसते हैं।)

कक्काजी : परनाम। हमरे अडीटर साहब किधर हैं? अच्छा अडिटोरियल लिख रहे हैं।

(रवि उसको देखकर खुश नहीं होता। कक्काजी उसका लिखा एक कागज उठा लेते हैं।)

कक्काजी : *(पढ़ते हुए)* रास्ट्र रसातल की ओर। वाह!

निशा : इन्हें तो रास्ट्र की चिन्ता है, घर की नहीं।

कक्काजी : अखबार के अडीटर और अपोजीसन लीडर दिन में एक मरतबा रास्ट्र की चिंता न कर लें तो उनका फाइवस्टार डिनर हजमै नहीं होता ससुर।

निशा : ये जनाना सेंट आप लगाए हुए हैं कक्काजी?

(निशा सूँघती हैं। सुनकर कक्काजी थोड़ा हैरान होते हैं फिर अपना

ब्रीफकेस खोलते हैं। उसमें नोटों की गड्डियाँ और चार्ली सेंट की शीशी हैं। कक्काजी सेंट की शीशी निशा को देते हैं।)

कक्काजी : जनाना? भगत तो मर्दाना बता के दिया रहा। और नामो मर्दाना है—चार्ली चैपलीन।

निशा : नहीं, ये जनाना है कक्काजी।

कक्काजी : तो इसे रख लिया जाए निसाजी और किसी फर्स्टकिलास मर्दाना फोरिन सैंटुआ का नाम लिखके दे दिया जाए। किसी भगत से मँगवा लिया जाएगा।

निशा : ड्यूटी फ्री से?

कक्काजी : टोटली फ्री से।

(निशा रविकांत के कागजों में से ही एक उठा लेती है और उस पर लिखने लगती है। रवि खफा होता है।)

निशा : तब तो मैं भी अपने लिए कुछ मँगवा लेती हूँ।

(कुछ और भी लिख देती है।)

रवि : विदेशी सेंटों से वो देहाती सड़ाँध दूर नहीं होगी कक्काजी जो तुम जैसे नेताओं ने इस देश में पैदा कर दी है।

(रवि अपने बगल में पड़े दो साक्लोस्टाइल कागज उठाता है और कक्काजी की ओर बढ़ाता है।

रविकांत : धर्मवीर और राजेन्द्र में ये गंदी पर्चेबाजी तुम्हारी वजह से ही हो रही है। पढ़ो इसे।

(कक्काजी पहली पर्ची की हैड़लाइन पढ़ते हैं, फिर तेजी से निगाह दौड़ाते हैं।)

कक्काजी : शर्म राजेन्द्र तुझे नहीं आती। दैया रे दैया, ये तो पूरा अडल्ट ओनली मामला है।

(नीचे वाली पर्ची ऊपर करते हैं।)

कक्काजी : नाम से धर्मवीर, काम से अधर्मवीर। दादा रे दादा, ये तो घोरतम रूप से वीभत्स है।

(निगाह दौड़ाते हैं।)

रविकांत : मैं पूछता हूँ कि अगर इसी तरह हर स्तर पर चरित्रहनन होता रहा तो देश का क्या होगा?

कक्काजी : उत्थान! सारा देस समझ जाएगा कि चरित्रहीन होने में समझदारी है। अरे अगर चरित्रै नहीं होगा तो अपोजीसन वाला हनन किसका करेगा। सारी गंदी पोलिटिक्स खत्म हो जाएगी।

(तभी आशीष दौड़ा-दौड़ा आता है।)

आशीष : कक्काजी-कक्काजी। चलिए शुरू हो गई मारा-मारी। फ्रीस्टाइल कुश्ती लड़ रहे हैं राजेन्द्र और धर्मवीर।

कक्काजी : *(चलते-चलते कहते हैं)* जब से जुवा नेतागिरी का चलन हुआ है बूढ़ों की भी मांसपेसियाँ फड़कने लगी हैं ससुर।

मोहल्ला कमेटी की मीटिंग। शोर मचा हुआ है। राजेंद्र और धर्मवीर गुत्थमगुत्था हुए पड़े हैं।

राजेंद्र : तुझसे जेल की चक्की न पिसवा दी कमीने तो मैं वकालत छोड़ दूँगा।

धर्मवीर : ओये फुम्मन तेरी वकालत चलती किधर है जो तैने छोड़ देनी है? कमीने दे पुत्तर मैंने तेरा कीमा बनाके कुत्तों को खिला छोड़ना है।
(कक्काजी आशीष के साथ आते हैं और दोनों को अलग करते हैं।)

कक्काजी : सांति, सांति, सांति। धर्मवीर बाबू, राजेन्द्र बाबू देखिए अगर आप खुदहि लड़-झगड़ के सहीद हो जाइएगा तो उन सहीदों की इयाद कौन करेगा जिनके लिए अस्मारक बनाए हैं हम लोग। कोई समझौते वाली अस्थिति निकालिए। समझे न। काम्प्रोमाइजिंग पोजीसन। देहात की पंचायत से लेकर उनाइटेड नेसन्स तक सौदे-समझौते से ही काम चलता है।

धर्मवीर : इससे क्या समझौता हो सकता है। आपने पढ़ा है इसने मेरे खिलाफ क्या छपवाया है?

राजेन्द्र : और तूने जो छपवाया है सो?
(कक्काजी दोनों कानों में हाथ डाल देते हैं। भीतर की ओर जाते हुए कहते हैं।)

कक्काजी : देखिए इस तरह पब्लिक में, प्रेस में, थुक्का-फजीहत करके अपने को और समिति को बदनाम मत कीजिए। एक-एक करके प्राइवेट में हमें बात समझाइए। धर्मवीर बाबू पहले आप।

भीतर वाले कमरे में कक्काजी ध्यान से बात सुन रहे हैं।

कक्काजी : और कुछ ?

धर्मवीर : आपको ज्यादा बताना क्या है जी, आप तो सारा कुछ जानते ही हो। इस बीमारी को आप निकलवाओ कुमेटी में से।

कक्काजी : बो तो मुस्किल है। इस राजेन्द्रुआ ने बहुत ऊँची अप्रोच लड़ा दी है। अब तो ये है कि आप ये कहकर मैदान से हट जाइए कि आपको एक आदमी, एक गद्दी के सिद्धान्त पर आस्था है।

धर्मवीर : मैं हट जाऊँ और उस राजेन्द्र को प्रेसिडेन्ट बन जाने दूँ। **नहीं।**

कक्काजी : फिर तो एक ही रास्ता है जिससे साँप मरे और लाठी न टूटे।

धर्मवीर : वो क्या जी ?

कक्काजी : आप हमें बना दीजिए प्रेसीडेन्ट।

धर्मवीर : *(सोच में पड़ जाता है)* आपको ?

कक्काजी : यानी कि अपने आपको। कक्काजी के पास ऐसी छोटी-मोटी कुमेटियों के लिए फुर्सत कहाँ है। नाम के लिए हमें बनवा दीजिए और सारा काम खुद देखिए और सारा दामों खुद वसूलिए। आपको अडीसनल प्रेसीडेन्ट बना देंगे हम।

(कक्काजी धर्मवीर का कंधा थपथपाते हैं।)

धर्मवीर : ठीक है, जी इस तरह ही कर लेते हैं।

कक्काजी : बहुत-बहुत बधाइयाँ आपको। अब जाइए राजेन्द्रुआ को भेजिए। थोड़ा कस दें उसे।

(धर्मवीर चला जाता है। कक्काजी चाँदी की डिबिया में से चूना-तम्बाकू-पान मसाला निकालकर रगड़ते और खाते हैं । राजेन्द्र आता है।)

राजेंद्र : तो कक्काजी, क्या कहता है धर्मवीर।

कक्काजी : अरे बोलती बंद है, कहेगा क्या। ऐसा तगड़ा जुल्लाब दिया हमने कि अस्मारक समिति के प्रेसीडेन्ट की गद्दी छोड़के बाथरूम की ओर लपका।

(कक्काजी हँसते हैं। राजेन्द्र खुश होकर हाथ मिलाता है।)

राजेंद्र : तो मैं हो गया प्रेसीडेन्ट ?

कक्काजी : मैं हुआ तो समझो तुमहि हुए ? तुममें और मुझमें फर्क ही क्या है ?

राजेंद्र : आप हो गए प्रेसिडेन्ट ?

कक्काजी : मजबूरन। तुम्हारे नाम के लिए वो किसी भाव राजी नहीं हो रहा था। अरे हम तो बरायनाम प्रेसीडेन्ट रहेंगे। तुम्हें अडीसनल प्रेसीडेन्ट बनाकर काम-धाम, रुक्का-रोकड़ा-नकदी, नाम सब तुम्हें सँभलवा देंगे।

राजेंद्र : मगर····।

कक्काजी : अगर मगर की बोली राजनीति में नहीं चलती। इसमें तो पूर्ण विस्वास फुलफेद एक्सप्रेस करे का होता है।

राजेंद्र : ठीक है भइये।

(कक्काजी राजेन्द्र को बगलगीर करते हुए बाहर ले जाते हैं। बाहर जाकर वह धर्मवीर के पास पहुँचते हैं और उसे भी बगलगीर कर लेते हैं। धर्मवीर और राजेन्द्र एक दूसरे को हैरान होकर देखते हैं।)

कक्काजी : भाइयो, बहनो ! आपको यह जानकर खुसी होगी कि राजेन्द्र बाबू और

धर्मवीर बाबू में समझौता होई गया है। अध्यच्छता की दावेदारी छोड़कर ई दूनो अडीसनल प्रेसीडेन्ट बने के वास्ते राजी हुई गए हैं। बाकी इस समझौते से हमरी बड़ी मुसीबत हुई गई है क्योंकि सर्तों के अनुसार हमको इन दूनों के जोर देने पर अस्मारक समिति का एस.पी.टी. बने का पड़ी। खैर, सहीदों की खातिर थोड़ी हमरी भी अडीसनल सहादत सही।

अरे, एस. पी. टी. नहीं समझे आप? सेकेट्री-प्रेसीडेन्ट-ट्रेजरार। *(कहकर कक्काजी जोर से हँसते हैं।)*

सत्ता किताबें खरीदती है, पढ़ती नहीं

शहीद स्मारक में एक स्थान पर चन्दा देने वालों के नाम लिखे हुए हैं। उन्हीं के नीचे किसी ने किट्टू लव्ज़ किट्टी भी लिख दिया है।

कक्काजी : मलेरिया की तरह फैल रहा है लवेरिया। ये किट्टू है किस मजनू का नाम?

(कक्काजी और मोहल्ले के कोई बुजुर्ग साथ-साथ बात कर रहे हैं।)

बुजुर्ग : इस नाम का तो हमारे स्वच्छंद विहार में क्या आसपास के मोहल्लों तक में कोई लड़का नहीं है। ये तो जी बाहर वालों का नाम है।

कक्काजी : गोया इसमें भी बिदेसी तत्वों का हाथ है?

बुजुर्ग : जी?

कक्काजी : खैर छोड़िए। हम इसे मिटवाने का इन्तजाम करवाते हैं। आखिर ये अस्मारक आजादी की खातिर जान देने वालों का है, इस्क की खातिर जान खोने वालों का नहीं।

(कविता आती है।)

कविता : भाईसाहब आप तो घर में आने वाले थे रवि को समझाने के लिए। मैं इंतजार करती-करती थक गई।

कक्काजी : कविता जी हम एक ठो इनवेस्टीगेसन में फँस गए हैं। यहाँ स्मारक पर कोई लिख गया है—किट्टू लव्ज़ किट्टी। देखिए न।

कविता : ओफ्फओ यहाँ भी लिख गया है?

कक्काजी : कहीं और भी लिख गया है क्या?

कविता : कहाँ-कहाँ नहीं लिख गया है भाईसाहब।

(कविता कक्काजी का हाथ पकड़कर वहाँ से ले जाती है।

कक्काजी : कौन?

कविता : ये बात बाद में हो जाएगी। इस समय तो आप चलिए वर्ना रवि घर से निकल जाएगा।

कक्काजी : कविताजी, आप तो कह रही थीं कि कुछ काम-धाम नहीं करता। फिर वो सवेरे-सवेरे कहाँ चला जाएगा?

कविता : वहाँ भाईसाहब, जहाँ कोई स्मारक होगा—किट्टू लव्ज़ किट्टी लिखने के लिए।

कक्काजी : कविताजी, आपके बेटे रवि का प्यार का नाम किट्टू है ?

कविता : था नहीं भाईसाहब, उसने रख लिया है—जबसे वह नासपीटी किट्टी हमारे पड़ोस में आके बसी है।

(एक खिड़की पर किट्टी खड़ी हुई गुनगुना और खिलखिला रही है।)

किट्टी : मेरे सामने वाली खिड़की में एक उखड़ा-मुखड़ा रहता है।

(सामने वाली खिड़की खुलती है और उसमें से किट्टू झाँकता है।)

किट्टू : किट्टी ! किट्टी प्लीज़ इधर देखो।

(किट्टी नहीं देखती, उधर से आती हुई पुकारों को अनसुना करती है और आखिर में खिड़की बंद करके जोर-जोर से हँसती है।)

किट्टू : सुनो कब मिलोगी ? कहाँ मिलोगी ?

(कविता और कक्काजी घर की सीढ़ियाँ चढ़ रहे हैं।)

कविता : बी. ए. के तीसरे साल में पढ़ाई छोड़ दी। बड़ी मुश्किल से एक नौकरी दिलवाई थी, उसे भी छोड़ आया। कवि बनकर सत्यानास कर लिया। और अब प्रेमी बनकर सवा सत्यानास कर रहा है। उसे किसी तरह समझाके राह पर लाइए।

कक्काजी : हम उसे उसही की राह से सही मंजिल पर पहुँचवा देंगे। चिंता मत कीजिए।

(कक्काजी कॉलबेल दबाते हैं। किट्टू दरवाज़ा खोलता है।)

किट्टू : अम्माँ, तुम कहाँ चली गईं। मुझे एक सेमीनार के लिए जाना था। अच्छा कक्काजी प्रणाम, हम चलते हैं।

कविता : *(उसे रोकते हुए)* रवि, बेटे मामाजी तुमसे कुछ बात करने आए हैं।

किट्टू : ये कक्काजी मामाजी कब से हो गए।

कविता : बेटे, इन्हें हमने अपना धर्मभाई बना लिया है।

किट्टू : मार्क्स ने कहा है कि धर्म जनता को दी जाने वाली अफ़ीम है।

कक्काजी : मार्क्स का कहा सर आँखों पर भानजे। चलो हम तुम्हरे अफीम मामा ही सही। एक छोटी सी डोज़ हमारी ले लो आज। तुम्हारी अम्माँ इस मारे परेसान है कि तुम्हारी रोज़ी-रोटी का कोई सही-सा जुगाड़ बैठ नहीं पा रहा। तो जरा बताया जाए कि तुम क्या करना चाहते हो ताकि हम उसमें तुम्हारी जथाजोग मदद कर सकें।

किट्टू : हम कुछ नहीं करना चाहते। हमने सबकुछ छोड़ दिया है। हम लेफ्टिस पोएट हैं।

कक्काजी : छोड़ने से ही हुए ना लेफ्टिस। पढ़ाई-लिखाई लेफ्ट, नौकरी लेफ्ट। तो भानजे, असली लेफ्टिस पोएट तो तुम तब बनोगे जब कविता भी लिखनी छोड़ दोगे।

किट्टू : जिसे आप कविता कहते हैं उसे लिखना तो मैं अपने साहित्यिक जीवन की शुरुआत में ही छोड़ चुका था। मैं तो आग लिखता हूँ, इसीलिए आप लोग इसे छापते नहीं।

कक्काजी : आग छापेंगे तो कागज जलेगा ना भानजे।

किट्टू : कागज ही नहीं जलेगा बल्कि मेहनतकशों का खून चूसने वाली आपकी बिरादरी की सारी दुनिया जलकर खाक हो जाएगी।

कक्काजी : भानजे, एक बानगी तो पेस करो अपनी धधकती हुई कविता की।

कविता : भाईसाहब, इससे कोई कामधंधे की बात करिए, ये कविता सुनाने बैठ गया तो रात कर देगा।

कक्काजी : माल का सैम्पल लेंगे तब धंधे की बात सोचेंगे। हाँ, सुनाओ।

किट्टू : शीर्षक है आग। आग, आग, आग, आग।

कक्काजी : एक नहीं, दो नहीं, तीन नहीं, चार-चार आग?

किट्टू : बार-बार आग। आर-पार आग। तेरी आग मेरी आग, इसकी आग उसकी आग। जिधर देखो उधर आग। किधर किधर किधर आग।
(कक्काजी हाथ उठाकर किट्टू को रोकते हैं और उसकी नोटबुक छीन लेते हैं।)

कक्काजी : बस बस बस। जलाके भस्म कर दोगे क्या। तो अब ऐसा है भानजे, अपनी कविता की इसी आग से घर का चूल्हा जलाओ। कविताहि से कमाओ खाओ।

किट्टू : मेरी कलम बिकाऊ नहीं है। मैं विद्रोही हूँ।

कक्काजी : अरे वही तो हम कह रहे हैं। विद्रोह की दुकान खोल लो। जुबा क्रांतिकारी सभा बनाओ। खुद सेनापति बनो और संरक्षक बनाओ सियाबर बाबू को। चलो तुम्हें उनसे मिलाय दें।

किट्टू : गरीबों के खून पर फूलने-फलने वाली बिरादरी के नेता सियाबर बाबू की मैं सूरत तक नहीं देखना चाहता।

कक्काजी : हम तुम्हें सियाबर बाबू की सूरत दिखाना चाहते हैं भानजे जो कभी तुम्हारी तरह क्रांतिकारी कवि रह चुके हैं।

किट्टू : तो क्या ये वो सियाबर बाबू हैं जिन्होंने, 'फूटजा फटजा, भभक उठ ऐ दबे ज्वालामुखी' लिखी थी?

कक्काजी : और वो भी 'जिसे समझते तुम चिंगारी, दावानल बन जाएगी वह'।

कविता : ये भ्रष्ट बूढ़ा क्रांतिकारी नौजवान था क्या भाईसाहब?

कक्काजी : कविताजी, कौन भ्रष्ट बूढ़ा ऐसा है जो क्रांतिकारी नौजवान नहीं रह चुका है। और कौन क्रांतिकारी ऐसा है जो...। चलो भानजे।

सियाबर बाबू गाव-तकिए का सहारा लेकर बैठे हैं। कक्काजी उनके चरणों में बैठे हुए हैं। बीच-बीच में चरण दबा भी रहे हैं।

सियाबर : अरे कविता-उविता अब हम नहीं लिख सकते।

कक्काजी : लिखने की कौनो जरूरत नाहीं है। धधकती हुई क्रांतिकारी कविता रेडिमेड मिला करेगी सियाबर बाबू। बाकी हम सब सँभाल लेंगे। बस आप तो क्रांतिकारी कविता और जुबा विद्रोह का झण्डा सँभालने के लिए राजी हो जाइए।

सियाबर : फालतू बात। इससे हमें का मिलेगा ?

कक्काजी : सिच्छा मंत्रालय नहीं तो सूचना प्रसारन। लिक्टेचरी कल्चरी आदमी की इमेज बनने से फायदा ही फायदा है।

सियाबर : विदड़ोही की छवि बनने से तो नुकसान होगा।

कक्काजी : फायदा होगा। सेंट परसेंट। जुबा तुर्क होकर ही आप राजनीति में आगे बढ़े थे। अब जुबा तुर्कों के संरच्छक बनिएगा तो आपको कोई अच्छी गद्दी मिल जाएगी।

सियाबर : जुबा तुरक अब बचे ही कहाँ हैं जो अब हम उनके संरक्षक बनें।

कक्काजी : उनका इंतजाम भी हमरा भांजा रवि कर देगा।
(पुकारता है अरे रवि !)
(रवि आता है। कक्काजी हाथ के इशारे से बताते हैं कि ये सियाबर बाबू हैं, इन्हें प्रणाम करो, पाँव छुओ। रवि थोड़ा झुकता है। मगर पाँव छूता नहीं।)

किट्टू : लाल प्रणाम।

सियाबर : ई तो सचमुच का क्रांतिकारी है।

कक्काजी : हम तो जो भी चीज़ लाते हैं गारंटीसुदा लाते हैं। आप इसकी जुबा क्रांतिकारी सभा के संरक्षक बनने की अनुमति दे दें।

सियाबर : सभापति कौन है तुम।

कक्काजी : सभापति तो यही है। हम जो खजांची हैं—ट्रेजरार।

सियाबर : समझ लिया जाए अबधुआ कि हम इस संस्था के लिए पैइसा-वइसा बिल्कुल नहीं देंगे।

कक्काजी : आप आसीर्वाद देंगे तो पैसा हम खुद वसूल लेंगे।

एक मिठाई की दुकान में बैठकर कक्काजी, कविता और किट्टू जलपान कर रहे हैं। खाते-खाते ही कक्काजी बोलते हैं।

कक्काजी : तो भानजे, अब कविताएँ लिखने में जुट जाओ ताकि दो दर्जन सियाबर बाबू को देने के बाद भी इतना स्टाक बचा रहे कि कविता संग्रह निकल आए।

कविता : भाईसाहब, आप क्यों इसकी खुराफात को बढ़ावा दे रहे हैं? इसे कोई नौकरी दिलवाइए कायदे की।

कक्काजी : कविताजी, नौउकरी के अधम बताया गया है हमरे यहाँ। बँधी-बँधाई तनखा मिलती है ससुर। टेक्सउआ सोरस पर ही कट जाता है।

कविता : अरे तो इसकी कविता छापेगा कौन भाईसाहब। और अगर छप भी जाएगी तो इसे क्या मिलेगा?

कक्काजी : हम छापेंगे और रायल्टी देंगे। बारह परसेन्ट।

कविता : रॉयल्टी तो तब देंगे न भाईसाहब जब दे सकेंगे। इसका कविता संग्रह कौन खरीदेगा?

कक्काजी : अलग-अलग राज्यों के अलग-अलग महकमे अपनी लाइब्रेरी के लिए खरीदेंगे। कक्काजी जिस सउदे में पड़ रहे हों उसमें घाटा हो ही नहीं सकत। किताब की लागत दस रुपइया आई तो कीमत रखेंगे 75 रुपये। दो हजार का निकालेंगे अडीसन और सारा खपवा देंगे। एक लाख तीस हजार का मुनाफा होगा। उसमें से तीस एक हजार हथेलियाँ गर्म करने में चले जाएँगे। बाकी बचा लाख टका, उसमें से बारह हजार रवि की रायल्टी और बाकी हमारा ओनरेरियम।

कविता : रवि को कम आपको ज्यादा भाईसाहब?

कक्काजी : यही सोसन तो उसकी कविता की आग के लिए ईंधन का काम करेगा।

किट्टू : मगर कक्काजी····।

कविता : मामाजी कहो बेटे।

किट्टू : सॉरी। मैं कह रहा था मामाजी कि मेरी कविताओं में तो सत्ता को गालियाँ दी गई हैं। फिर उनके संग्रह को लाइब्रेरियाँ कैसे खरीदेंगी?

कक्काजी : सत्ता किताबें खरीदती है, पढ़ती नहीं। और पढ़ भी ले भानजे तो उसकी सेहत को कविता की गालियों से कोई फर्क नहीं पड़ता। अब बेकार का सवाल पूछना छोड़ो और जुबा क्रांतिकारी सभा बनाने में जुट जाओ।

किट्टू : संस्था बनाने और चलाने के लिए पैसों की जरूरत होती है। आप तो वहाँ कह आए कि पैसों का इन्तजाम खुद कर लेंगे।

कक्काजी : अरे तो उसमें कौन देरी है भानजे। पैसा आइडिया से पैदा होता है और आइडियाज़, मार्क्स तुम्हारा भला करे, हमारे दिमाग में पैदा होते ही रहते हैं। जैसे अभी यह आइडिया पैदा हुआ कि यहाँ आमने-सामने ही यह जो दो मिठाई की दुकानें हैं उनसे ही तुम्हारी संस्था के लिए कई साल के रासन-पानी का इंतजाम करवा दें।

कविता : कैसे भाईसाहब?

कक्काजी : कविताजी, हम पहले इस दुकान के मालिक से पूछेंगे कि सामने वाली

दुकान के आगे सड़क खुदवा देने का क्या दोगे? सौदा पट जाए तो हम इधर-उधर कुछ दे-दिलाकर किसी बहाने से सड़क खुदवा देंगे। सामने वाले दुकानदार का बिनजस ठप्प हो जाएगा ससुर तो वो आकर हमारे चरणों में लोट लगाएगा। हम उससे कहेंगे कि भइया हम तो हैं समदृस्टि रखने वाले। जितना सामने वाले ने दिया उससे ड्योढ़ा तू दे तो उसके आगे की सड़क खुदवा दें, तेरे आगे की भरवा दें। जब हम यह सौदा इम्प्लीमेंट कर देंगे तब इस दुकान का मालिक रोता हुआ आएगा। हम दोनों दुकानदारों को बुलाएँगे और कहेंगे कि भइया हम तो आपके आपसी झगड़े से परेसान हो गए हैं। ठीक है, हम पावरफुल हैं, लेकिन बंधुओं, लिमिट के बाहर हमहू सियाह-सफेद नहिं न करा सकते। अब सारा झगड़ा-फसाद भुलाके आप दोनों के गुरुजी की याद में एक साहित्य कला ट्रस्ट की अस्थापना कीजिए और ट्रस्ट से उस जुबा क्रांतिकारी सभा को तगड़ा पैसा दिलवाइए जिसके संरच्छक सियाबर बाबू हैं। सामने की सड़क खुद जाने का खतरा ऐसा करने से ही टलेगा सदा के लिए।

किट्टू : इनके गुरुजी का कला-साहित्य से क्या लेना-देना था जो उनके नाम का ट्रस्ट बनाएँगे।

कक्काजी : इनके गुरुजी दो के चार बना देने और डंडी मार देने की कला में पारंगत थे। और वो कवि भी थे प्रतीकवादी।

कविता : अच्छा भाईसाहब!

कक्काजी : हाँ, उन्होंने सफेद कंकरों को चावल का, पपीते के बीजों को कालीमिर्च का, और पिसी हुई लीद को पिसे हुए धनिए का प्रतीक माना। अरे वेटर, जरा एक-एक प्लेट और लाना।

(आर्डर देते हुए कक्काजी उठ जाते हैं।)

कविता : आप किधर चले भाईसाहब।

कक्काजी : सुभस्य सीघ्रम के अंतर्गत जायके बतियाएँ दुकानदार से।

कक्काजी : *(दुकानदार के पास पहुँचते हैं)* क्यों लाला सुगनचन्द जी, त्यौहारों के मौसम में बिक्री जोरों पे चल रही होगी!

सुगनचन्द : चल ही रही है आपकी दुआ से। मगर दूसरी दुकान खुल जाने से पहली वाली बात तो रह नहीं गई।

कक्काजी : आपका आदेस हो जाए तो सामने वाली दुकान का बिजनस ठप्प करवा दें। प्राइवेट में आइए न कभी फुर्सत से तो खुलासा समझावें।

सुगनचन्द : घर चलिए न, पास ही में है।

कक्काजी : जरा भानजे को बिल चुकाने के लिए पैसा दे आऊँ।

सुगनचन्द : क्यों शर्मिन्दा करते हो कक्काजी। अरे लड़के, तीन नम्बर टेबल से पैसे नहीं लेने।
(दुकानदार और कक्काजी चले जाते हैं।)

कक्काजी कविता के मकान के दरवाज़े पर हैं। इस पर तख्ती लटकी हुई है—कविता कुमारी समाज सेविका। कक्काजी कॉलबेल दबाते हैं, कविता दरवाज़ा खोलती है।

कक्काजी : अरे कविताजी, आपके सुपुत्र कवि रवि कहाँ गोता मारे हुए हैं आजकल? उन्होंने अपने कविता संग्रह के प्रूफ ही नहीं लौटाए।

कविता : अब क्या बताएँ भाईसाहब। हफ्ते भर से अपने कमरे में मुँह औंधा किए पड़ा है। बताता कुछ है नहीं। मगर लगता है कि उसी मरी किट्टी के पीछे पागल हो रहा है।

कक्काजी : अभी करते हैं किट्टू को सैट और किट्टी को फिट।
(कक्काजी भीतर वाले कमरे की ओर बढ़ते हैं।)

किट्टू अपने कमरे में बिस्तर पर औंधा लेटा हुआ है। उसके कागज बिखरे पड़े हैं और हवा में उड़ रहे हैं। उसकी निगाह सामने वाली खिड़की पर है जिसमें से हवा का झोंका आ रहा है और किट्टी की आवाज़ भी। कक्काजी भीतर आकर चुपके से खिड़की की ओर बढ़ते हैं और देखते हैं सामने वाली खिड़की पर खड़ी किट्टी गुनगुना रही है।

किट्टी : मेरे सामने वाली खिड़की में मेरा पिट्टू किट्टू रहता है। अफसोस यही है अब उसका मुखड़ा उखड़ा रहता है।
(कक्काजी को देखकर किट्टी झट से खिड़की बंद कर लेती है। कक्काजी खिड़की से हटते हैं और संवाद बोलते हुए किट्टू के पास पहुँचते हैं।)

कक्काजी : उखड़ें किट्टू के दुसमन। आप होंगी चौदहवीं का चाँद, हम अपने भानजे को इस्क के आसमान का आफताब न बना दें तो हमरा नाम कक्काजी नहीं। उठो भानजे, जागो और तब तक आगे बढ़ते रहो जब तक प्यार की मंजिल पर पहुँच न जाओ।
(कक्काजी रवि को पकड़कर उठाते हैं। रवि बहुत खफा होता है।)

किट्टू : आप यहाँ क्यों आ गए?
(अपने को कक्काजी की गिरफ्त से छुड़ाने की कोशिश करता है—)

कक्काजी : प्यार के व्यापार में तुम्हारा बेड़ा पार लगाने।

किट्टू : आपका जैसा पत्थरदिल और दुनियादार इन्सान मेरे जैसे कवि को प्यार के बारे में क्या बता सकता है। यह आपकी पोलिटिक्स की बात नहीं है।

कक्काजी : तुम्हें पता होना चाहिए भानजे, दुनिया की हर चीज में पोलिटिक्स घुसी हुई है। देखो तुमसे एक राजनीतिक भूल तो ये हो गई कि तुमने 'किट्टू लव्ज किट्टी' का सोर मचवा दिया। इसका मतलब यह हुआ कि तुम तो उससे प्यार करते हो वह तुमसे नहीं करती। इस एक कमजोर बयान से तुम्हारा केस चौपट हो गया। तुम्हें लिखना चाहिए था 'किट्टी लव्ज किट्टू'।

किट्टू : यह झूठ है। मैं ऐसा नहीं कर सकता।

क़क्काजी : प्यार में झूठ बोलने पर कोई पाबंदी नहीं है। फिर क्या पता वो खुद इस झूठे प्रोपेगंडा में आ जाती? प्यारे भानजे, प्रेमिका को पाने के लिए वही दाँवपेच करने पड़ते हैं जो कुर्सी हथियाने के लिए। यहाँ तुम 'प्रेमी' की जिस गद्दी के चक्कर में हो उसका मिलना-न मिलना कुल एक जने के वोट पर निर्भर है—किट्टी। तो पहले तुम यह पता करो कि वो खुस कैसे होगी?

किट्टू : मुझे पता नहीं वो कैसे खुश होगी। मैं तो यह जानता हूँ कि वो हर बात से नाखुश होती है। अभी तक वह इसलिए नाखुश थी कि मेरा कोई कामधाम नहीं है। अब आपने मेरी संस्था बनवा दी है, संग्रह छाप रहे हैं तो इसलिए नाखुश है कि मैं अपने को लाइमलाइट में ला रहा हूँ, उसे नहीं।

कक्काजी : अरे तो उससे भी कविताएँ पढ़वा दो अपने मंच से।

किट्टू : वो कविता नहीं लिखती, नाच करती है।

कक्काजी : तो नाचहि करवा दो उसका।

किट्टू : वह बहुत ही घटिया नाचती है।

कक्काजी : जो तुम्हें इतना बढ़िया नचा रही है वो खुद कैसे घटिया नाच सकती है।

किट्टू : तबले के साथ नाच नहीं पाती थी इसलिए अब किसी पद या ग़ज़ल पर बैठकर भाव दिखाती है।

कक्काजी : आइडिया। ऐसा करते हैं, उससे तुम्हारी कविता पर भाव दिखाने को कहते हैं।

किट्टू : प्लीज़ नहीं। इससे मेरी कविता की हत्या हो जाएगी।

कक्काजी : मगर तुम्हें तो नई जिंदगी मिल सकेगी भानजे।

(रवि सोच में पड़ जाता है।)

कक्काजी : अरे किस सोच में पड़ गए। फौरन प्रूफ पढ़कर हमें दो और फिर किट्टी को रिहर्सल कराने में जुट जाओ। हम चलते हैं। तुम्हारे काव्य-संग्रह के विमोचन के अवसर पर जुबा क्रांतिकारियों की भीड़ जुटाने का जिम्मा तो तुमपे छोड़ चुके हैं लेकिन दो-चार विदेसी वी.आई.पीज़. का जुगाड़ तो हमें ही करे का होगा।

लगभग खाली हॉल में आगे की दो पंक्तियों पर थोड़े से लोग बैठे हुए हैं। इनमें से कुछ रवि के लेखक मित्र मालूम होते हैं, कुछ नेतानुमा प्राणी हैं और एक-दो विदेशी भी। मंच के पीछे बैनर पर लिखा है, 'अखिल भारत युवा क्रांतिकारी सभा'। युवा कवि रविरंजन के काव्य-संग्रह का विमोचन। कक्काजी माइक के आगे खड़े होकर बोल रहे हैं और सियाबर बाबू रवि और किट्टी के साथ दीपक जलाने जा रहे हैं।

कक्काजी : तो हम मुख्य अतिथि और संरच्छक सियाबर बाबू से अनुरोध करते हैं कि दीप जलाकर सुभारंभ करें। *(सो नॉव आई रिकुवेस्ट अवर चीफ गैस्ट एंड पेर्टन सियाबर बाबू टू इनआगरेट बाय फायरिंग द बलइम्प।')* *(दीप जलने पर कक्काजी जोर से और मेहमान धीरे से ताली बजाते हैं।)*

कक्काजी : आज के कार्यक्रम में सबसे पहले जुबा कवि रविरंजन अपनी एक क्रांतिकारी कविता पढ़ेंगे और प्रसिद्ध नर्तकी कुमारी किट्टी उस पर अभिनय करेंगी। किट्टी ने लखनऊ घराने की दीक्सा अंजु महाराज से और जयपुर घराने की दीक्सा पंजू महाराज से ली है। अपनी नई ढंग की शैली में उन्होंने दोनों घरानों का मिलाप किया है। हमें पूरा बिस्वास है कि आप इनकी मेहनत और तैयारी की दाद देंगे। *(इट टूडे प्रोग्राम फस्ट एंग्री यंग पोएट रविरंजन रीडिंग रेवोलूसनरी पोयम एंड नोटोरिअस डांसिंग गर्ल मिस किट्टी एक्टिंग आन इट। किट्टी हैज लर्न लखनऊ 'फैमिली कत्थक फ्राम अंजू महाराज एण्ड जयपुर फैमिली कत्थक फ्राम पंजू महाराज। इन हर न्यू अस्टाइल डांसिंग शी इज कम्बाइनिंग बोथ फैमिली वेज। वी ओर स्यूअर दैट यू वुड अप्रिसिएट हर लेबर एण्ड रेडीनेस।)*

(रवि माइक के सामने खड़ा हो जाता है और बीच मंच पर किट्टी। वह कविता के हिसाब से अभिनय करती है मगर कविता और उसके अभिनय में तालमेल बार-बार बिगड़ता रहता है और उसका अभिनय बहुत भौंडा होता है।)

किट्टू : प्रिय पड़ोसन दीए मत कर रोशन। ये अँधेरे को मिटाएँगे नहीं, चमकाएँगे। मैंने तुझे जो दी थी चिंगारी। उसकी बिंदियाँ माथे पर लगा, जगा भीतर सोई हुई आग को। लपटों में लिपटाकर लौटा मेरे प्यार को। फिर हम आबाद करें आग के संसार को।

('आबाद करें' पर किट्टी दोनों हाथों से बच्चे को झुलाने का अभिनय करती है। इस पर लोग हँसते हैं और रवि गुस्सा होता है। कक्काजी आकर माइक उससे ले लेते हैं।)

कक्काजी : हम सियाबर बाबू से अनुरोध करना चाहते हैं कि जसस्वी जुबा कवि रविरंजन के काव्यसंग्रह 'आगराग' का विमोचन करें और आसीर्वाद में दुई सब्द कहें।

(सियाबर बाबू माइक पर आते हैं। किट्टी एक तश्तरी में कैंची रखकर लाती है और रवि कागज में अच्छी तरह लिपटा और रिबन से बँधा हुआ अपना काव्यसंग्रह लेकर।)

कक्काजी : सियाबर बाबू राजनीति से जुड़ गए हों लेकिन मन से ये कवि थे, हैं और रहेंगे। इनका काव्यसंग्रह 'क्रांति की रणभेरी' बहुत चर्चा का विषय रहा था। पाकसिक जयसनी के ये साहित्य संपादक थे। आज भले ही ये सरकार से जुड़े हों मगर मन से वही विद्रोही हैं जिसने जवानी में समाजवादी जुबा क्रांतिदल बनाया था। आई नॉव रिकुवेस्ट सियाबर बाबू टू डिक्लेयर ओपन रविरंजन्स बुक। सियाबर बाबू बॉडी मि नॉव पोलिटिक्स बट हिज़ हार्ट वाज़ हिज़ एंड विल बी इन पोयेट्री। ही मे बी विद गोरमेन्ट बट हिज हार्ट ही वाज़, इज़ एंड विल बी ए रेवोल्यूसनरी।

(सियाबर बाबू कैंची से रिबन काटकर काव्यसंग्रह को बाहर निकालते हैं। कक्काजी भी दौड़कर उनके साथ खड़े हो जाते हैं। सियाबर बाबू किताब निकालकर उसका मुखपृष्ठ कैमरा वालों की ओर करते हैं जिनमें से एक टी.वी. का है। कक्काजी तालियाँ बजाते और बजवाते हैं। सियाबर बाबू घड़ी देखते हैं।)

सियाबर : सात बजे छोड़ देने को कहे थे, सात दस हो गया, अब हम चलते हैं। दूसरा मीटिंग के लिए देरी हो जाएगा।

कक्काजी : बस एक मिनट और सियाबर बाबू। सभा की ओर से एक ठो घोसना करवाय दें आपकी मौजदूगी में। अरे आइए न लाला सुगनचन्द जी, नत्थामल जी।

(कक्काजी इशारा करके दर्शकों में से दो लोगों को बुलाते हैं जिनमें से एक को हम मिठाई की दुकान के मालिक के रूप में पहचान जाते हैं। उसका साथी भी दुकानदार ही मालूम होता है। सुगनचंद और नत्थामल के मंच पर आ जाने के बाद कक्काजी उन्हें सियाबर बाबू के अगल-बगल खड़ा कर देते हैं और फोटोग्राफरों को इशारा करते हैं कि तस्वीर उतारें।)

सियाबर : इनके साथ फोटुवा खिंचवा तो चुके हैं हम।

कक्काजी : तब जुवा क्रांतिकारी सभा को चंदा देने की खुसी में इन्हें बुलाया गया था और अब सभा की ओर से एक प्रतियोगिता की घोसना करने के उपलच्छ में।

सियाबर : जल्दी कराओ जी घोसना।

कक्काजी : भाइयो, बहनो ! हमें आपको यह सूचित करते हुए अपार हरस हो रहा है कि लाला सुगनचन्द और लाला नत्थामल ने जुबा क्रांतिकारी कवियों के लिए एक प्रतियोगिता का आयोजन करने का फैसला किया है। कविता आग के विषय में होनी चाहिए। प्रथम पुरस्कार मोरिसस में दस दिन और नौ रातें और नौ सौ निन्यानबे रुपए के जुआ खेलने के कूपन। द्वितीय पुरस्कार काठमांडू में आठ दिन और सात रातें और सात सौ सत्तर रुपए के जुआ खेलने के कूपन। तृतीय पुरस्कार कसमीर में छः दिन और पाँच रात साथ में पाँच सौ पचपन रुपया। चौथा पुरस्कार बम्बई में पाँच दिन और चार रात, चार सौ चवालिस रुपया और मनपसंद फिल्मी सितारे के साथ फोटू खिंचवाने का अवसर। सांत्वना पुरस्कारों में ब्रीफकेस, कलम इत्यादि दिए जाएँगे।

(दर्शकों में से एक मनचला उठता है।)

दर्शक : सभी को पुरस्कार देने का इरादा लगता है आपका। जो अंतिम आएगा उसे क्या देंगे कक्काजी।

कक्काजी : अंतिम पुरस्कार तिनकोसवा जिला बेहराइच में चार दिन तीन रात, साथ में तीन पत्ती खेलने के लिए तीन रुपया और फूँकने के लिए तीन बण्डल बीड़ी।

सकल पदारथ या जग माहीं

टी. ए. एल. यू. नामक दफ्तर में बाबुओं का कमरा। उनकी अलग-अलग मेजें लगी हुई हैं जो अगल-बगल हैं। पीछे एक कोने में अलग से बड़ा बाबू बैठता है। सामने पब्लिक से सीधे डील करने वाले क्लर्क जसवंत की एक काउंटर के पीछे अलग जगह है। मिसेज मोहन, चुलबुली अधेड़ औरत, उसकी बगलवाली सीट पर बैठती है। वह इस वक्त बुनाई कर रही है। भोलानाथ नाम का एक अधेड़ व्यक्ति लाइन में सबसे आगे खड़ा है। उसे इंतजार है कि जसवंत मिसेज मोहन से बातचीत करने से फुर्सत पाए।

जसवंत : कल रात देर से जो फिल्म दिखाई थी वो आपने देखी मिसेज मोहन?

मिसेज मोहन : मैंने क्यों देखनी हुई लेट नाइट? देखें तेरे जैसे कुँवारे! क्यों जसवंत कोई खास बात थी क्या उसमें?

जसवंत : पता नहीं जी क्या थी बे-सिरपैर की। एक बंदा था एक्टर-वैक्टर सा। मुँह पर चॉक सी पोत रखी थी उसने। मैं बैठा देखता रहा कि शायद अब कुछ हो, अब कुछ हो, मगर कुच्छ नहीं।

मिसेज मोहन : कुछ भी नहीं? बिचारा जसवंत। जिस तरह उस बंदे ने चौक मल रखी थी तू राख मल ले और साधु बन जा।

जसवंत : इससे पहले जो फिल्म आई थी उसमें कुछ था दम।

(भोलानाथ आजिज आ चुका है। वह काउंटर खटखटाता है। उसके खटखटाने से जसवंत खफा होता है।)

भोलानाथ : सुनिए साहब।

जसंवत : कुर्सियाँ तोड़ने वाले साहबों से बात करनी है तो उधर जाओ। जसवंत हाथ से इशारा करता है। इधर तो काम में खटने वाले बाबू लोग बैठते हैं।

(जसवंत मिसेज मोहन की ओर मुँह करके—उस फिल्म में मिसेज मोहन एक सीन तो कमाल का ही दिखा दिया अगलों ने।)

भोलानाथ : ये फिल्म समीक्षा भी क्या लेटनाइट तक चलती रहेगी।

जसवंत : आप क्यों बकवास किए चले जा रहे हो? आपको क्या परेशानी है।

भोलानाथ : मैं घंटे भर से यहाँ खड़ा हुआ हूँ।

(जसवंत काउंटर की तरफ बढ़ता है और कुर्सी खिसकाकर बैठता है। सिगरेट सुलगाता है।)

जसवंत : तो मैं आपको बैठा हुआ नज़र आ रहा हूँ? आपको तो आए कुल घंटा

हुआ है। मैं तो सवेरे साढ़े नौ बजे का आया हूँ। आप मैडम से पूछ लें जो एक मिनट की फुर्सत मिली हो। आठ आदमियों का काम मेरे जिम्मे कर छोड़ा है अगलों ने।

भोलानाथ : आठ आदमियों का काम एक आदमी के जिम्मे है और वो आदमी भी काम नहीं करता।

(जसवंत खफा होता है और कुर्सी को पीछे धकेलकर खड़ा हो जाता है। लड़ाकू तेवरों में।)

जसवंत : किसने कह दिया काम नहीं करता। आप प्रूव करो वर्ना मैंने आप पर मानहानि कर मुकदमा दायर कर देना है।

भोलानाथ : आप लंच में पैंतालिस मिनट देरी से लौटे और उसके बाद भी पंद्रह मिनट तक गप्पें मारते रहे।

जसवंत : ये सब कहने वाले आप होते कौन हो। आप इस तरह बोल किस हैसियत से रहे हो।

भोलानाथ : भारत के एक नागरिक की हैसियत से।

(मिसेज मोहन बिनाई करती-करती इधर आ जाती है।)

मिसेज मोहन : आप भारत के एक नागरिक ही हो न, अकेले नागरिक तो नहीं। दूसरे लोग भी तो खड़े हैं, वे तो कुछ नहीं कह रहे हैं।

जसवंत : अकड़ता ही चला जा रहा है बिना बात।

मिसेज मोहन : अकड़ने से तो बात बनती नहीं जी। प्यार-मोहब्बत से चलते हैं काम। चल जसवंत निपटा इनकी अर्जियाँ।

(मिसेज मोहन जसवंत का कंधा थपथपा देती है। जसवंत कुर्सी पर बैठ जाता है। मिसेज मोहन भी अपनी सीट पर चली जाती है।)

जसंवत : लाओ दो अर्जी। *(जसवंत हाथ बढ़ाता है। भोलानाथ अर्जी थमाता है। यह स्टाम्प पेपर पर लिखी हुई है। जसवंत इसे पलटकर देखता है फिर लौटा देता है)* ये नहीं ली जाएगी।

भोलानाथ : क्यों?

जसवंत : क्योंकि आपने स्टाम्प फीस नहीं लगाई है।

भोलानाथ : मुझे तो बताया गया था कि टी.ए.एल.यू. के दफ्तर में स्टाम्प पेपर पर अर्जी लिखकर दे देना काफी है।

जसवंत : जिससे ये पूछके आए हो उसी को दे आओ अर्जी। हाँ जी, अगला कौन है।

(भोलानाथ के पीछे वाला आदमी भोलानाथ को धकियाता हुआ अपनी अर्जी आगे बढ़ाता है। जसवंत उसे ले लेता है और पलटकर देखता है कि उसके पीछे एक लिफाफे में दस-दस के दो नोट रखे हुए हैं।

वह फौरन अर्जी की रसीद पर ठप्पा लगाने और दस्तखत करने में जुट जाता है। भोलानाथ दुबारा काउंटर पर आने की कोशिश करता है और कहता है।)

भोलानाथ : आप ये तो बताइए यहाँ स्टाम्प फीस का क्या मतलब है ?

जसवंत : मतलब जाकर देखो डिक्शनरी में। जो मैंने इस तरह से आपसे फालतू बातों में लग जाना है तो आप ही जैसे किसी बंदे को एतराज होने लगना है। हाँ जी अगला कौन है ?

(जसवंत रसीद दूसरे आदमी को देता है। भोलानाथ के पीछे वाला आदमी अपनी रसीद लेकर हटता है और उसके बाद वाला आदमी भोलानाथ को काउंटर से हटाने के लिए धक्का देता है।)

भोलानाथ : अरे-अरे आप धक्का क्यों देते हैं ?

आदमी : आपसे पीछे वाले तक का काम हो गया है फिर आप हटते क्यों नहीं हैं ?

भोलानाथ : मेरा काम नहीं हुआ है अभी तक।

जसवंत : बेकायदा काम तो यहाँ कभी होना भी नहीं है। जाओ स्टाम्प फीस लगाके आओ।

(भोलानाथ लाइन में खड़े हुए दूसरे लोगों से अपील करता है।)

भोलानाथ : स्टाम्प फीस कोई नहीं होती। आप लोग क्यों दे रहे हैं। मुझसे पूछिए, मुझे सब पता है। मैं प्रोफेसर हूँ—प्रोफेसर भोलानाथ।

जसवंत : प्रोफेसर का तो पता नहीं भोलानाथ जरूर मालूम होते हो।

भोलानाथ : मैं आपका पर्दाफाश कराऊँगा।

(वह भुनभुनाता हुआ जाने लगता है। दरवाजे पर भोलानाथ को एक दलाल मिलता है और उससे बहुत प्यार से कहता है।)

दलाल : प्रोफेसर साहब, आप शरीफ आदमी मालूम होते हो। इन बदमिजाज बाबुओं के साथ उलझना आपके बस की बात नहीं न है। आप तो यह अर्जी मेरे को दे दो जी। मैं रसीद घर पहुँचा दूँगा।

भोलानाथ : मेरी खातिर आप क्यों तकलीफ उठाते हैं।

दलाल : बादशाहो, मुझे शुरू से ही दूसरों की खातिर तकलीफ उठाने का शौक रहा है। इसी मारे मैंने यह लाइन पकड़ी है। मैं तो रोज़ ही आप जैसे दस-बीस लोगों की सेवा करता हूँ यहाँ।

(भोलानाथ अर्जी दलाल को दे देता है।)

भोलानाथ : बहुत मेहरबानी आपकी।

दलाल : रायसाहब हम तो आपकी मेहरबानियों पर पल रहे हैं। *(धीमे से)* रुपए—तीस रुपए देते जाओ जी।

(भोलानाथ उससे अर्जी वापस ले लेता है।)

भोलानाथ : नहीं, मैं घूस नहीं दूँगा। चीखकर तो आप लोग यहाँ स्टाम्प फीस के नाम पर तीस रुपया घूस लेते हैं।

जसवंत : किसने कह दिया तीस रुपया लेते हैं। क्यों जी किसी से ले रहे हैं तीस रुपए।

(जसवंत अपनी सीट पर उठकर खड़ा होता है। फिर वह लाइन को संबोधित करता है। सब लोग सिर हिलाते हैं। कोई आगे वाला आदमी दबी जबान से कहता है—बीस का रेट है।)

जसवंत : दलालों के साथ आते हैं और धोखा खाते हैं। हमें बदनाम करते हैं। सुन गोरखा इन दोनों को धक्का देकर बाहर कर।

भोलानाथ : मैं ठेठ ऊपर आपकी शिकायत करूँगा।

(दरबान दलाल और भोलानाथ को धक्का देकर बाहर कर देता है। दलाल हँसता हुआ चला जाता है। भोलानाथ खीझता झगड़ता रहता है।)

गोरखा : ठेठ ऊपर तो भगवान है। उस तक पहुँचने की जल्दी मत करो।

स्कूटर स्टैंड क्यू। सबसे पहले नम्बर पर जो स्कूटर है उसका चलाने वाला ऊँघ रहा है। भोलानाथ आता है और स्कूटर में बैठते हुए चालक की पीठ थपथपाता है।

भोलानाथ : मौरैया स्ट्रीट चलो भाई।

स्कूटरवाला : उस साइड नहीं जाना है मैंने।

भोलानाथ : मगर मुझे तो जाना है। मेरा बहुत जरूरी काम है। आपको चलना ही पड़ेगा।

स्कूटरवाला : जो आप समझते हो कि मौरैया रोड जाना आपके लिए जरूरी है और मेरे लिए मजबूरी है है तो 25 रुपया दे देना, ले चलेंगे।

भोलानाथ : मैं मीटर से दूँगा।

स्कूटरवाला : तो कोई और स्कूटर देख लो।

भोलानाथ : आप ही को जाना होगा।

(इस बीच कक्काजी वहाँ आ जाते हैं। उनकी गाड़ी उन दोनों के पास ही आकर रुकती है।)

स्कूटरवाला : कोई जबर्दस्ती है? उतरो!

(स्कूटरवाला उतर आता है और भोलानाथ को घसीटकर उतार देता है। कक्काजी झटके से दरवाजा बंद करके बाहर आते हैं और भोलानाथ को स्कूटरवाले की गिरफ्त से छुड़ाते हैं।)

कक्काजी : अरे ये का बदतमीजी कर रहे हैं आप?

भोलानाथ : अबुधुवा जरा देखो तो इसकी सीनाजोरी।

कक्काजी : *(उस व्यक्ति को देखकर सैल्यूट मारते हैं)* सीनाजोरी तो एक सेकिंड में निकलवा दी जाएगी सर। अरे आपने टी.वी. उ. वी. में कभी वो नम्बर पढ़े होंगे जिन पर पब्लिक को स्कूटर/टैक्सी वालों की शिकायत करने के लिए कहा जाता है। तीनों हमरे साहब के हैं।

(भोलानाथ हैरान होता है। स्कूटरवाला भी।)

स्कूटरवाला : ये ट्रैफिक कोतवाल है क्या?

(कक्काजी नम्बर नोट करते हैं।)

कक्काजी : ये क्या हैं सो जल्दी ही पता चल जाएगा तुम्हें। चलिए सर।

(भोलानाथ के लिए दरवाजा खोलता है। उन्हें गाड़ी में बैठाता है। ड्राइवर की सीट पर खुद बैठता है। इस बीच स्कूटरवाला ठोड़ी खुजाता हुआ इन्हें देखता रहता है।) अब किधर चलिएगा डी. आई. जी. साहेब।

भोलानाथ : मुझे डी.आई.जी. क्यों पुकारते हो जी?

कक्काजी : सॉरी सर, भूल गया कि पब्लिक में नहीं कहना है।

(अब स्कूटरवाला कन्विन्स हो जाता है। गाड़ी चल पड़ी है। वह उसके पीछे लपकता है।)

स्कूटरवाला : डी.आई.जी. साहब, माफ कर दो साहब।

(कक्काजी आश्वासनप्रद मुद्रा में हाथ हिलाते हैं। कार चली जाती है।)

कक्काजी : तो अब कौन से अस्टेंड का इनेसपेक्सन करवाने ले जाऊँ आपको प्रोफेसर साहब।

भोलानाथ : मुझे ऐसी जगह छोड़ दो जहाँ से मौरिया स्ट्रीट के लिए बस मिल सके। जटाधर बाबू से मिलना है।

कक्काजी : जटाधर बाबू के बंगले ही में छोड़ेंगे आपको। हमें भी हाजरी लगाने की है। आपका क्या काम फँस गया उनसे?

भोलानाथ : मुझे टी.ए.एल.यू. महकमे की शिकायत करनी है। वह उनके अंडर आता है। वहाँ मेरी अर्जी लेने से इनकार कर दिया गया। स्टाम्प फीस के नाम पर घूस माँगते हैं।

कक्काजी : आपको भासा के नजरिए से तकलीफ हो रही होगी प्रोफेसर साहब। मगर वो बेचारे भी क्या करें। दस्तूरी कहेंगे तो आज की तारीख में कौन समझेगा। इंगलिस मीडियम चल रहा है तो स्टाम्प फीस कहते हैं।

भोलानाथ : मैं भाषा की बात नहीं कर रहा हूँ, नीति की कर रहा हूँ।

कक्काजी : नीति का सवाल राजनीति वालों से करने जा रहे हैं। अरे प्रोफेसर साहब,

जिसका रुहानी हाजमा दुरुस्त हो वह घूस खाने से क्यों परहेज करे? जटाधर बाबूजी का रुहानी हाजमा टॉपकिलास है।

भोलानाथ : यह कोई हँसी-ठट्ठे की बात नहीं है अबुधुआ। मैं न घूस खाता हूँ, न खिलाता हूँ। मैं जटाधर बाबू से कहूँगा कि टी. ए. एल. यू. में मेरी अर्जी बगैर घूस के मंजूर कराएँ नहीं तो इस्तीफा दें।

कक्काजी : अरे छोड़िए ये सब। टी. ए. एल. यू. में बीस रुपया देना पड़ता है वर्ना वो लोग अपने दफ्तर का नाम सार्थक करने के लिए टालू मिक्सचर पिला देते हैं। बीस रुपया देंगे बात बन जाएगी।

भोलानाथ : मैं नहीं दूँगा। जटाधर बाबू को कराना होगा ये काम।

कक्काजी : जटाधर बाबू के लेयवल पर तो तब पहुँचा जाता है जब बीस-तीस लाख की स्टाम्प फीस वाला कोई काम हो। इतने छोटे से काम के लिए इतने बड़े सोर्स को खटखटाना कौनो अकलमंदी की बात नहीं है। अरे मच्छर मारने के लिए कभी तोप दागी जाती है। मच्छर मरता तो है नहीं, ससुर उलटे तोप दगवाने वाले के कान में आकर काट जाता है।
(कक्काजी फिर हँसते हैं और हॉर्न बजाते हैं।)

जटाधर बाबू का बँगला। कक्काजी और प्रो. भोलानाथ कार से उतरकर बरामदे की ओर बढ़ते हैं। बरामदे में पाँच-सात खादीधारी लोग बेंत की कुर्सियों पर ऊबे इंतजार की मुद्रा में बैठे हुए हैं। कुछ खड़े हैं। सभी अपने को कहीं न कहीं खुजला रहे हैं।

कक्काजी को जटाधर बाबू का पी.ए. आता दिखाई पड़ता है, वे उसकी ओर लपकते हैं।

कक्काजी : गजानन बाबू हैं घर में?

पी.ए. : बाहर गए हैं आते ही होंगे। इधर ही संभाले रहिए मोर्चा। दर्शनार्थियों की भीड़ बहुत है और साहेब आने के थोड़ी देर बाद ही बम्बई की फ्लाइट पकड़ने चले जाएँगे।
(चला जाता है।)

भोलानाथ : यहाँ साहब कौन है?

कक्काजी : अईसा है भोलाबाबू कि हर नेता दफ्तर और कोठी में साहब ही कहलाता है। न कहलाए तो भाई लोग सारा इंतजाम किरूं लैवल कर दें। कुर्सी छिनी नहीं कि साहब से फिर सेवक हुई जाते हैं जनता के। वो देखें न खड़े हैं तमाम।
(कक्काजी भोलानाथ को उन लोगों के पास ले आते हैं जो अपने को खुजला रहे हैं।)

ताराबाबू : आओ अबुधुआ, तुम्हारी ही कमी रही।

कक्काजी : परनाम गुरुजनो ! हमरे एक और गुरु से मिलो प्रोफेसर भोलानाथ।

भोलानाथ : आप लोगों की तारीफ ?

कक्काजी : ये हैं जनसेवक पार्टी *(टी.)* के अध्यक्ष ताराबाबू। और ये जनसेवक पार्टी *(एस.)* के अध्यक्ष सुसीलबाबू। और उमाबाबू जनसेवक पार्टी *(यू.)* के अध्यक्ष।

भोलानाथ : कुल कितनी जनसेवक पार्टियाँ हैं ?

कक्काजी : ए से लेकर जैड तक जितने अच्छर उतनी।

ताराबाबू : दल बदलुवे पार्टी छोड़ के चला गया है तो अब इस तरह का मजाक करता है।

कक्काजी : अरे यही न देखने गए हैं कि वहाँ आपके लिए अच्छी सी जगह कौन सी हो सकती है ?

(जोरदार ठहाका बुलंद करता है। तभी एक सरकारी गाड़ी आकर पोर्टिको में लगती है। कक्काजी उसकी ओर लपकते हैं और गाड़ी का दरवाजा खोलते हैं। उसमें से जटाधर बाबू उतरते हैं। कक्काजी जटाधर बाबू की चरणरज लेने झुकते हैं।)

कक्काजी : गोड़ लागी जटाधर बाबू।

जटाधर : अरे का करते हो जी !

कक्काजी : चरणरज लेते हैं सरकार।

जटाधर : अरे हम जूता मोजा पहनते हैं, चरणरज लेते हो !

कक्काजी : जुराओं खोल लेंगे मालिक।

जटाधर : बेमौका मसखरी करता है।

(कक्काजी जटाधर बाबू के पाँव पकड़ते हैं। ऐसा लगता है कि जूते खोल देंगे। जटाधर बाबू पाँव झटकते हैं। कक्काजी जूते की धूल माथे पर लगाते हैं और अन्दर की ओर जाते जटाधर बाबू के साथ चल देते हैं।)

कक्काजी : जूता रज ही सही, मालिक कुछ तो दो खवास अपने खास को। बहुत दिनों से आसीर्वाद नहीं मिल रहा है आपका।

जटाधर : मिलना चाहिए भी नहीं। जनसेवक दल से जितना भी लोग आया कौनो भरोसा लायक नहीं है।

कक्काजी : हम बड़े अभागे हैं मालिक। जब जनसेवक दल में गए थे वहाँ यही सुनने को मिला था। हर दुआरे दुत्कार ही पाया है आपका ये बच्चा। दुलराया कौनो नहीं इसको।

जटाधर : दल बदलू सरहू। हम तोके दुलराई कि लतियाई ?

कक्काजी : लात मारो मालिक। आपकी लात बहुत ऊँचा पहुँचा देगी।
(जटाधर बाबू हँसते हैं और कक्काजी के धौल जमाते हैं।)

जटाधर : बात बहुत अलबत्ता बनाता है यह आयाराम गयाराम।
(जटाधर बाबू यह संवाद जनसेवक दल वालों को संबोधित करते हुए कहते हैं।)

कक्काजी : माई-बाप, ये बीरबल तो न कहीं आता है, न कहीं जाता है। ये तो वहीं पड़ा रहता है। बादशाह के तख्त के पायदान पर। बादसाह अलबत्ता आता-जाता रहता है—नया-नया।
(सब लोग ठहाका बुलंद करते हैं।)

जटाधर : अच्छा कौनौ खास बात हो तो बता। भड़ेत्री के लिए हमरे पास बखत नाहीं है। ई लोग सब आया बैठा है हमसे मिलने।

कक्काजी : इनमें एकता कराए की जिम्मा भी आपहि ले लिया का मालिक?

जटाधर : अरे हम नेसन की कितनी ही बातों का जिम्मा लिए हैं तुझे क्या? कहे का है सो बोल।

कक्काजी : एक तो टालू के चियरमैन को कहलवा दिया जाए गजानन बाबू से कि हमरे प्रोफेसर भोलेनाथ का काम फौरन हो जाना चाहिए।

जटाधर : *(पी.ए. से)* गजानन फुनुआ कर दो उसको। आप जाइए प्रोफेसर साहब, हो जाएगा।
(जटाधर बाबू जनसेवक दल वालों के साथ भीतर जाने लगते हैं, जो अब भी अपने को खुजला रहे हैं। गजानन फोन पर नम्बर घुमाना शुरू करता है। कक्काजी लपककर जटाधर बाबू को पकड़ लेते हैं और उनके कान में कुछ कहने लगते हैं। उधर गजानन फोन पर बात करने लगता है।)

कक्काजी : एक छोटा-सा काम हमरा भी था सरकार।

गजानन : *(फोन पर)* हम गजानन बोलते हैं चेयरमैन साहब से बात कराओ। मिसरा जी प्रणाम। साहब एक प्रोफेसर भोलानाथ को भेज रहे हैं। उनका काम आज जरूर हो जाना चाहिए।
(गजानन रख देता है। जटाधर बाबू खुजलाने वाली बिरादरी के साथ भीतर जा रहे हैं।

जटाधर : परसों आफ्टरनून में लौटेंगे हम। लेट ईवनिंग में उनको यहाँ ले आया जाए।

कक्काजी : अच्छा चलते हैं परनाम।
(कक्काजी प्रोफेसर भोलानाथ के पास आते हैं।)

गजानन : कह दिया है चेयरमैन से इन्हें फौरन वहाँ ले जाइए।

कक्काजी : चलिए।

(दोनों नीचे उतरकर कार की ओर बढ़ते हैं। बाहर कुछ नेतानुमा लोग दिखाई देते हैं जो अपने को खुजला रहे हैं।)

भोलानाथ : ये लोग हर वक्त खुजलाते ही क्यों रहते हैं? नहाते नहीं क्या?

कक्काजी : आप तो जानते ही हैं भोला बाबू कि खुजली उठना भविष्य में कुछ प्राप्त होने का लच्छन माना गया है । तो आउट आफ पावर बिरादरी इसी उम्मीद में अपने को खुजलाती रहती है कि बस अब सत्ता मिली ही समझो।

भोलानाथ : सत्ता मिलने से खाज की बीमारी ठीक हो जाती है?

कक्काजी : सत्ता मिलने से हर बीमारी दूर हो जाती है और कौवे जैसा नेता भी कसमीरी सेब-सा दमक उठता है, विटामिन एम. और पी. खाइके।

भोलानाथ : ये कौन से विटामिन हैं भला?

कक्काजी : एम फॉर मनी, पी फॉर पावर…का समझे। डबल डोज मिली नहीं कि सठियाया नेता भी बबुआ जइसा निकल आता है।

(कक्काजी प्रोफेसर भोलानाथ को लेकर टी. ए. एल. यू. के दफ्तर आते हैं और चेयरमैन के कमरे में ले जाते हैं)

जसवंत के काउंटर के आगे कुछ लोग खड़े हैं। वह उनसे अर्जी लेते हुए यह देख रहा है कि बीस रुपए साथ में लगे हुए हैं या नहीं? साथ ही वह मिसेज मोहन से बातें भी करता जा रहा है।

जसवंत : मिसेज मोहन, वो लड़की खूबसूरत तो है बेशक मगर नौकरी में नहीं है ना। और आप देखो कि महँगाई इतनी बढ़ गई है कि मियाँ-बीवी दोनों ही ना कमाते हों तो गिरस्ती चल नहीं न पाती।

(जसवंत ने एक लड़के से अर्जी ली है जिसमें बीस रुपए नहीं लगे हैं।)

मिसेज मोहन : मिस्टर मोहन तो कहते हैं कि अपने यहाँ बढ़ ही कुल दो चीजें रही हैं—एक महँगाई, एक करप्शन।

जसवंत : स्टाम्प फीस नहीं लगाई?

लड़का : *(लड़का अपनी जेब से बीस रुपए निकालता है)* मैं शंकर साहब का भतीजा हूँ।

जसवंत : भाई मेरे, हम तो शंकर भगवान के भतीजे के लिए भी रूल नहीं तोड़ सकते ।

(लड़का बीस रुपए दे देता है। जसवंत रसीद बनाने लगता है।)

(चेयरमैन के पी. ए. के साथ भोलानाथ पहुँचता है। मिसेज मोहन उसे आता देख लेती है।)

मिसेज मोहन : ले जसवंत आ गया तेरा खैरखाह। चेयरमैन के पी. ए. को साथ लेके आया है। लगता है ऊँचा सोर्स है इसका।

जसवंत : कितने ही ऊँचे सोर्स से आया हो, लटकना तो इसने इसी खजूर से है। *(चेयरमैन का पी. ए. भोलानाथ को लाइन में लगाता है। जिसमें अब कुल तीन आदमी बचे हैं।)*

पी. ए. : मिस्टर जसवंत कुमार ये प्रोफेसर भोलानाथ हैं। इनकी अर्जी जरूर ले लेना। चेयरमैन साहब को तुम्हारी वजह से ऊपर से फटकार पड़ती है। *(जसवंत काउंटर बंद कर देता है। पी.ए. जाने लगता है।)*

जसवंत : ठीक है। मगर चेयरमैन साहब से कह देना कि जो उन्होंने ऊपर वालों के दबाव में आकर ऐसे लोगों को शह देनी है जो जूनियर स्टाफ से आकर बदतमीजी करते हैं तो यहाँ स्ट्राइक हो जानी है। उन्हें क्या पता कि इस बंदे ने आके क्या-क्या उल्टा-सीधा कहा मेरे से।

भोलानाथ : उल्टा-सीधा आपने कहा। स्टाम्प फीस के नाम पर घूस माँगी। *(जसवंत गुस्से में उठ खड़ा होता है।)*

जसवंत : किसने घूस माँगी ? क्या प्रूफ है कि घूस माँगी ?

पी. ए. : प्रोफेसर साहब, आप शांति से खड़े रहिए। मिस्टर जसवंत कुमार आपका काम कर देंगे।

जसवंत : शांति से खड़े रहने हैं तभी करना है मैंने काम। अशांति बर्दाश्त नहीं ना होती मुझसे।

(अब जसवंत दूसरे आदमी को भी रसीद दे देता है। भोलानाथ अपनी अर्जी आगे बढ़ाता है जिसे जसवंत पकड़ता नहीं है। वह सिगरेट सुलगाने में जुट जाता है।)

भोलानाथ : मैं आपको अर्जी देना चाह रहा हूँ मिस्टर जसवंत कुमार।

जसवंत : मैं सिगरेट सुलगा रहा हूँ प्रोफेसर भोलानाथ।

(सिगरेट का कश लेने और भोलानाथ की ओर धुआँ छोड़ने के बाद जसवंत अर्जी थामता है और उसे पेपरवेट से दबा देता है। (मिसेज मोहन से) तो मिसेज मोहन, आप मेरे वास्ते कुछ नहीं करेंगी ?

मि. मोहन : तेरी तो डिमांड ही बहुत टेढ़ी है। ऐसी लड़की कहाँ मिलती है जो खूबसूरत भी हो और अच्छी तनख्वाह भी पाती हो।

जसवंत : आप हो न मिसेज मोहन।

मिसेज मोहन : मुँहपिटे। मिस्टर मोहन को छोड़ने को कह रहा है क्या ? *(जसवंत हँसता है।)*

भोलानाथ : मिस्टर जसवंत कुमार, आप बातचीत में लगे हैं। मेरी अर्जी नहीं निपटा रहे हैं।

जसवंत : रब ने इन्सान को अलग-अलग चीजें अलग-अलग कामों के लिए दी हैं। कान से मैं सुन रहा हूँ, मुँह से मैं बोल रहा हूँ और आँख से मैं आपकी अर्जी पढ़ रहा हूँ।

भोलानाथ : इसमें पढ़ने की क्या बात है ? सभी अर्जियों में वही बात लिखी जाती है।

जसवंत : वही तो देख रहा हूँ प्रोफेसर साहब कि इसमें वही लिखा है कि नहीं ?
(सहसा जसवंत उठता है और जाने लगता है।)

भोलानाथ : रसीद दिए बगैर अब आप कहाँ जा रहे हैं ?
(जसंवत मुट्ठी बंद करके छोटी उँगली उठाकर दिखाता है।)

जसवंत : बाथरूम ! कोई एतराज आपको ?
(जसवंत जाने लगता है। अब भोलानाथ का धीरज छूट जाता है। वह लगभग स्टेमर करते हुए और गुस्से से काँपते हुए कहता है।)

भोलानाथ : और लौटेंगे तब जब दफ्तर बंद हो चुका हो ? मैं पूछता हूँ आप तनखा काम की लेते हैं कि हराम की ?
(जसवंत तेजी से पलट कर आता है।)

जसवंत : *(गुस्से से)* गाली देते हैं आप हमें ? हरामी कहते हैं ? बुजुर्ग हैं इस मारे हाथ रोके हुए हूँ वरना जबड़ा तोड़ देता।
(भोलानाथ की अर्जी को मोड़-माड़कर फेंक देता है।)
गोरखा, इस बीमारी को बाहर करो यहाँ से।
(गोरखा भोलानाथ को घसीटकर ले जाता है।)

भोलानाथ टी. ए. एल. यू. के दफ्तर के बाहर स्कूटर स्टैंड के करीब आगबबूला हुआ खड़ा है। स्कूटरवाला आता है और स्कूटर उनके पास रोकता है।

स्कूटरवाला : नमस्ते सर ! आपको किधर जाना है, हुकुम कीजिए।

भोलानाथ : जहन्नुम।
(कक्काजी गाड़ी से आ जाते हैं।)

कक्काजी : जहन्नुम जाएँ आपके दुश्मन, आप तो चलिए मिठाई खाने।

भोलानाथ : मेरी फिर लड़ाई हो गई, इसके लिए मिठाई लाऊँ ? *(अर्जी दिखाता है।)*

कक्काजी : हो रहेगा कुछ न कुछ। घबराएँ क्या— ऐसा कह गया है स्योर साट सायर। इंगलिस मीडियम में समझावें ? सेवन हैवंस इन नाइट-डे मोसन। दिस और दैट इज टू हेप्पन, व्हाई वरी इन आपसिपेसन।
(कक्काजी भोलानाथ से अर्जी ले लेते हैं।)

कक्काजी और भोलानाथ एक रेस्तराँ में बैठे काला जाम खा रहे हैं।

भोलानाथ : ये तो बता कि तुमने काम करवा कैसे लिया ?

कक्काजी : वी. आई. पी. चार्जिज देकर।

भोलानाथ : मतलब ?

कक्काजी : मतलब यह है कि नीचे से जो ऑर्डिनरी आदमी आता है उससे बीस रुपया लिया जाता है और ऊपर से कहलवा के जो वी. आई. पी. आता है उससे चालीस।

रहिमन सिट सायलेंटली

रवि और निशा, शशिकांत नाम के एक नौजवान के साथ किसी मंदिर से बाहर निकलते हैं कि तभी ठहाका सुनाई देता है। कक्काजी इन लोगों की ओर हँसते हुए घूमते हैं।

निशा : अरे ये हँसी तो अपने कक्काजी की-सी लग रही है।

कक्काजी : और किसी की हुइए नहीं सकती ससुरी। खुले दिल-दिमाग वाला सख्सहि खुलकर हँस सकता है। *(फिर हँसते हैं।)*

रवि : आप सवेरे-सवेरे यहाँ कैसे?

कक्काजी : दरसनों के लिए आए हैं।

रवि : तो मंदिर में जाइए ना, यहाँ क्या खड़े हैं?

कक्काजी : यहाँ हम बी. आई. पी. रघुबीर बाबू के दरसनों के लिए आए हैं। कोठी पर पी. ए. ससुरा नहीं मिलने दे रहा था, इस मारे हम बी. आई. पी. मंदिर में पहुँच गए। *(फिर हँसते हैं।)*

निशा : ये देवी मंदिर वी. आई. पी. मंदिर कब से कहलाने लगा?

कक्काजी : जब से बी. आई. पी. यहाँ अपना काम बनवाने के लिए आने लगा।

रवि : मंदिर काम बनवाने के लिए जाते हैं वी. आई. पी.?

कक्काजी : बेकार बोर होने और करने तो आप जैसे किरू ही जाते हैं रवि बाबू।

निशा : चलो वी. आई. पी. मंदिर में आने से हमें आपके तो दर्शन हुए कक्काजी। मैं तो कितने ही दिनों से आपकी राह देख रही थी।

कक्काजी : आज्ञा कीजिए।

निशा : ये मेरे फुफिया ससुर केदारनाथजी का पोता है शशिकांत । इंग्लिश में एम. ए. किया है। इसे कहीं नौकरी दिला देते।

रवि : नौकरी के लिए सिफारिश कराने की जरूरत नहीं है।

निशा : दिल्ली बुलाकर बेकार बैठाए रखने की जरूरत है?

रवि : वो बैंक का इम्तहान देगा।

निशा : वैसे ही फेल होगा जैसे और इम्तहानों में हुआ है।

कक्काजी : नौकरी का जुगाड़ हम इस नौजवान के लिए कहीं-न-कहीं करा ही सकते हैं, मगर सवाल ये है कि ये अपने पुरखों का पेसा छोड़कर किरू जोनि को काहे प्राप्त हो? जैसे इसके दादा राजज्योतिसी रहे वैसे इसे बनवा दिया जाएगा।

निशा : यह बिचारा तो ज्योतिष बहुत थोड़ी जानता है।

कक्काजी : थोड़ी जानता है और बहुत संस्कार में मिली होगी। और फिर ये भी देखिएगा निसाजी कि राजज्योतिसी होने के लिए बस राजनीति जानने की जरूरत है। सो हम सिखा देंगे इसे।

रवि : इसने इंगलिश में एम. ए. इसलिए नहीं किया कि पोथी-पतरा सँभाले।

कक्काजी : इंगलिस में एम. ए. है तो ये सँभालेगा कम्पूटर और कहलाएगा इलेक्ट्रॉनिक तांत्रिक। इंटरनेसनल अस्ट्रोपामिस्ट।

(कक्काजी एक जेबी ट्रांजिस्टर शशिकांत को थमाते हैं। घुंडी भी कक्काजी खुद ही घुमा देते हैं। कोई ऐसा गीत गाता है जिसमें झूठ बोलने का ज़िक्र है।)

शशिकान्त : भविष्य कैसे बता दूँ ?

कक्काजी : फिलहाल तो यही कह दो हमसे कि आपकी मुलाकात एक महत्वपूर्ण व्यक्ति से होने वाली है। आइंदा भी तुम्हारा कम्पूटर वही कहा करेगा जो हम तुम्हें पहले से बताय रहेंगे।

(एक कार आने की आवाज़ सुनाई देती है। कार में से रघुबीर बाबू उतरते हैं।)

निशा : कक्काजी, ये रघुबीर बाबू हैं ना ?

कक्काजी : ये रघुबीर बाबू हैं और शशिकांत उर्फ बिजुरिया बाबा, यही तुम्हारी पहली भविस्यवाणी है। अब तुम्हारे कम्पूटर को तीन ठो सही और बातें बतानी हैं। जो बी. आई. पी. आ रहा है उसका नाम 'र' से शुरू होता है—तुला रासि। उसकी दाईं पिंडली पर मस्सा है। वो आज रात एक मलेच्छ महिला के साथ भोजन करने वाला है।

(कक्काजी रघुबीर बाबू की ओर लपक जाते हैं और उनके चरण पकड़ लेते हैं।)

कक्काजी : दुहाई हो मालिक।

(रघुबीर बाबू के साथ आया पी. ए. नाराज होता है।)

पी. ए. : तुम ये क्या करते हो जी !

कक्काजी : साहेब के चरणों में पड़ते हैं, कौनो गुनाह नहीं करते। *(रघुबीर बाबू की ओर मुँह करते हैं और साथ ही उनका जूता भी उतारते हैं।)* मालिक अपने इस खास-उल-खास खवास को भी कभी दुई चार मिनट का टाइम दे दिया जाता। बहुत जरूरी बात करे की थी।

रघुबीर बाबू : अरे बात करना है तो कोठी पर फोन करके पी. ए. से टाइम लो।

कक्काजी : मालिक फुनुआ घुमा-घुमाके हमारी तो ये उँगली टेढ़ी हो गई। बाकी आपके पी. ए. आपसे बात कराते ही नहीं।

पी.ए. : अगर साहेब को तुम्हारे गुरुजी से वात करनी होगी तो सीधे उन्हीं से कर लेंगे। तुम्हारे जैसे चेले-चमचे को बीच में डालने की उन्हें जरूरत नहीं है।

कक्काजी : *(जूते से अपने को मार लेते हैं)* हमको तो जूते मार लीजिए सरकार। मगर गद्दार गुरुजी का चमचा मत पुकारिए। हम तो आपके थे, हैं और रहेंगे। *(उठ खड़े होते हैं)* सरकार, हम तो गुरुजी कैम्प की कुछ अन्दरूनी खबरें देना चाहते थे आपको। और ये बिजुरिया बाबा हैं, इनकी आपसे भेंट करानी थी। ये गुरुजी की खटिया खड़ी करने के लिए बिंदबासिनी जाकर एक ठो अनुस्ठान करना चाहते हैं।

पी. ए. : जीन्सधारी ज्योतिषी कब से होने लगे?

कक्काजी : जब से गणना कम्पूटरों से होने लगी। ये इलेक्ट्रानिक तांत्रिक हैं। बेतार पर समाचार मिलते हैं इन्हें सिरजनहार से। बताया जाए कुछ बिजुरिया बाबा।

शशिकांत : आपकी तुला राशि है। आपका नाम 'र' से है। आपकी दाईं पिंडली पर मस्सा है। आज रात आप एक म्लेच्छ महिला के साथ भोजन करने वाले हैं।

रघुबीर बाबू : *(सुनकर इम्प्रेस होते हैं)* ठीक है हम यहाँ से लौटते हुए तुमसे बात कर लेंगे।

(रघुबीर बाबू और पी. ए. मंदिर की ओर बढ़ जाते हैं।)

कक्काजी : *(रघुबीर बाबू के जूते को सिर से लगाकर मुस्कराते हुए)* आप लोगों के कहने की देर थी, ससिकांत का मामला सैट करा दिया।

निशा : आपको कैसे मालूम था कि रघुबीर बाबू की दाईं पिंडली पर मस्सा है?

कक्काजी : हम जहाँ तक पहुँचे हैं चरण दाब-दाबकर ही पहुँचे हैं निसाजी। एक-एक बी. आई. पी. के पैरों का नक्सा मालूम है हमको।

शशिकांत : म्लेच्छ महिला के साथ डिनर करने वाली बात कैसे मालूम हुई?

कक्काजी : हम उस महिला बिसेस के साथ बिरेकफास्ट करके आय रहे हैं।

निशा : मान गए कक्काजी।

रवि : क्या मान गए? पहले दर्जे के गद्दार। जिन गुरुजी की पूँछ पकड़कर दिल्ली तक पहुँचे हो उनके ही खिलाफ बोले।

कक्काजी : हम अपने गुरुजी से ही लयसन नम्बर वन यह सीखे हैं कि राजनीति में कोई अपने बाप तक का सगा नहीं होता है। हिस्ट्री में देखिएगा हर सहजादा बादसाह बनने के फेर में अपने बाप को बंदी बनाता रहा। और गुरुओं का अइसा है कि जिंदगी में वही आगे बढ़ता है जो पहले कायदे

का गुरु तलास करके उससे बढ़िया मंतर ऐंठता है और फिर उससे गद्दारी करता है। जो अभागा ऐसा नहीं करता वो जन्मभर चिलम भरने वाला चेला रह जाता है। *(शशिकांत के हाथ में बीस-बीस रुपए के पाँच नोट रख देते हैं)* लो बिजुरिया बाबा, ये रख लो।

शशिकांत : ये क्या है?

कक्काजी : ये है तुम्हारी दच्छिना *(पाँच में से चार नोट उठा लेते हैं)* और ये है तुम्हारी दच्छिना में हमारा हिस्सा। आइंदा भी इसी हिसाब से बँटवारा होगा समझे! *(हँसते हैं।)*

निशा : हँसकर मत टालिए कक्काजी। इस लड़के के लिए कुछ कीजिए।

कक्काजी : बात हँसने की नहीं रोने की है। इस मुल्क मे बेकार को काम भले ही न मिले, जरूरतमंद को कोई दान भले ही न दे, धंधा करवाने वाले को दच्छिना जम के दी जाती है। और आप जानिए ज्योतिसी-तांत्रिक तो वो प्राणी है जो परमात्मा से काम करवाने को कहता है। उसके लिए पैसे की कोई कमी नहीं है। *(शशिकांत के कंधे पर हाथ रखते हैं।)* अइसा है ससि बावू, दो एक दिन में रि-सफल होने की बात है। उसके लिए एक तगड़े केंडीडेट हैं हमारे गुरुजी और दूसरे रघुबीर बाबू के चेला जुबा नेता गोबिन्द।

रवि : इनकी समस्या ये है कि गुरु-गोविंद दोनों खड़े काके लागूँ पाँय?

कक्काजी : ये समस्या उन लोगों की होती है रवि बाबू, जिन्हें गुरु और गोविंद दोनों के चरण एक साथ चाँप लेने की कला नहीं आती। *(फिर शशिकांत से मुखातिब होते हैं)* तो ससि बाबू, हम आपके लिए बिजुरिया बाबा का डिरेस भिजवाय देंगे और दोनों उम्मीदवारों के बारे में पूरी जानकारी। जैसे ही उनमें से किसी को मंत्रिपद मिलेगा आपको राजज्योतिसी बना दिया जाएगा।

रविकांत, संयुक्त संपादक दैनिक 'हुंकार' के घर के आगे एक टैक्सी आकर रुकती है। उसमें से कक्काजी उतरते हैं। निशा उसे दरवाजे पर मिल जाती है।

कक्काजी : पाँय लागी जीजी। बिजुरिया बाबा अपना चोला-झोला धारम कर लिए हैं।

निशा : तैयार हो रहा है। आपने तो दो बजो चलने को कहा था। ये टैक्सी छोड़ दीजिए, दूसरी मिल जाएगी।

कक्काजी : अपना तो ये है जीजी कि सुबह जो सवारी करते हैं तो रात को घर लौटने पर ही छोड़ते हैं।
(दोनों भीतर की ओर जाने लगते हैं।)

निशा : इतनी फिजूलखर्ची ! लगता है आजकल कोई तगड़ी मुर्गी फँसा ली है।

कक्काजी : मुर्गी-उर्गी कहाँ गौरइया फँस जाए तो गनीमत है।

(कक्काजी भीतर पहुँचते हैं जहाँ रवि बैठा हुआ कुछ लिख रहा है। उसके सामने का कागज़ हटाकर कक्काजी अपनी जेब से निकाला हुआ कागज़ रख देते हैं।)

कक्काजी : पाँय लागी रवि जीजा । ई रख लिया जाए। इसमें हम लिख दिए हैं कि गुरुजी और गोविंद बाबू से आप फोन पर क्या कहेंगे ?

रवि : मैं कुछ नहीं कहूँगा और मेरा बस चला तो शशिकांत को बिजुरिया बाबा बनकर नहीं जाने दूँगा।

निशा : सुनते हैं आपका बस बिल्कुल नहीं चलेगा *(वह कागज़ उठा लेती है और कक्काजी से कहती है)* कहना क्या है मुझे बताइए। अगर मेरे कहने से काम चल सकता हो तो मैं फोन कर दूँगी।

कक्काजी : आपके कहने से तो काम ज्यादा बनेगा जीजी। फोन पर आपको केवल इतना कहना है कि मैं 'हुंकार' के दफ्तर से बोल रही हूँ···अभी-अभी खबर मिली है कि··· ।

(निशा वह कागज़ पढ़ती है) फोन पर गुरुजी से कहना है ···अभी-अभी खबर मिली है कि आपके राज्य से गोविंद बाबू को कैबिनेट में लिया जा रहा है, इस बारे में आपकी क्या प्रतिक्रिया है।

कक्काजी : और गोविंद बाबू से कहना है कि गुरुजी को कैबिनेट में लिया जा रहा है, इस बारे में आपकी क्या प्रतिक्रिया है।

(शशिकांत बिजुरिया बाबा के भेष में आता है। कक्काजी शशिकांत को इस भेष में देखकर खुद भी थोड़ा चौंकते और हँसते हैं।)

शशिकांत : प्रणाम कक्काजी।

कक्काजी : अरे वाह ससि बाबू, आपको तो हम खुदहि नहीं पहचान रहे हैं। जरा गुरुजी को फुनियाय दें कि बिजुरिया बाबा को लेके आ रहे हैं, फिर चलते हैं। *(टेलीफोन की तरफ बढ़ते हैं और नम्बर घुमाते हैं)* पाँय लागी गुरुजी। राजू बोल रहे हैं। अरे मालिक हम सबेरे से आपहि का काम कर रहे हैं। एक ठो मॉडल तांत्रिक मिले हैं, बिजुरिया बाबा उनसे अनुस्ठान करवाय रहे थे, अब उनको लेके पहुँचे रहे हैं सेवा में। तबियतो ठीक कर देंगे आपकी। *(फ़ोन रख देते हैं।)*

रवि : क्या हो गया तुम्हारे गुरुजी को ?

कक्काजी : कहते हैं विंड अटक गई है। अरे कुर्सी के लिए तो प्राण तक अटक जाते हैं।

गुरुजी सोफे पर बैठे कराह रहे हैं और बीच-बीच में हिचकीनुमा डकारें ले रहे हैं। नेताजी उनके चरणों में बैठे हैं और बिजुरिया बाबा खड़े हैं।

गुरुजी : तुम्हारा आयुर्वेदिक, एलोपैथिक, होम्योपैथिक सारा दवाई ट्राई किया मगर रिलीफ नहीं हुआ।

कक्काजी : इन बिजुरिया बाबा की भभूत ट्राई करके देख ली जाती मालिक। दो बाबाजी।

शशिकांत : ग्रां ग्रीं ग्रां नेप्चुनाय नमः। प्रां प्रीं प्रां प्लुटोयाय नमः।

(शशिकांत चुटकी में भभूत लेकर गुरुजी के माथे पर लगाता है और जीभ पर रखता है। इस बीज कक्काजी गुरुजी की पीठ मलते रहते हैं। गुरुजी को डकार आती है।)

कक्काजी : देखा चमत्कार!

गुरुजी : थोड़ा रिलीफ तो हुआ है।

कक्काजी : पूरा रिलीफ तो तभी मिलेगा जब पद की शपथ ग्रहण कीजिएगा।

गुरुजी : वो तो मुश्किल देखते हैं। रघुबीर सारा काम बिगाड़ दिए हैं।

शशिकांत : रघुबीर की क्या ताकत कि आपका काम बिगाड़ दे? ये तो बृहस्पति महाराज बिगाड़ रहे हैं।

गुरुजी : बृहस्पति तो हमारा अच्छा बताते हैं, इस पुखराज को पहनते ही हम मुख्यमंत्री बने थे।

कक्काजी : अरे तो आप ये काहे भूले जा रहे हैं कि कुल चौदह महीना मुख्यमंत्री रह सके। आपको ये पुखराज पहनवाया सूरज स्वामी ने, जिसके जजमानों में रघुबीर बाबू भी थे। अब फौरन उतारिए ये अँगूठी। ये आपके दुस्मनों की पहनाई हुई है।

(कक्काजी अँगूठी खुद ही उतार देते हैं।)

गुरुजी : अरे तब तो रघुबीर और हममें बहुत दोस्ती थी।

कक्काजी : दोस्ती नहीं थी। तब आपकी आँखों पे पर्दा पड़ा हुआ था। लाइए हम पहन लेते हैं इसे, जो भी दोष होगा, हम पर आ जाएगा। *(अँगूठी खुद पहन लेते हैं।)*

(गुरुजी शशिकांत से मुखातिब होते हैं।)

शशिकांत : हम तो आज तक नहीं सुने थे कि बृहस्पति अच्छा होने से खराबी करता है।

कक्काजी : बृहस्पति साधू टाइप का ग्रह है और आप ही कहिए, सीधाई से कोई अच्छाई होती है आज की दुनिया में? हमरे बिजुरिया बाबा राज-ज्योतिसी पंडित केदारनाथ के पोते हैं। केदारनाथ जी समझ गए थे कि कलयुग में पुरानी ज्योतिस विद्या नहीं चलेगी इसलिए इलेक्ट्रॉनिक

एस्ट्रोलोजी नाम से नई ज्योतिस के कुछ गुनसूत्र लिख गए रहे। बिजुरिया बाबा एम. ए. इंगलिस हैं, यही उन सूत्रों को समझ पाए हैं।

शशिकांत : दादाजी ने इन सूत्रों में लिखा है कि भले ग्रहों से बुरा होगा और बुरे ग्रहों से भला होगा और सबसे ज्यादा असर होगा उन ग्रहों का जिनकी खोज मलेच्छों ने की है—नेप्चून, प्लूटो और यूरेनस।

(शशिकांत सहसा कराहते हुए अपना गाल दबाता है।)

कक्काजी : क्या हुआ बाबाजी ?

शशिकांत : दाढ़। गजानन बाबू, क्या इधर आपने कोई दाढ़ तुड़वाई थी ?

गुरुजी : जी हाँ।

शशिकांत : उसे आपने किसी क्यारी में दबवा दिया था ना ?

गुरुजी : डॉक्टर के यहाँ तुड़वाए, क्यारी में कहाँ दबवाते ?

शशिकांत : बस उसी को लेकर आपके दुश्मनों ने कर दिया आपके यूरेनस का कबाड़ा। कक्काजी, जरा देखिएगा इनकी पीठ पर कोई भूरा तिल तो नहीं पड़ गया है।

कक्काजी : *(फौरन कुर्ता उठाकर देखने लगते हैं)* बहुत ही हल्का सा। साफ-साफ दिखता नहीं है।

शशिकांत : साफ-साफ दिखने लगता तो सफाया ही नहीं हो जाता इनका। भूरा तिल यूरेनस पर बृहस्पति की परछाईं पड़ने की निशानी होता है। जजमान इसके तोड़ के लिए कोई अनुष्ठान फौरन करना पड़ेगा वर्ना···।

गुरुजी : तो कीजिए ना, ये वर्ना-वर्ना कहके डराते काहे हो।

शशिकांत : कर देंगे मगर सवेरे वाले अनुष्ठान के ही पैसे बकाया हैं।

कक्काजी : अरे तो दे दिए जाएँगे, पैसों की कोई कमी है गुरुजी के यहाँ ?

गुरुजी : *(दराज से बण्डल निकालते हैं)* कितना देना है ?

कक्काजी : सवेरे तो हजार एक रुपया लगा था। पूरे तीन दिए देते हैं और भी जो जरूरी होगा ये कर लेंगे। जाइए बाबाजी देर मत कीजिए।

शशिकांत : यूरेनस जी सदा सहाय करें। ओम अलफा बीटा गामा एप्सीलॉन फट।

(शशिकांत आशीर्वाद देकर चला जाता है।)

कक्काजी : बाबाजी का आसीर्वाद मिल गया तो समझो हो गया।

गुरुजी : कैसे होगा ?

कक्काजी : कैसे नहीं होगा साहब। आप सेंटर में आने को राजी ही इस अंडर-स्टेंडिंग पर हुए थे कि आपको यहाँ कुछ बनाया जाएगा।

गुरुजी : उल्लू बनाना था सो बना दिए हैं।

कक्काजी : उल्लू बनें आपके दुस्मन।

(पान मसाला और तम्बाकू मिलाकर गुरुजी की ओर बढ़ाते हैं।)

कक्काजी : लीजिए चैतन्यचूर्ण ग्रहण कीजिए और थोड़ा फारिग उरिग होकर बंद गले का कोट धारण कीजिए। सपथ लेने के लिए फोन आता ही होगा।
(गुरुजी थोड़ा सा चूर्ण खाते हैं। तभी फोन की घंटी बजती है। हालाँकि और कोई मौजूद नहीं है, कक्काजी और गुरुजी दोनों ही 'शांत रहिए' की भंगिमा में हाथ उठाते हैं।)
(कक्काजी फोन उठाकर गुरुजी के कान पर लगाते हैं।)

गुरुजी : हैल्लो ! नुनवा बोल रहे हो तो क्यों बोल रहे हो ? हमने तुमको सुबह भी बताया था कि आज हमारे पास आलतू-फालतू बात के लिए टाइम नहीं है। *(गुस्सा होकर फोन रख देते हैं।)*

कक्काजी : बताइए साहब, पी. एम. का फुनवा एक्सपैक्टेड है एनी मूमेन्ट और बीच में दुनिया भर के नुनवा बोल रहे हैं।

गुरुजी : हमको लगता है कि अब कोई फोन नहीं आएगा। सारा लोग गैंग करक गया है हमरे खिलाफ में। जिस-जिसने हमरे नाम से पैसा बनाया उस-उसने झूठा इल्जाम लगाके हमको हटवाया।

कक्काजी : इन्क्वायरी में तो आप किलीयर हुए मालिक।

गुरुजी : मगर इमेज का प्रॉब्लम है। लो क्रिएट हो ही गवा।

कक्काजी : अरे इमेज है तभी ना प्रॉब्लम है। गोबिंदवा का तो को इमेजहि नहीं है।

गुरुजी : मार्डन आदमी का इमेज तो है उसका। हम तो रह गए पुराने देहाती। हमें अब कौन पूछता है ?

कक्काजी : वोट देने वाली जनता पूछती है मालिक। आपको तो इगनोर किया ही नहीं जा सकता। अब बंद गले का कोट तो धारण कर ही लिया जाए। फुनवा आता होगा।
(फोन की घंटी बजती है। कक्काजी फोन उठाकर गुरुजी को देते हैं।)

गुरुजी : *(फोन पर)* हैल्लो ! हाँ कहिए। हमारी प्रतिक्रिया ? अच्छी ही हो सकती है। प्रणाम। *(फोन रखकर गहरी साँस भरते हैं।)*

कक्काजी : क्या हुआ मालिक ?

गुरुजी : वही जिसका डर था। अखबार की रिपोर्टर बता रही है कि गोबिंदवा का हो गया है।
(कक्काजी फौरन उठ खड़े होते हैं।)

कक्काजी : ऐसा होइये नहीं सकता। हम अभी गोबिंद बाबू के यहाँ जाकर पता करते हैं।

गुरुजी : तुम भी जाओ। डूबते जहाज को सभी चूहे छोड़ देते हैं।

कक्काजी : मालिक हम चूहा जरूर हैं बाकी डूबते जहाज के नहीं। हम भारतीय राजनीति के गनेसजी गजानन बाबू के रैटुवा हैं सरकार। आप निश्चिंत

रहिए बिजुरिया बाबा के आसीर्वाद से आपका ही होगा। जाइए, बंद गले का कोट धारण कीजिए।

(फोन की घंटी)

गुरुजी : *(फोन पर)* हैल्लो ! अरे पेंशन केस के बारे मे टाइम माँगने का यही टाइम मिला तुम्हें ! *(गुस्से से फोन रख देते हैं।)*

(कक्काजी जाते-जाते अपने से ही कहते हैं) खुद इन्हीं की पेंसन हुई जा रही है।)

कक्काजी कमरे में दाखिल होते हैं और दाखिल होते ही मिठाई का टुकड़ा थाली में से उठा लेते हैं। शशिकांत उनके साथ है।

गोविंद : कहो गजानन के दरबार के विदूषक, आज यहाँ कैसे आ गए ?

कक्काजी : जुबा शक्ति को प्रनाम करके ये बताने के लिए कि एनेमी कैम्प टोटली में डिमरलाइज़ है। यहाँ मिल रही श्रेष्ठ मिठाई, वहाँ बँट रही मायूसी है।

गोविंद : वाह, तुम तो कवियों वाली भाषा बोल रहे हो।

कक्काजी : अरे आप कवि हैं तो आपके यहाँ कवियों वाली ही बोलेंगे। कौवों वाली बोलेंगे अपने गुरुजी के यहाँ।

गोविंद : दो-चार कविताएँ लिख देने से कोई कवि थोड़े ही हो जाता है।

कक्काजी : बगैर लिखे तक हो जाता है मालिक। आप जैसे टाप के साहित्यकार के मंत्री बन जाने से भारत सरकार धन्य हो जाएगी।

गोविंद : भई मंत्री बनेंगे तुम्हारे गजानन बाबू। राज्य में उनकी ही तगड़ी बेस है।

कक्काजी : अरे बेस का वो क्या करेंगे जब अपने कुकर्मो के कारण पब्लिक को फेस दिखाने लायक नहीं रहे। मालिक, आप तो बंद गले का कोट धारण कर ही लीजिए। अरे आप तो पहले से ही किए हैं। तब तो आप सपथ लेने की प्रैक्टिस सुरू कर दीजिए। आई गोविंद सिंह····। आपका ये सुदर्सन व्यक्तित्व दूरदर्सन पर खूब जमेगा।

गोविंद : मंत्री बनेंगे तभी ना।

कक्काजी : हमरे साथ इंडिया के इकलौते इलैक्ट्रोनिक तांत्रिक अस्ट्रोपामिस्ट ये बिजुरिया बाबा आए हैं। इनका कहना है, मंत्री बनने का आपहि का चांस है।

गोविंद : मुझे तो ज्योतिष में कोई विश्वास नहीं है।

कक्काजी : हो सकता भी नहीं। अरे आप कोई गजानन बाबू के जइसे तसदीकसुदा उल्लू थोड़े हैं कि अंधविस्वास में नग पहनते और उतारते रहे। आज ये पुखराज की अँगूठी उतार के फेंक दी और नीलम की पहन ली। बताइए साहब, जवाहरात से ही गद्दियों का फैसला होता रहता तो कैबिनेट में

जौहरी ही ना भरे पड़े रहते। मगर इन बिजुरिया बाबा के पास तो ऐसी विद्या है कि रघुबीर बाबू तक विश्वास करने पर मजबूर हुए। कोई इलैक्ट्रॉनिक आला या कम्पूटर इन्हें दे दीजिए, आपका सारा भूत, भविष्य, वर्तमान इनकी आँखों के सामने मूर्तिमान हो जाता है।

(फोन की घंटी। कक्काजी फोन उठाकर गोविंद को देते हैं और शांत रहने का इशारा करते हैं।)

गोविंद : *(फोन पर)* हैल्लो ! प्रणाम रघुबीर बाबू। जी। जी-जी-जी-जी···· । जी। *(फोन रख देता है।)*

कक्काजी : दे दी ना रघुबीर बाबू ने गुड न्यूज। हम कहते थे ना कि बिजुरिया बाबा की बात गलत नहीं हो सकती।

गोविंद : *(उठता है)* हमारी स्टडी में कम्प्यूटर लगा है बाबाजी।

कक्काजी : तो चलिए। आपका कम्पूटरधारी होना भी यही बताता है कि अब मंत्री बनने की आपकी ही बारी है। गुरुजी जैसे घोघाबसंत तो कम्प्यूटर की अगाड़ी-पिछाड़ी में फर्क नहीं कर पाते।

(शशिकांत मानिटर के आगे बैठा है, गोविन्द और कक्काजी पीछे से झाँक रहे हैं। कम्प्यूटर के मॉनीटर पर कोई इलेक्ट्रॉनिक गेम दिखाई दे रहा है।)

गोविंद : ये तो आपने वीडियो गेम लगा दिया बाबाजी।

कक्काजी : वीडियो गेम सितारों का खेल बाबाजी के लिए वन एण्ड द सेम है। हाँ बाबाजी बताया जाए।

शशिकांत : इनके नेप्चून मे बहुत पावर है, बड़ी फॉरचून है। वही इन्हें मंत्री बनाने में जुटा है। मगर यूरेनस नेप्चून को बेबस करता दिख रहा है। यूरेनस की शांति करानी होगी, दो हजार रुपया लगेगा।

कक्काजी : दो हजार ही ना, दो लाख तो नहीं। जाइए कराइए सांति। पैसा भिजवा दिया जाएगा।

गोविंद : यूरेनस तो हमसे इतनी दूर है बाबाजी कि उसका हम पर क्या असर पड़ेगा।

कक्काजी : बिजुरिया बाबा आप जो भी बात बोल रहे हैं यह समझते हुए बोलें कि गोविंद बाबू कॉलेज मे ऊँजी शिक्षा पा चुके हैं।

शशिकांत : बिजुरिया बाबा, को कम्प्यूटर सब कुछ बता रहा है। ये कालेज में पढ़े ही नहीं हैं, पढ़ा भी चुके हैं। वहाँ इनका अपना एक छात्रा से प्रेम हो गया और इन्होंने शादीशुदा होते हुए भी उससे गुपचुप शादी कर ली।

गोविंद : *(एक साथ हैरान और नाराज़ होता है)* अफवाह तुमने सुनाई है इन्हें राजू ?

कक्काजी : अरे हम तो इनसे अभी-अभी गजानन बाबू के यहाँ मिले हैं। वो भी बहुत चमत्कृत थे कि इन्हें उनका सारा हाल कैसे मालूम है।

शशिकांत : बिजुरिया बाबा को बेतार से पता चलता है और इस समय बेतार कह रहा है कि यूरेनस का उपचार नहीं कराया तो गोविंद मार खा जाएगा।
(फोन की घंटी बजती है। कक्काजी फोन उठाकर गोविंद को देते हैं।)

गोविंद : *(फोन पर)* हैल्लो! मेरी प्रतिक्रिया तो यही हो सकती है कि बहुत प्रसन्नता की बात है।
(गोविंद फोन रखता है और कक्काजी उछल पड़ते हैं।)

कक्काजी : हो गई प्रसन्नता की बात। बधाई गोविंद बाबू! कोटि-कोटि कवियों की आसा पूरी आज हुई। सत्ता ने कविता को ब्याहा।

गोविंद : ऐसा कुछ नहीं हुआ जी। अखबार वाली बता रही है कि गजानन बाबू का हो रहा है।

कक्काजी : हम बिजुरिया बाबा से यूरेनस को कसवाते हैं फिर देखते हैं आपका कैसे नहीं होता।

शशिकांत : जरूर होगा। सिग्मा डेल्टा म्यू यूरेनसाय हट।

गोविंद : हम पी.ए. को बोल देते हैं आप पैसे ले लीजिएगा बाबाजी।

कक्काजी और शशिकांत टैक्सी से जा रहे हैं, एक काला गधा रास्ता काट जाता है।

कक्काजी : मोड़ दो भइया, काला गधा रास्ता काट रहा है।
(ड्राइवर गाड़ी मोड़ देता है।)

शशिकांत : काले गधे का कुछ अपशगुन होता है कक्काजी!

कक्काजी : नहीं! हम गाड़ी मुड़वाए हैं भोलानाथ बाबू के यहाँ जाने के वास्ते। क्या खबर मंत्रीपद की दौड़ में डार्क डंकी जीत जाए!

शशिकांत : डार्क हॉर्स कहा जाता है, डंकी नहीं।

कक्काजी : रेसकोर्स में कहा जाता होगा। यहाँ राजनीति की बात हो रही है।

भोलानाथ पचास साल के काले और दुबले व्यक्ति हैं। आँगन में एक तख्त पर बैठे हैं। वह किसी के सिर पर हाथ रखे हैं। उनके चरणों में कक्काजी हैं और शशिकांत बगल में खड़ा हुआ है।

भोलानाथ : जीते रहो। आज इधर कइसे भूल परे।

कक्काजी : हम तो चनारज लेने ही आते हैं भोलानाथ बाबू।

भोलानाथ : तुमरे गजानन बाबू के पाँव की धूल खत्म हो गई का।

कक्काजी : उनके तो राजनीति से पाँव कब के उखड़ चुके मालिक। नक्सा तो अब आपका जम रहा है। ये बिजुरिया बाबा हैं इलैक्ट्रॉनिक तांत्रिक। इनका

कहना है कि आप सीघ्र ही टॉप पर पहुँचेंगे।

भोलानाथ : कुरसी ग्रहन किया जाए बालाजी।

कक्काजी : कुर्सी तो सरकार अब आप ग्रहण करेंगे। बिजुरिया बाबा से अनुस्ठान करा लिया गया है अब आप सर्तिया मंत्री बन रहे हैं।

भोलानाथ : अरे नाहीं! बरा-बरा उम्मीदवाड़ है मैदान में।

कक्काजी : बरा-बरा ससुरा सब धरा रह जाई और आपका काम बन जाई।

भोलानाथ : तेरा मुँह में जो-है-न-सो घी-शक्कर।

कक्काजी : अब मालिक जरा अस्टण्डर्ड ऊँचा करिए अपना और रसमलाई कहिए, रसमलाई।

भोलानाथ : हमरा तो वो है कि सादा जीवन और उच्च विचार। चुपचाप काम करो कुछ आशा मत रखो। हमें कोई भी पोजीशन नहीं मिला है मगर हम कम्प्लेंट नहीं किए हैं। आई एम जो-है-न-सो डिसीप्लींड सोल्जर ऑफ दि ओल्डेन टाइप।

कक्काजी : जहाँ इतने बरसों से चुप बैठे हैं कुछ घंटे और बैठ लीजिए। मगर याद रखिए मालिक, चुप बैठने की भी बहुत महिमा है। कहा है—

रहिमन चुप ह्वै बैठिए देख दिनन के फेर,
नीके दिन जब आत हैं, बनत न लागत देर।

चलिए बाबाजी।

शशिकांत : भोला बाबू के वास्ते अनुष्ठान करने में हमारा दो हजार रुपया उधार हो गया।

कक्काजी : अरे न तो इनका मंत्रीपद जा रहा है, न आपका रुपया।

भोलानाथ : *(जेब में हाथ डालता है। दो सौ-सौ के नोट निकलता है)* हमरे पास तो दो सौ रुपिया है कुल।

(कक्काजी दोनों नोट लेकर आँखों से लगाते हैं और शशिकांत को दे देते हैं।)

कक्काजी : आप जैसे इमानदार पलटिसियन का दुई सौ तो दुई लाख से जियादा होता है मालिक।

निशा बैठी कुछ सिलाई-बिनाई कर रही है। कक्काजी और शशिकांत आते हैं। कहीं रेडियो बज रहा है । समाचार आ रहे हैं। रवि रेडियो लेकर आता है जिसमें अब मौसम का हाल खत्म हो रहा है और मुख्य समाचार एक बार फिर सुनाए जाने वाले हैं।

कक्काजी : चाची हो, हो, हो। हो जाए जरा जोरदार नास्ता पानी। आपके ससिकांत की सइटिंग बिल्कुल सही कर आए हैं।

रवि : सही कर आए अपना सिर! रेडियो की खबर सुनी! भोलानाथ बनाए

गए हैं मंत्री।

कक्काजी : इसकी ही भविष्यवाणी की थी हमरे बिजुरिया बाबा ने। *(लपककर फोन मिलाते हैं)* भोला बाबू! हम का कहते थे याद है ना—

रहिमन सिट सायलैण्टली वाचिंग वर्ल्डली वेज़,
बटरमेंट वैन कम्स दैन, मेकिंग नेवर डिलेज।

हम तुरन्तै पहुँचते हैं, रसमलाई मँगवा ली जाए। हाँ हाँ, बिजुरिया बाबा तो साथ अइबे करेंगे। *(फोन रख देते हैं।)*

निशा : आप उनसे भी कह आए थे कक्काजी?

कक्काजी : सभी जजमानों को विधिवत मूड़ा गया है। *(हँसते हुए ब्रीफकेस खोलते हैं)* अच्छा तो बिजुरिया बाबा दान-दच्छिना का बँटवारा कर लिया जाए। आठ सौ रुपया गजानन बाबू दिए, तीन हजार रघुबीर बाबू, दुई हजार गोविंद बाबू और दुई सौ भोला बाबू। कुल टोटल छः हजार। इसमें से बारह सौ तुम रखो। बाकी हम रखे लेते हैं।

रवि : आप ज्यादा क्यों रखेंगे?

कक्काजी : वो अइसा है कि ससि को भाग्य के खाते में मिल रहा है और हमको पुरुसार्थ के। मेहनत किस्मत से बड़ी होनी है।

ब्रेन इज़ बिगर दैन बफैलो बट मनी इज़ बिगर दैन बोथ, योअर एक्सीलेंटीज़

कक्काजी, सियाबर बाबू की कोठी पर एक 'मॉड' किस्म की लड़की के साथ पहुँचते हैं। यह हाथ में गुलदस्ता लिए है और बगल में एक पैकेट दबाए हुए है। बाहर बहुत से लोग सियाबर बाबू से मिलने के लिए बैठे हैं। कक्काजी एक दब्बू से लगने वाले आदमी से सीट खाली करवाते हैं।

कक्काजी : भाईसाहब, जरा लेडीज़ सीट से उठ जाइएगा।

आदमी : मंत्री जी की कोठी में लेडीज़ सीट ?

कक्काजी : ऊ तो हुइबै करेगी। अरे अपने सियाबर बाबू ही तो पिछली मर्तबा में लोकसभा में महिला अधिकार बिल पेस किए थे।
(आदमी सीट छोड़ देता है।)

कक्काजी : *(महिला से)* आप हियाँ बैठिए आराम से। हम भीतर जाकर बात छेड़ते हैं सियाबर बाबू से। आपकी सांस्कृतिक सन्ध्या में चीफ गैस्ट बनने के लिए राजी करहि लेंगे हम उनको।

उर्वशी : एक जी इन्दर करके है, वो उनका कलचरल सेक्रेटरी बना हुआ है जी, सारी अड़चन उसी ने डाली हुई है।

कक्काजी : अरे उ इन्द्र किस गिनती में है ? उसे तो हम बबुआ पुकारते हैं। लाइए जो गिफ्ट हम आपसे खरीदवाएँ हैं, हमें दे दीजिए।
(उर्वशी पैकेट दे देती है।)

कक्काजी : हम भीतरहि दे आएँगे। यहाँ देने पर ठीक नहीं लगेगा।

उर्वशी : *(एक अर्जी भी देती है)* और ये अर्जी ?

कक्काजी : आप साहेब को पर्सनली में दीजिएगा। *(वहाँ उपस्थित लोगों से)*, सुनिएगा, आप सब लोग लाइन लगाकर खड़े हो जाइएगा। हम अभी आते हैं साहेब को लेकर।
(कक्काजी कमरे की ओर बढ़ते हैं, इन्द्रप्रकाश उन्हें रोकना चाहता है।)

इन्द्र : इस समय भीतर न जाइए कक्काजी ?
(लेकिन कक्काजी अंदर चले जाते हैं।)

इन्द्र : अरे सुनिए तो ... वहाँ साहब ... ।
(सियाबर बाबू बनियान पहने हैं, धोती पहन रहे हैं, वह मुड़कर देखते हैं।)

सियाबर : अरे तुम यहाँ कहाँ चले आए—हम कपड़ा पहन रहे हैं।

इन्द्र : *(अन्दर आते हुए)* हमने इन्हें बहुत रोका साहेब, मगर यह जबर्दस्ती घुस आए।

कक्काजी : सियाबर बाबू की सेवा करने से तो हमें परमपिता परमेस्वर भी नहीं रोक सकते, तुम किस खेत की मूली हो बबुआ। बाहर काफी लोग आपके दरसन के लिए आ गए हैं। हम उनकी लाइन लगवाकर साहेब को लेने आए हैं। सेवन आर्ट्स सांस्कृतिक कार्यक्रम की सेक्रेटरी उर्वसी भी आई है।

इन्द्र : आए हैं तो बैठेंगे। आप कौन होते हैं यह सब करने वाले। *(सियाबर बाबू की ओर देखते हुए)* कक्काजी को बिल्कुल भी पास न फटकने दिया जाए—यह गजानन कैम्प के आदमी हैं—अभी कल-परसों तक वहीं मिठाई खाने और बधाई देने में जुटे हुए थे।

कक्काजी : मिठाई खाने के बावजूद हम गुमराह नहीं हुए—हमने ही परसों भविस्यवानी की थी कि मंत्री आप ही बनेंगे।

इन्द्र : आपने परसों, हमने बरसों पहले कर दी थी। लिख दिया था कि राज राम का फिर लावेगा आम आदमी।

राम तुम्हारा नाम स्वयं ही काव्य है,
कोई कवि बन जाए सहज सम्भाव्य है।

(सियाबर बाबू कमीज पहनते हैं।)

सियाबर : हमारा इन्दर तो अच्छी कविता बना लेता है। कविता कब से करने लगे?

कक्काजी : जब से कवि मैथिलसरन गुप्त की कविता अपनी बनाके सुनाने लगे।

इन्द्र : मैं तो मैथिलीशरण जी की पंक्तियाँ ही कोट कर रहा था।

कक्काजी : आप कोट कर रहे थे, हम कोट साथ लाए हैं, यह देखिए।
(कक्काजी पैकेट खोलकर कोट दिखाते हैं। तभी सियाबर बाबू की पत्नी जानकी कमरे में आती है—उनके हाथों में एक पुरानी सी शेरवानी है।)

जानकी : कोट इनके पास है ही नहीं इसलिए पुरानी शेरवानी से काम चला रहे हैं।

कक्काजी : पाँय लागी सीता माता—इस ऐतहासिक सेरवानी को रखवा दीजिए म्यूजियम में। इन्हें अपने हाथों से नया कोट पहनाया जाए—यह लीजिए।
(जानकी कोट लेती है और सियाबर बाबू को पहनाती है।)

सियाबर : कक्काजी को इसका पैसा दे देना।

कक्काजी : अरे साहेब, यह तो हमरी तुच्छ भेंट है। हमें तो सिरफ आपका अनमोल अस्नेह मिलता रहे और कुछ नहीं चाहिए। या कहीं किसी कारपोरेसन-वारपोरेसन से तनख्वाह का जुगाड़ कराके अपने घर में ही रख लीजिएगा सीता मैय्या की सेवा में हाँ!

सियाबर : आजकल यह सब नहीं चलता, एडमिनिस्ट्रेसन सख्त हो गया है।

कक्काजी : अरे साहेब, आपकी चाह होगी तो अडमिनिस्ट्रेसन ही राह निकालबे करेगा।

इन्द्र : मेरे रहते इनकी जरूरत ही क्या है। जो खुद ही कह रहा है कि उसके यहाँ आने में स्वार्थ है उसे मुँह लगाना ठीक नहीं है।

कक्काजी : आपका स्वार्थ नहीं है क्या?

इन्द्र : हम तो निःस्वार्थ सेवा करने आए हैं।

कक्काजी : जो निस्वार्थ सेवा करने आते हैं मालिक, उनका स्वार्थ बहुत तगड़ा होता है।

(सियाबर बाबू तैयार हो गए हैं। वह हँसते हैं।)

सियाबर : बातें खूब बनाता है। बोलो क्या काम है?

कक्काजी : मामूली सा काम है। एक ठो सांस्कृतिक फंक्सन में प्रेसीडेंट बन जाइए।

सियाबर : अरे वह सबके लिए अब कहाँ वक्त है।

जानकी : चलिए अब सब···· बाहर बहुत से लोग आए हुए हैं। जब से मिनिस्टर हुए हैं इन्हें टैम ही नहीं मिलता।

कक्काजी : सब आपका ही प्रताप है सीता मइया। इंगलिस में जो कहत हैं बिहाइंड एवरी बिग मैन देअर इज ए मोर विग बूमेन। हा हा हा····। चलिए मालिक, अब दरसनार्थियों को चरन रज दिया जाए।

ड्राइंगरूम में मालाएँ और गुलदस्ता लिए लोग लाइन से खड़े हैं। लाइन के छोर पर सियाबर बाबू बैठे हैं—टाँग पर टाँग रखे—उनकी गर्दन में बहुत-सी मालाएँ हैं—उनके अगल-बगल कक्काजी और इन्द्र खड़े हैं। एक बूढ़ा-सा आदमी अपने जवान लड़के को सामने लाता है।

बूढ़ा व्यक्ति : हजूर, हम रामखिलावन हैं। आपकी इलेक्सन में काम किए रहे। ये हमरा बड़का बेटा है। समाजसास्त्र में एम. ए. करके खाली बैठा है—इसके लिए कहीं कोई जुगाड़ करा दिजा जाए—बहुत मेहरबानी होगी।

सियाबर : कक्काजी इनका कुछ कीजिए।

कक्काजी : जो हुकुम—आप एक अर्जी रखवा दीजिए। कुछ न कुछ हो जाएगा। हमारे समाज में एक बुनियादी समस्या यहियै है कि मार तमाम लोग

समाजसास्त्र में एम. ए. कर लेते हैं। इस वक्त जाइए अर्जीई भिजवा दीजिए। हाँ भई नैक्सट।

सियाबर : कितना लोग आ गया है आज ?

कक्काजी : यह तो भीड़ बढ़ती ही रहेगी। अस्पताल में मरीज और पावरफुल नेता की कोठी में अरीज-गरीज की भीड़ तो हुइबै करेगी।

सियाबर : ये अरीज-गरीज का होता है जी ?

कक्काजी : जिसे मर्ज हो वो मरीज, जिसे गरज हो वो गरीज और जिसे अरज करनी हो वो अरीज।

सियाबर : सारा दिन इसी में लगा देंगे क्या, और काम कब करेंगे।

कक्काजी : *(घूमकर इन्द्रप्रकाश से मुखातिब होते हैं)* अइसा है इन्दर भैया, लाइन में जो दो लेडीज़ खड़ी हैं उनकी अर्जी हमीं लोग लिए लेते हैं, बाकी की आप लेते रहिएगा।

(कक्काजी और इन्द्र कमरे से बाहर जाते हैं। कक्काजी उपस्थित लोगों से कहते हैं) सुनिएगा, महिलाएँ साहब से मिलने आगे आ जाएँ। बाकी लोग अपनी अर्जियाँ इन्द्र बाबू को दे दें और फूल हनुमान मंदिर में चढ़ा आएँ।

(सियाबर बाबू के हिलते हुए पाँव के पास दो महिलाएँ आती हैं। पहली वृद्ध है और दूसरी जवान। वृद्धा अपनी अर्जी और फूलों का बुके देती है। कक्काजी दोनों चीजें सँभालते हैं।)

वृद्ध महिला : हमने जो लेडीज़ का एक सोशल क्लब बनाया हुआ है, हर संडे किसी गंदी बस्ती में जाकर वहाँ के लोगों को हैल्थ के प्वाइंट आफ व्यू से एजूकेट करते हैं जी। फैमिली प्लानिंग वगैरह भी बताते हैं। तो हम चाहते हैं कि सियाबर बाबू हमारे पेट्रन बन जाएँ।

कक्काजी : साहेब के पास तो टाइम है नहीं, अलबत्ता इनकी मिसेज को बनवा दिया जाएगा। ये ही फैमिली के लिए सारी प्लानिंग करती आई हैं। उर्वसीजी आइए इधर।

(वृद्धा जाती है। जवान उर्वशी आगे आती है। उसके हाथ में गुलदस्ता नहीं है।)

उर्वशी : नमस्कार मंत्रीजी, गुडमार्निग मिनिस्टर। मैं उर्वशी हूँ जी।

कक्काजी : सो तो वो देख ही सकते हैं।

उर्वशी : मैं जी एक अदना सी कलाकार हूँ और आप हो बहुत ऊँचे कद्रदान। आपसे मिलने की तमन्ना न जाने कब से सँजोए हुए थी। आज आपको सामने पा रही हूँ तो बेसुध हुई जा रही हूँ। अर्ज किया है—

दिल को नियाज़े-हसरते-दीदार कर चुके।
देख तो हममें ताकते-दीदार भी नहीं।

कक्काजी : साहेब को आप देख नहीं पा रही हैं। इसी वजह से कि इनकी परसनाल्टी सूरज की तरह प्रखर है। बाकी आपको जो कहना हो हमहिं से कह दीजिए।

उर्वशी : जी मैं स्टेज की आर्टिस्ट हूँ और अपना सारा कुछ आर्ट को दे बैठी हूँ।

कक्काजी : खुसनसीब है आर्ट कि आपको पा गया।

उर्वशी : खुशनसीब तो मैं हूँ कि आप जैसे पारखी से दाद पा गई। हमारे बहुत रिस्पेक्टिड और बहुत ही डियर सियाबर सर से हमारी संस्था सेवन आर्ट्स थियेटर के वास्ते इमदाद भी मिल जाती और मेरी खुशियों का प्याला पूरा भर जाता। हम चाहते हैं कि यह हमारे फंक्शन में चीफ गैस्ट होकर आएँ।

कक्काजी : प्याला क्या, हम अभी आपकी खुशियों का घड़ा भरवाए देते हैं। *(एक गुलदस्ता उठाते हैं)* साहेब, ई गुलदस्ता और अपना आसीर्वाद दूनों इस अप्सरा को दे दिया।

(सियाबर बाबू को बात नहीं जँचती ··· । वह गुलदस्ता ग्रहण नहीं करते। इन्द्र गुलदस्ता उठाकर फेंक देता है।)

इन्द्र : मैंने मना कर दिया था, आप फिर आ गईं ?

कक्काजी : आपने ना! साहेब ने तो नहीं। अरे जब संस्कृति और महिला जागरन दूनों को बढ़ावा दिए की नीति है तब साहेब जागृत महिलाओं के सांस्कृतिक फंक्सन में काहे नहीं जाएँगे ?

सियाबर : नहीं, हमरे पास आलतू-फालतू चीज के लिए टाइम नहीं है।

(उर्वशी निराश होकर कक्काजी की ओर देखती है। वह इशारे से कहते हैं कि सब ठीक हो जाएगा।)

(इन्द्र कक्काजी की ओर अहंकार भरी नजर डालता है।)

इन्द्र : बाकी लोगों की अर्जियाँ ले लीजिएगा। हमें सीता माता का अखबार के लिए इण्टरव्यू लेना है अभी।

उर्वशी : ये तो वही हुआ जिसका मेरे को डर था।

कक्काजी : निडर रहिए, निश्चिन्त रहिए, होगा वही जो मंजूरे नेता होगा। हम अभी अखबार के दफ्तर जाय रहे हैं। ईवनिंग में यहीं मिलिएगा हमको।

सियाबर बाबू का घर। उनकी पत्नी जानकी रसोई में सब्जी वगैरह काट रही हैं। इन्द्र उन्हें ढूँढ़ता हुआ रसोई में आता है।

इन्द्र : आप यहाँ आ गईं सीता मैया, मेरे एक सवाल का जवाब तो रह ही गया। पाँय लागी जानकी मैया। अरे ई का कर रही हैं।

जानकी : अब क्या करें— नौकर लोग का बनाया हुआ खाना इनको भाता ही नहीं। हमको ही बनाना पड़ता है।

(कक्काजी आ जाते हैं, हाथ में अखबार है।)

इन्द्र : मेरा प्रश्न यह है माताजी कि भारतीय नारी की तस्वीर चूल्हे-चौके के चौखट में कब तक जड़ी रहेगी। क्या यह जरूरी नहीं कि उसकी अस्मिता को कोई और आयाम दिया जाए?

जानकी : किसको और आम दिया जाए?

इन्द्र : आम नहीं माताजी आयाम!

कक्काजी : अरे तुम सीता मैया को दिमागी व्यायाम क्यों दिखा रहे हो?

इन्द्र : मैं माताजी का एक लेख के लिए इंटरव्यू कर रहा हूँ।

जानकी : अरे हमें कहाँ है फुर्सत घर के कामकाज से।

इन्द्र : उस अवसर पर हम आप पर एक लेख छपवाएँगे जिसका शीर्षक होगा—'वो सचमुच सीता है'।

जानकी : कौन सचमुच सीता है?

इन्द्र : आप माताजी।

जानकी : अरे हम तो हैं ही सीता। इसमें सचमुच, झूठमूठ का कौन-सा बात है।

कक्काजी : अरे ई इन्द्र तो नासमझ है—यह तो अभी लेख लिखने की सोच रहा है—हम तो आपकी ओर से लेख छपवा भी दिए हैं। जरा पढ़ा जाए।

(कक्काजी अखबार जानकी को दिखाता है।)

कक्काजी : देखिए, क्या लिखा है—'सियाबर बाबू—मेरे पति, मेरे परमेश्वर'—लेखिका जानकी देवी यानी आप।

(जानकी लेख देखती है, खुश होती है। कक्काजी उर्वशी की अर्जी उसकी ओर बढ़ाते हैं।)

कक्काजी : जरा इधर अपना दस्तखत करके हमारी संस्था आई. आई. आई. की पैट्रन बनने की कृपा की जाए। ई के जरिए हम देस की सोई हुई कलात्मक प्रतिभा का विकास करेंगे—एक ठो कलचरल प्रोग्राम का आयोजन किया है उहाँ आप सियाबर बाबू को साथ लेकर आइए और फंक्सन की सोभा बढ़ाइए।

जानकी : अजी सुनते हो।

(सियाबर बाबू बनियान पहने उधर आते हैं। जानकी लेख सियाबर बाबू को दिखाती है।)

जानकी : देखो कैसी छपी है हमारी तस्वीर—जवानी के दिनों की।

(सियाबर अखबार लेकर देखता है।)

जानकी : ई कक्काजी अकलमंदी की बात करता है—काम भी सारा अकलमंदी

का करता है—हम कहती हैं हमारे इधर-उधर के कामों के लिए इसका ही रख लिया जाए।

सियाबर : ठीक है, देखेंगे।

कक्काजी : हमारे कलचरल प्रोग्राम में चलिएगा और भी तस्वीरें छपेंगी। इनको भी साथ ले लीजिए।

जानकी : हाँ-हाँ हम चलेंगे—आप भी चलिएगा इनके फंक्शन में। अपने देश की प्रतिभा को प्रोत्साहन देने के लिए है।

सियाबर : कब है यह फंक्सन ?

कक्काजी : बस कल साम को।

सियाबर : कल ? कल कहाँ वक्त है हमें। कल साम तो बम्बई जा रहे हैं ईवनिंग फ्लाइट से।

कक्काजी : सीता माता के उस इंटरनेसनल मंच को आपका वरदान मिले का चाहि साहेब। सिर्फ आधे घंटे की तो बात है—आप सिर्फ उद्घाटन करके चले जाइएगा। बाकी हम सँभाल लेंगे। सीता माताजी चीफ पेट्रन हैं हमारी।

जानकी : हाँ-हाँ ! हम 'हाँ' किए दे रहे हैं इनकी तरफ से।

कक्काजी : इसका तो पूरा अथोरेटी आपको हइए है जानकी माता। जय हो। *(जानकी के चरणों पर झुकते हैं।)*

शाम के वक्त कक्काजी टाँग पर टाँग धरे लेटे हैं। इन्द्रप्रकाश आता है। कक्काजी अपने पैर के पास की जगह की ओर बैठने का इशारा करते हैं।

कक्काजी : अरे इन्दर, सरमाते काहे हो, हमरे पास बैठो, इधर नीचे।
(इन्द्र नहीं बैठता, कक्काजी हाथ पकड़कर खींचते हैं।)

कक्काजी : अरे पास आओ, हम तुम्हें चरनदास बनाकर तरक्की दे रहे हैं, सजा नहीं। सुनो सियाबर बाबू के चरनों में तुम्हें जगह नहीं मिल सकती जब तक हम जीवित हैं। लेकिन हम दोनों मिलकर काम कर सकते हैं—उसमें तुम्हें भी फायदा है—हमारे चरनों के पास का एक आध छुटका प्लाट अबहुँ खाली है, उस पर काबिज हो जाओ।

इन्द्र : कोई काम की बात हो तो कीजिए वर्ना हम जाते हैं।

कक्काजी : *(हाथ पकड़ लेते हैं)* कामहि की बात कर रहे हैं हमरे चरनदास। हमारे चरनों के पास बैठकर तुम सियाबर बाबू के चरनों से वैसे ही जुड़ जाई जैसे हम ऊ के चरन पकड़कर ऊ से ऊपर वालों के चरनों से जुड़ गए हैं। चरन पकड़ने के प्रताप से ही देस का छोटे-से-छोटा आदमी बड़े-से-बड़ा आदमी से जुड़ पाता है। देखा जाए तो हम सबहि चरनदास हैं।

(इन्द्र सुनकर प्रभावित होता है।)

कक्काजी : हम सियाबर बाबू के कल्चरल सिकत्तर बन रहे हैं—और तुम हमरे बन जाओ। बात एक ही है।

इन्द्र : हमें क्या करना होगा ?

कक्काजी : तुम इन्दर हो इसलिए ई काम में तुमरे साथ हम एक तो उर्वसी भी रख रहे हैं।*(पुकारते हैं)* आइए उर्वसी जी।

(दरवाजे से उर्वशी अन्दर आती है।)

कक्काजी : ई हैं हमरे इन्दर जी—हमने बताया था न इन्हें, न्योता बाँटने और दरियाँ बिछाने का उतना ही तजुर्बा है जितना आपको मुस्कान बाँटने और विज्ञापन-चंदा बटोरने का। हाँ तो आप लोगन का जोग्यता देख हम फैसला किए हैं इन्हें हमारी नई संस्था में संयोजक का और आपको पब्लिकसिटी का वाइज प्रेसिडेंट बना दिया जाए।

उर्वशी : मैं कहती हूँ जी कि नई संस्था क्यूँ बनानी हुई ? हमारी है न आलरेडी।

कक्काजी : उसके फंकसन के लिए कितना चंदा उंदा मिल जाता है ?

उर्वशी : पिछली बार तो हमने चार हजार इकट्ठा किया था।

कक्काजी : हमरा टारगेट पाँच का है।

उर्वशी : हमने पाँच हजार भी कर लेने हैं कक्काजी।

कक्काजी : उर्वसी जी, सैकड़ों-हजारों की बात किरू लेयवल पर ही होती है। हमरी दुनिया की इकाई एक लाख के बराबर भर है। जब हम पाँच कहते हैं तो ऊ का मतलब पाँच लाख हुई।

उर्वशी : *(आश्चर्य से)* पाँच लाख ?

कक्काजी : ई टारगेट तो अभई कम है।

उर्वशी : मेरी एक रिक्वेस्ट है जी—आप मेरे को जी पुकार के शर्मिन्दा मत किया करो।

कक्काजी : अरे हम तो तुम्हें तुमरे प्यारे के नाम के पुकारन को तैयार बैठे हैं। बताया जाए तुम्हें का कहते हैं घर माँ ?

उर्वशी : *(झेंपकर)* बेबी।

कक्काजी : बे-बी वाह ! तो बेबी और बबुआ दूनों अपना-अपना चार्ज सम्हाल लो। हमरी नई संस्था इंटरनेसनल इन्ट्रीगेसन इंडिया चेप्टर उर्फ आई. आई. आई. सी. माँ। बेबी तुम ऐसे भी. आई. पीज. का पास जाओगी जिनके बेटे-बेटी मंच के लिए तरसते हुए घटिया कलाकार हैं।

उर्वशी : घटिया ?

कक्काजी : बिलकुल घटिया। घटिया होंगे तभी न हमरे अंतर्राष्ट्रीय मंच पर आने के लिए अउर लाइफ मेम्बरी का पाँच-पाँच सौ रुपया चंदा देइं।

उर्वशी : समझ गई जी। मैं सब सँभाल लूँगी। आप रसीदबुक वगैरह दे दो मेरे को।

कक्काजी : ऊ सब छपवा देंगे ई संयोजक—हमरे इन्द्र भैया। उसकी चिंता न करो बेबी। अउर ऐसे भी. आई. पीयों की सूची बनाओ जिनका कोई बाल बच्चा या नजदीकी नाते-रिश्तेदार उभरता हुआ कलाकार हो और मंच के लिए तड़प रहा हो।

उर्वशी : उससे क्या होगा कक्काजी ?

कक्काजी : उससे ई होगा बेबी कि भी. आई. पी. के चंदा दिए की एवज में उसके कुल के उदीयमान कलाकार को अन्तर्राष्ट्रीय मंच पर प्रतिभा दिखाने का चांस मिलेगा। जाओ इन्दर बबुआ बेबी के लिए रसीद बुक वगैरह छपवाओ।

इन्द्र : कहाँ से छपवाएँ, पैसा तो आपने दिया नहीं है।

कक्काजी : अरे जिस संस्था की संरच्छिका अपनी जानकी माता हों उसके दफ्तर के खर्चा पानी के किए पैसा देने को तो हजारों भगत बैठा है। अभी कर देंगे किसी को फोन।

इन्द्र : संरच्छिका जानकी माता हैं। प्रेसिडेन्ट-सेक्रेटरी-ट्रेजरार किसे बना रहे हैं आप ?

कक्काजी : ऊ सारा भार फिलहाल तो हमहिं को उठाना पड़ेगा, उठा लेंगे।

इन्द्र : आई. सी.। इसीलिए आपने संस्था का नाम आई. आई. आई. सी. रखा है।

कक्काजी : यू सी, बबुआ, संस्थाएँ बनाई हो इस मारे जाती हैं ससुर कि मैं मैं मैं करने का मौका मिले।

मंच पर आई. आई. सी. का बैनर लगा हुआ है। मंच से कक्काजी बोल रहे हैं। जानकी माता और सियाबर बाबू मंच पर बैठे हैं और उर्वशी, इन्द्र इधर-उधर आ जा रहे हैं। सामने हॉल लगभग खाली पड़ा है। केवल सामने की सीटों पर कुछ गण्यमान्य देशी-विदेशी अतिथि बैठे हैं और उनसे पीछे की सीटों कलाकारों के अभिभावक और पास-पड़ोसी।

कक्काजी : जैसा कि मैं कह रहा था हमरी ई संस्था गांधी-नेहरू के बताए समन्वय के रास्ते पर चली। हमरा देस समन्वय का देस है। भारत समन्वय है। समन्वय ही भारत है।

(सियाबर बाबू नाखुश नजर आ रहे हैं। वे इन्द्र को इशारे से बुलाते हैं और घड़ी दिखाते हैं। इन्द्र जाकर कक्काजी को घड़ी दिखाता है और सियाबर बाबू की ओर इशारा करता है।)

इन्द्र : जल्दी खत्म करो। साहेब का आदेश है।

कक्काजी : तो साहेब ने यानी जुबा हृदयों के सम्राट सियाबर बाबू ने, माननीय मंत्री महोदय ने, मुझसे कहा कि ये जो असांति बढ़ रही है उसे खत्म करे के वास्ते कुछ करो। मैंने समन्वय का मंच बनाने का प्रस्ताव किया और मेरा अहोभाग्य कि सियाबर बाबू जैसे कला-संस्कृति अउर साहित्य के मर्मज्ञ ने इस जज्ञ में ब्रह्मा बनना स्वीकार किया। आप साच्छात सुरसति के वरद पुत्र हैं और मुझे इनकी कला का रसास्वादन करने का अवसर मिला है। सियाबर बाबू कालेज के दिनों में बहुत अच्छा गा लेते थे। अभिनय भी कर लेते थे। नाटक 'जनकसुता' में इनकी सिया सुकुमारी की भूमिका आज भी लोग-बाग इयाद करते हैं।

(सियाबर बाबू इन्द्र से कहते हैं—बंद कराओ भई। इन्द्र दौड़कर कक्काजी के पास पहुँचता है और फुसफुसाता है।)

इन्द्र : साहेब कहते हैं बंद करो।

कक्काजी : साहेब को अपनी प्रसंसा सुनने में बहुत संकोच होता है इसलिए अब मैं इस मुद्दा को यहीं छोड़ देता हूँ और विदेसी मेहमानों की खातिर दुई सब्द इंगलिस में कहता हूँ : 'नाव आय विल स्पीक फ्यू वर्ड्स इन इंगलिस फार बेनेफेटाफ अवर आनर्ड फौरेन गेस्ट्स। योर अक्सलेण्टीज आन बिहाफ आय. आय. आय. सी. आय ग्रिटिंग यू विद ग्रेट हैप्पीनेस इन दिस कल्चर्ड इवनिंग। इट इज़ अवर गुड लक कि यू आर फाइण्डिग टाइम टू अन-करेज अस एण्ड ब्लेस अस डिस्पाइट, जे है ने से, योर बिजी-नेस। योर अक्सलेण्टीज इण्डया इज इंटग्रेसन, इंटग्रेसन इज इण्डया । वनण्ड टी सेम। युनिटी इन डाइवरसिटी। दिस इज नय-हरूज इस्कवरि याफ इण्डया। दिस इज गांधीजी डीप फिलासफी। इन गांधी-नयहरू ट्रड-सन वी हैव दिस मीसन फार टाइंग द वर्ल्ड विद रोप्स आफ आटण्ड कलचर। दिस ईव-निंग वी आर प्रेजण्टिग दे नोटेबल, सीर-यस, जे हे ने नोटारे-यस डांसिंग फ्राम रेवरेण्ड सुसमा कुमारी। सी इज लर्न कत-थक्क आफ जयपुर फयमली फ्राम रेवरेण्ड बिरजू महाराज एण्ड कत-थक्क आफ जयपुर फयमली फ्राम फेमस इरजू महाराज। इन हर न्यू अस्टाइल डांसिंग सी हैज कम्बाइन बोथ फयमली वेज। वी आर स्योर यू बिल बी अप्रिस्येटिंग हर लैबर एण्ड रयडीनेस। इण्डयन पीपुल वर्शिप आटेण्ड कलचर। ईवन अवर देवी-देवताज आर डांसिंग सिंगिग। लार्ड शिवा। राधाण्ड कृष्णा एट-सैट्रा। दियर इज आलसो सुरसती। शी इज देवी आफ कलचरेण्ड अजुकेशन। वी थिंक पयन इज मोर माइटी दयन सोर्ड। आर्ट इज मोर लैंग्थी दयन लाइफ।

ईवन विलेज पीपुल से ब्रेनिज बिगर दयन बफलो योर अक्लेसण्टीज ! बट बिफोर स्टार्टिंग द प्रोग्राम आयम रिक्वेस्टिंग आवर चीफ़ गेस्ट टू इन-अगरेट बाय फायरिंग द लइम्प !'

(सियाबर बाबू अब तक बहुत खफा-गुस्सा हो चुके हैं। कक्काजी उन्हें हाथ के इशारे से कहते हैं कि दीप जलाएँ लेकिन वे अपनी जगह से नहीं उठते। कक्काजी उनके पास आते हैं।)

कक्काजी : दीप जलाया जाय साहेब। जानकी माता की संस्था इन्अग्रेट की जाए।

सियाबर : जिस संस्था के फंक्शन में हॉल खाली रखता है उससे न जानकी माता का कोई संबंध हो सकता है और न हमारा। हम जाते हैं। हमारा प्लेन छूटने का टाइम हो गया है।

कक्काजी : जनता जुटाय की जिम्मेदारी तो मालिक ई इन्दर प्रकास की रही।

इन्द्र : आपने दो हजार दिए थे, मैंने सब बँटवा दिए लेकिन आपका फंक्शन ही कंडम है तो इसे देखने आता ही कौन।

कक्काजी : मालिक, सच्ची बात तो ये है कि आजकल तो जनता बड़े-बड़े फंक्सनों तक के लिए ट्रकों में भर-भरकर भाड़े में लानी पड़ती है। टेस्ट मैच तक लोग-बाग मैदान में आकर नहीं देखता है। टी. वी. पर देखता है। और टी. वी. पर आप देखे जाएँ ई का इन्तजाम हम किए हुए हैं।

(कक्काजी इशारा करते हैं। टी.वी. की टीम आती दिखाई देती है।)

जानकी : टी. वी. पर दिखाया जाई ?

कक्काजी : हाँ मइया और एक नहीं दुई बार। एक मर्तबे थोड़ा सा न्यूज में और फिर बहुत सारा सांस्कृतिक चहल-पहल में।

(जानकी सियाबर बाबू का हाथ खींचकर ले जाती है।)

जानकी : अरे तो आइए ना, काहे जनाना की माफिक नखरा करते हैं।

(सियाबर बाबू अनमने भाव से उर्वशी की सहायता से दीप जलाते हैं और एक पंक्ति का भाषण देते हैं।)

सियाबर : हम इंटरनेशनल इंटीग्रेशन इंडिया चेप्टर का शुभारंभ करते हैं और इसके उज्ज्वल भविष्य की कामना करते हैं। जय हिन्द।

(तालियों की गड़गड़ाहट के बीच सियाबर बाबू जाने को होते हैं लेकिन कक्काजी उन्हें रोकते हैं और उपस्थित मुट्ठीभर लोगों और कलाकारों की भीड़-सी बनाकर मंच पर उनके साथ अपनी, सियाबर बाबू और जानकी मइया की वीडियो फिल्म उतरवाते हैं। इन्द्र, उर्वशी भी धक्का-मुक्की करके इस ग्रुप में शामिल हो जाते हैं।)

(सियाबर बाबू जानकी माता के साथ बाहर जाने लगते हैं। कक्काजी दौड़कर माइक सँभालते हैं।)

कक्काजी : साहेब को हवाई अड्डा जाना है। हमऊ उन्हें छोड़ने जा रहे हैं। आप लोग शांति से कार्यक्रम देखिए। कार्यक्रम के बाद जलपान की ब्यौस्था है। हमरी ओर से आयोजन की सोभा बढ़ाने के लिए अग्रिम धन्यवाद। आई. एम. थैंकिंग यू आल इन एडवांस फार ग्रेसफुलिंग दिस प्रोग्राम। आफ्टर कल्चरल आइटम स्टलाट रिफेरसमेंट बिल बी गिवन। जयहिन्द, जय विस्व।

(कक्काजी सियाबर बाबू के पीछे दौड़ पड़ते हैं और इशारे से उर्वशी से कहते हैं कि आप शुरू कीजिए। उर्वशी माइक थामती है।)

उर्वशी : वेलकम, स्वागतम, खैर-मकदम! वो आए घर हमारे खुदा की कुदरत, कभी हम उनको, कभी अपने घर को देखते हैं। कैसे-कैसे महानुभाव, कैसी-कैसी हस्तियाँ, टॉप पर्सनल्टीज, हमारे बीच हैं आज। उनकी तारीफ में कुछ कह सकूँ ऐसे अलफाज, ऐसे शब्द कहाँ से लाऊँ! कहा है—गिरा अनयन नयन बिनु बानी। आपके आने से रंग आया है इस महफिल में। यू आर द कलर इन लाइफ आफ दिस ईवनिंग। डियर-डियर गेस्ट्स, मुअज्जिज मेहमानो, प्यारे अतिथियो! मेरे बहुत ही प्यारे राज्यमंत्री, मिनिस्टर आफ स्टेट, जिन्हें अर्जेण्ट काम से बाम्बे जाना था, इसलिए हमारे बीच से उठकर फ्लाइट पकड़ने हवाई अड्डे चल गए हैं। मेरे बहुत ही प्यारे गुरुजी, मेरे बहुत ही प्यारे चेयरमैन साहेब, मेरे बहुत ही डियर एण्ड डियरेस्ट कल्चरल अटेशीज, मेरे अजीज एडिटर साहब, मेरे लविंग-लाइक-फादर दीनदयालजी, करम किया आपने जो यहाँ आए। कितनी वीरान थी, सुनसान थी, तुमसे पहले, वादी-ए-शौक ने क्या-क्या न दुआ दी हैं तुम्हें । बहुत हिचक होती है आप साहेबान के सामने नाचीज-सा कार्यक्रम पेश करते हुए। भरोसा है तो आपकी जर्रानवाजी का। सहारा है तो आप बड़ों की क्षमा का। हमने कोशिश पूरी की है कि फन का एक दिलकश गुलदस्ता आपको सौंपें आज, इन्द्रधनुष के रंगों में रँगा हुआ। कत्थक है, डिस्को है, छत्तीसगढ़ी फोकडांस है, गजल है, भजन है, सभी कुछ है इसमें। फिर भी वही है कि जो तू कबूल कर ले वह सदा कहाँ से लाऊँ। मेहरबान, माई फ्रेण्ड्स, हमने अपना तन-मन-धन अरपन करके, दिल-दिमाग और साँसों की दौलत लुटाकर तैयार किया है यह गुलदस्ता, कबूल करें कि फिर शौक कर रहा है। खरीददार की तलब, अर्जे-मतः ए अक्लो-दिलो-जाँ किए हुए। लेडीज एण्ड जेण्टलमेन पेश है पहला आइटम, होमेज टू गाडेस आफ आर्ट, सरस्वती प्रेयर-या कुदेन्दु तूभार हार धवला। कुमारी जया और साथियों की आवाज में म्यूजिक, मनसुख लाल का।'

सियाबर बाबू के घर का एक कमरा। टेलीविजन पर खबरों का प्रसारण हो रहा है। सियाबर बाबू और जानकी माता, इन्द्रप्रकाश और कक्काजी के साथ बैठकर टी. वी. देख रहे हैं। इन्द्रप्रकाश दीवार-घड़ी की ओर देखता है।

इन्द्रप्रकाश : खेलकूद की खबरें भी पूरी हो गईं और अब तो मौसम का हाल बताना बाकी रह गया। मैं कहता न था कि इन कक्काजी के सारे काम फर्जी होते हैं।

(सियाबर बाबू उठकर जाने लगते हैं।)

सियाबर : तुमको आदमी की बिल्कुल पहचान नहीं है जानकी।

(तभी टी.वी. पर आई. आई. आई. सी. के बारे में खबर सुनाई जाती है और संस्था का उद्घाटन करते हुए सियाबर बाबू की वीडियो फिल्म दिखाई जाती है। कक्काजी जानकी के चरण पकड़ते हैं।)

कक्काजी : जय हो जानकी मइया, आपके चरणों के प्रताप से सियाबर बाबू आज टी.वी में आई गए और कल सवेरे तमाम अखबारन में आई जाएँगे।

हिंदी और अंग्रेजी के अलग-अलग दैनिक रखे हैं जिनमें सभी में आई. आई. आई. सी. के उद्घाटन का सचित्र समाचार छपा हुआ है। जानकी एक-एक करके अखबार सियाबर के आगे रख रही है। उसके चेहरे पर संकोच की मुस्कान है।

जानकी : अब भी यही कहिएगा कि हमको सही आदमी की पहचान नहीं है।

(कक्काजी इन्द्रप्रकाश के साथ आते हैं।)

कक्काजी : अरे जानकी मइया अगर आपको सही आदमी का पहचान नहीं होता तो आप सियाबर बाबू की पत्नी कइसे बनतीं।

(इन्द्र अखबार उठाकर देखता है।)

इन्द्र : ये सब आप करवा कैसे लेते हैं।

कक्काजी : बबुआ ई दिल्ली है, हियाँ हर काम पब्लिकसिटी रिलेसन के फार्मूला फॉटीफोरहि से होता है।

गिफ्ट पैकिटों का एक ढेर रखा है। कक्काजी, उवर्शी और कुछ पत्रकार, जिन्होंने फंक्शन का कवरेज किया था, होटल के बार में बैठे हैं।

कक्काजी : अब हम संस्था की संयोजिका श्रीमती उर्वशी से रिक्वेस्ट करेंगे कि जिन नामा-निगारों की वजह से हमारा जसन कामयाब हुआ वो उनका स्वागत करें।

उर्वशी : हम आप जर्नलिस्ट भाइयां के शुक्रगुजार हैं कि आप लोग अपना कीमती वक्त देकर हमारे फंक्शन में आए और उसके बारे में लिखकर हमारा हौसला-अफ़जाई की। संस्था की तरफ से नाचीज तोहफा पेशे

खिदमत है।

(उर्वशी उपस्थित पत्रकारों को एक-एक करके गिफ्ट पैकेट देना शुरू करती है। एक पत्रकार गिफ्ट पैकेट खोलकर देखता है। इन्द्र झाँककर देखता है।)

इन्द्र : क्या दिया है?

पत्रकार : कक्काजी का तो स्टैंडर्ड गिफ्ट रहता है। एक सूटलेंथ, एक बोतल और छोटी गुड्डी।

(कक्काजी इन्द्र को यहाँ से खींचकर अलग ले जाते हैं और उसके कान में कहते हैं।)

कक्काजी : अइसा है बबुआ कि गाँव-देहात में जो लोग ई कहत हैं कि अक्ल बड़ी की भैंस, वहीयै ई भी कहते हैं कि सबसे बड़ा रुपइया। तनी इंगलिस मीडियम में समझ लिया जाए : ब्रेन इज बिगर देन बफैलो योर एक्सीलेंटीज़ बट म्नी इन बिगर देऩ बोथ। *(कहकर हँसते हैं।)*

कुवार्डिनेशन का जबर्दस्त प्राब्लम है कण्ट्री माँ

एक होटल की लॉबी में कक्काजी, माधव और राधा से विदा ले रहे हैं।

कक्काजी : वो अइसा है माधो बाबू कि हमरा नेचरुआ यारों के यार वाला है। परसों रात आपसे ये सुनने के बाद हम जरा भी सो नहीं पाए कि आपका इन राधा जी से विवाह नहीं हो पा रहा है। हम यही सोचते रहे कि कैसे राधाजी के पिताजी सेठ दानमल पर प्रेसर डलवाया जाए।

माधव : चलिए अब तो आपकी कृपा से सब ठीक हो गया।

राधा : ऑल इज वेल दैट एंड्स वेल। वो दे दो ना।

(माधव की ओर इशारा करती है।)

(माधव जेब में हाथ डालकर बादामी कागज में लिपटा हुआ नोटों का बंडल कक्काजी की ओर बढ़ाता है। कक्काजी उसे जेब में डाल लेते हैं।)

कक्काजी : आप इसे भला अंत पुकार रही हैं राधाजी, मगर हम इसे भली सुरुआत मान रहे हैं। अभी तो सादी में वी. आई. पी. लाने के पैसे मिलेंगे आप लोगों से।

माधव : जरूर।

(माधव और राधा कक्काजी को नमस्ते करते हैं। कक्काजी उन्हें 'परनाम' कहते हैं और मुस्कराते हुए वह पेस्ट्री शॉप की ओर बढ़ते हैं। रास्ते में उनकी निशा और रवि से टकराहट हो जाती है कक्काजी बाकायदा उनके पाँव छूते हैं।)

कक्काजी : पाँय लागी मिस्टर एंड मिसिज किरू इण्डया। निसा जीजी, आज सूरज पच्छिम से उगा है क्या जो गांधीवादी रवि बाबू आपको फाइव अस्टार भोजन-भाजन कराने ले आए?

निशा : अजी कहाँ! लंदन से आए इनके एक दोस्त यहाँ ठहरे हुए हैं, उनसे मिलाने लाए थे। ये उसे हमेशा गधा और नालायक कहते रहते थे। सो वो पहुँच गया लंदन और ये रह गए यहीं।

कक्काजी : इनहीं की लात खाके पहुँचा होगा लंदन। *(ठहाका लगाते हैं। रवि का हाथ पकड़कर पेस्ट्री शॉप में ले जाते हैं।* चलिए इसी बात पर मुँह मीठा कर लिया जाए।

शॉ. असि. : वॉट वुड यू लाइक टू हैव सर?

कक्काजी : जइसे अपने यहाँ काला जाम है तो वैसे विलायती मिठाई में का होता है ससुर?

मीरा : यू मीन ब्लैक फॉरेस्ट पेस्ट्री?

कक्काजी : दिया जाय! ब्लैक फॉरेस्ट काला जंगल ससुर।

शॉ. असि. : हाउ मैनी पीसेज़ सर?

कक्काजी : कट-पीस उट-पीस नहीं मयडम, पूरा दुई किलो।

शॉ. असि. : सर, किलो के हिसाब से तो केक मिलेगा, पेस्ट्री तो नग के हिसाब से है।

कक्काजी : तो दुई दर्जन रख दी जाए।

शॉ. असि. : विल दैट बी आल, सर?

कक्काजी : हाँ एकहि जगह। आल इन वन डिब्बा।

मिट्ठू : ये पूछ रही हैं कि कुछ और लेंगे?
(सब हँसते हैं।)

कक्काजी : बस इनका अस्नेह अउर सदभाव! *(सौ का नोट निकालकर देते हैं, और हँसते हैं)* फिलहाल तो पैसे काटकर चेंज दे दीजिए।

शॉ. असि. : बीस रुपए और लगेंगे सर।
(कक्काजी बीस रुपए और देते हैं।)

कक्काजी : अब समझे इसका नाम ब्लैक फॉरेस्ट क्यों है। ब्लैक मनी वाला ही खा सकता है इसे *(हँसते हुए डिब्बा लेते हैं और बहुत श्रद्धा से रवि को देते हैं)* ग्रहण किया जाए।

रवि : हम नहीं खाते पेस्ट्री। *(पेस्ट्री नहीं लेता, निशा ले लेती है।)*

निशा : मैं और आशीष खा लेंगे····

कक्काजी : मगर जीजी, जीजा को जरूर खिलाइएगा। परसों रात ये हमें डाँटकर भगा न दिए होते तो न हमें प्रसन दो प्रेमियों का हल करने को मिलता और न हल करने की ये फीस। *(गुड्डी दिखाते हैं)* आपसे सही बताते हैं जीजा कि जब-जब आप हमें धक्का देके बाहर किए हैं तब-तब कोई तगड़ी आसामी फँसी है। *(रवि के पाँव छूते हैं।)*
(तीनों बाहर निकलते हैं।)

निशा : भला चाहने वालों को धक्का देते हैं और खुद धक्के खाते रहते हैं। इनके सब साथी ठाठ से रह रहे हैं। हम लोग हैं कि पहले से भी ज्यादा फटेहाल हो गए हैं।

रवि : जो भी ठाठ से रहते हैं, सब बेईमान हैं, सुना? बँधी हुई तनखा में बढ़ती हुई महँगाई के इस दौर में जैसे रहा जा सकता है वैसे हम रह रहे हैं।

कक्काजी : तनखा तो बँधी हुई है रवि बाबू मगर आप उससे क्यों बँधे हुए हैं? और महँगाई बढ़ रही है तो आप महँगाई से दुई हाथ आगे क्यों नहीं बढ़ते रहते?

निशा : मैं तो आज ही सवेरे कह रही थी कि आपको दिल्ली में रहते हुए बारह बरस हो गए लेकिन अब तक अपना मकान नहीं बनवा पाए और कक्काजी ने सवा साल में ही दो फ्लैट बना लिए हैं।

कक्काजी : *(तीन उँगलियाँ उठाते हैं)* तीन! रिहाइस के लिए एक और जगह लिए हैं।

निशा : जहाँ रहते थे वो भी अच्छी थी।

कक्काजी : ई औरहू बढ़िया है। वो, निसा जीजी, हम हैं पैसे वाली आसामी की हजामत बनाए के धंधे में। और हजामत के धंधे में पैसा कैसे मिलेगा यह इस पर निर्भर करता है कि सैलून कितना सानदार है। *(तीनों होटल की नाई की दुकान के पास से गुजर रहे हैं)* आप घर जाने की जल्दी में न हों तो आपको अपना नया डेरा दिखला दें।

कक्काजी फ्लैट की घंटी बजाते हैं। नौकर दरवाजा खोलता है । कक्काजी, रवि और निशा के साथ अपने नए फ्लैट में दाखिल होते हैं।

कक्काजी : यही है हमरी टू बैडरूम कुटिया।

निशा : इस इलाके में तो टू बैडरूम वाला फ्लैट खरीदने में उतना ही लग जाता है जितना किसी कस्बे में कोठी बनाने पर।

कक्काजी : *(नौकर से मुखातिब होते हैं)* अरे बुधना नास्ता पानी की ब्यौस्था करो।

बुधना : सब कर चुके हैं मालिक।

(निशा बहुत इम्प्रेस होकर फ्लैट की चीजों को देख रही है। रवि खफा होता जा रहा है।)

निशा : जरा दखिए, तो जी कितनी सारी चीजें जोड़ ली हैं इन्होंने। टी. वी, वी. सी. आर., म्यूजिक सिस्टम, फ्रिज, एयरकंडीशनर।

(इस बीच कक्काजी कुछ चीजें खुद उठाकर ले आए हैं—पोर्टेबल टी. वी., वॉकमैन, कॉर्डलेस टेलीफोन।)

कक्काजी : एक ई छोटा उठाऊ टी. वी. भी है पिकनिक पर साथ ले जाने को। और जरा ई भी देखिएगा चलंत-गवंत मसीन। आप घूमते रहिए ई कान में गाना फूँकती रहती है। और ई बेतार का टेलीफून। कैमरा भी है एक ठो।

(नौकर किचन से सामान लाता है। निशा किचन में झाँकती है। कक्काजी भी।)

निशा : अच्छा किचन इधर है। वाह, ये तो बिल्कुल मॉडर्न है।

(कक्काजी उसे किचन से बाथरूम की ओर ले जाते हैं।)

कक्काजी : हमारा माइंडहि मॉर्डन है। ई बाथरूम देखा जाए, हियाँ भी माडर्न है मामला। ई फ्लस देखिए निराले ही अस्टाइल से चलता है। और ई टब। गरम-ठंडा दूनों टाइप का पानी मिलता है इसमें। *(रवि से)* जीजा, न हो तो यहीं निबट-उबट कर अस्नान कर लिया जाए।

रवि : नहीं।

(ये लोग बाहर निकलते हैं। बाथरूम से निकलने के बाद निशा एक और कैमरे का दरवाजा खोलती है, जहाँ गिफ्ट आइटमों का ढेर लगा हुआ है। ब्रीफकेस, अटैचीकेस, लैम्प, मूर्तियाँ, फूलदान, सूटलेंथ वगैरह। कई आइटम कई-कई साइजों में हैं। कक्काजी हँसते हैं।)

निशा : बाप रे बाप, कितनी सारी चीजें। आप इतना सब खरीद कैसे लेते हैं कक्काजी।

कक्काजी : खरीदता कौन भकुआ है, भगत लोग आके दे जाते हैं। दिवाली न्यू ईयर गिफ्ट।

रवि : एक-एक चीज के कई-कई नग हैं। फिजूलखर्ची।

कक्काजी : ई फिजूलखर्ची भगत लोगों में आपसी तालमेल की कमी के कारण हुई रही है। कुवार्डिनेसन का बहुत जबरदस्त प्रॉब्लम है। कन्ट्री माँ। खैर आप हर आइटम का एक-एक नग उठा ले जाइएगा।

रवि : हम मुफ्त का माल नहीं लेते।

कक्काजी : तब तो यही कहा जाएगा कि आप समाज-विरोधी हैं। हमरे समाज में तो स्वर्ग की कल्पना यही है कि हर माल मिलेगा फोकट में। और फोकट में भी एक नहीं दो ठो। ऊ किस्सा नहीं सुने हैं आप कि एक इंडियन पहुँचा फॉरिन बाजार में और एक मामूली पैंसिल का दाम आधा कराने के लिए मार हुज्जत करने लगा। तंग आकर दुकानदार कहिन कि इसे आप मुफ्त ले जाइए सर, गिफ्ट। तब इंडियन कहिन मुफ्त की दो नहीं दीजिएगा।

निशा : कक्काजी, ये थोड़ी-सी चीजें मैं ले जाऊँगी।

रवि : अगर तुम ये हराम का माल लोगी तो हम अनशन कर देंगे।

कक्काजी : अनसन आप घर पहुँचने पर कीजिएगा, फिलहाल तो यहाँ जूठन गिराएँ।

(तीनों डाइनिंग टेबल की ओर जाते हैं जिस पर तरह-तरह का सामान रख दिया गया है। ये लोग बैठते हैं।)

निशा : क्रॉकरी देखिए कितनी बढ़िया है। कक्काजी, आपने तो सारी गिरस्ती

जोड़ डाली है। अब चटपट शादी कर डालिए।

कक्काजी : सादी हम करेंगे तब जब परिवार के रासन पानी के लिए एक करोड़ रुपया जोड़ लेंगे।

रवि : इस तरह बेईमानी से पैसा बनाते समय तुम्हारे मन में कभी ये ख्याल नहीं आता कि इतिहास क्या कहेगा?

कक्काजी : अरे कोई सुनेगा तब ना कहेगा इतिहास। सारा समझदार आदमी खुदहि एक करोड़ बनाने में बीजी है।

रवि : इस तरह से एक-एक करोड़ रुपया बनाने में जुटे रहोगे तो देश रसातल में पहुँच जाएगा।

कक्काजी : करोड़ों आदमी एक-एक करोड़ बनाने में जुट जाएगा तो देस खुसहाली के उच्च सिखर पर पहुँच जाएगा।

रवि : तुम्हारी जबान बहुत चलती है।

कक्काजी : गाँव देहात में कहते हैं कि जिसकी जबान चलती है उसका नौ बीघे में हल चलता है। *(हँसते हैं)* रवि बाबू, समझा जाए, हम इस धंधे में आए इसलिए हैं कि जबान के इलावे सरीर के किसी हिस्से को कस्ट न देना पड़े। लीजिए इसी बात पर एक गुलाबजामुन आजमाइए। *(गुलाबजामुन उठाकर रवि की प्लेट में डाल देते हैं।)*

रवि : अपने को नेता समझते हो तो देश के गरीबों के लिए काम करो।

कक्काजी : आज ये जो कमाई हमें आपके प्रताप से हुई है सो गरीब सेठ दीनदयाल के बेटे माधो का काम कराके ही हुई है। *(नोटों का बंडल मेज पर रखते हैं।)*

रवि : सेठ कभी गरीब होता है?

कक्काजी : अइसा लगता है आप आइंस्टाइन का थियोरी पढ़े हैं। अरबपति दीनदयाल खरबपति सेठ दानमल के मुकाबले में तो कंगाल ही ठहरेगा। अब अइसा है कि दीनदयाल के बेटे और दानमल की बेटी में प्रेम हो गया है। हमने दानमल पर ऊपर से प्रेसर डलवाकर मामला सैट कराया और दच्छिना पाई।

(कार्डलेस फोन की बीप सुनाई देती है। कक्काजी फोन उठाते हैं।)

कक्काजी : *(फोन पर)* हलऊ! हाँ हम कक्काजी ही बोल रहे हैं। बताया जाए।

राधा : *(फोन पर)* सबकुछ गड़बड़ हो गया कक्काजी। पिताजी ने पत्रियाँ मिलवाईं। माधो मंगली निकला। पिताजी ज्योतिष जानते हैं और उन्हें इस बात में बहुत विश्वास है।

कक्काजी : *(फोन पर)* प्रेमियों के मिलन में पत्रियों के न मिलने से जो अड़चन आई है उसे दूर कराने में हम तुरंत जुट जाते हैं। प्रनाम। *(फोन रख देते हैं।)*

निशा : क्या हुआ ?

कक्काजी : दो हंसों का जोड़ा फिर से बिछुड़ गया। मंगली होने की वजह से माधव की पत्री राधा से नहीं मिली। अब ये दो गरीब प्रेमी अगर मिल सकते हैं तो रवि बाबू के कलम के प्रताप से ही।

रवि : मैं क्या करूँ ? पत्रियाँ मिलाके शादी करने के खिलाफ लेख लिखूँ ?

निशा : सो तो लिख ही डालिए। हमारी-आपकी शादी पत्री मिलाके हुई, नतीजा आप देख ही रहे हैं।

रवि : क्या देख रहे हैं, ऐं ? तुम आखिर कहना क्या चाहती हो ?

निशा : यही कि मेरे पिताजी ने मेरी शादी आपसे ये सोचकर की थी कि लड़का इतने बड़े अखबार 'हुंकार' में काम करता है तो लड़की को हर तरह का सुख देगा। मगर मुझे मिला क्या ?

कक्काजी : अब अइसा है निसा जीजी कि ये तो आपहूँ मानोगी कि रवि जीजा ने आपको चाहे जब हुंकार लेने का सुख तो दे ही रखा है। *(रवि की प्लेट में एक और रसगुल्ला डालते हैं)* एक ठो और रसगुल्ला खाया जाए रवि बाबू और प्रेमियों के जीवन में मिठास भरने के लिए अपने अखबार में ये लिख दिया जाए कि ससिकांत उर्फ बिजुरिया बाबा देस के इकलौते गारंटीसुदा ज्योतिसी और भविस्यवक्ता हैं। अकेले इसी साल ये आपके कार्यालय में आकर एक सौ आठ सही भविस्यवाणियाँ कर चुके हैं। लेख का सीर्सक रखिएगा—'स्री स्री एक सौ आठ बिजुरिया बाबा'।

रवि : श्री चार सौ बीस न लिखें !

कक्काजी : रवि बाबू, प्यार और लड़ाई में चार सौ बीसी भी जायज होती है।

रवि : शशि का इस प्रेम कहानी से क्या लेना-देना है ?

कक्काजी : वो अइसा है कि पब्लिकसिटी के इस युग में ज्योतिसी भी वही चलता है जिसे अखबारवाले चढ़ा दें। आप थोड़ा बिजुरिया बाबा को जमा दीजिए तो हम उनके सहारे सेठ दानमल को फिर काबू में कर लेंगे। प्रेमियों से आपको अच्छी दान-दच्छिना दिलवा दी जाएगी।

रवि : *(गुस्सा होकर उठ जाता है)* नॉनसेन्स। चलो निशा। हम एक भ्रष्ट आदमी के घर में एक सेंकिड नहीं बैठ सकते।

(रवि दरवाजे की ओर बढ़ जाता है। निशा और कक्काजी वह सामान उठाकर लाते हैं जो निशा ने लिया है। दरवाजे पर रवि नाराज़ होकर कहता है) तुम क्यों आ रहे हो जी।

कक्काजी : हम आपको घर छोड़ने चल रहे हैं।

रवि : कोई जरूरत नहीं है।

कक्काजी : टैक्सी स्टैंड तक तो छोड़ सकते हैं।

रवि : नहीं ! हम बस से जा रहे हैं।

निशा : इतना सामान लेकर मैं तो बस में जाऊँगी नहीं।

रवि : हमारे पास नहीं हैं टैक्सी के लिए फालतू पैसे।

(तीनों टैक्सी स्टैण्ड तक आते हैं। कक्काजी और निशा टैक्सी में समान रखते हैं। टैक्सी वाला मीटर डाउन करता है। रवि और निशा भीतर बैठते हैं। कक्काजी टैक्सी ड्राइवर को सौ रुपए का नोट देते हैं।)

कक्काजी : ई नोट सँभालिए। मीटर में जितना पैसा आए उससे पाँच रुपया फालतू काटके बाकी सब मेमसाहब को लौटा दिया जाए।

रवि : नहीं ! रोको हमें उतरने दो। *(उतरने को होता है।)*

निशा : *(उसे पकड़ लेती है)* चलाओ भइया, टैक्सी हमने की है।

(टैक्सी चल पड़ती है। कक्काजी हाथ हिलाते हुए कहते हैं—प्रेमियों की खातिर इनसे लेख लिखवा लिया जाए निसा जीजी।)

होटल की लाबी। माधव, कक्काजी, शशिकांत और राधा बैठे हैं। शायद चाय-कॉफी पी रहे हैं।

कक्काजी : ये बिजुरिया बाबा सब सैट करा देंगे। टॉप के ज्योतिसी हैं।

राधा : पिताजी आसानी से किसी ज्योतिषी से इम्प्रेस नहीं होते।

कक्काजी : इम्प्रेस करने का सारा इंतजाम करने के बादहि इन्हें भेजा जाएगा। देखिए एक तो हम इनके बारे में प्रसिद्ध पत्रकार रविकिसोरजी का लेख छपवा रहे हैं।

माधव : वे तो ज्योतिष के खिलाफ लेख लिखते रहे हैं।

कक्काजी : इनकी ज्योतिस में वो जादू है कि उनके भी सिर पर चढ़के बोला।

माधव : अच्छा।

कक्काजी : सियाबर बाबू भी इनका बहुत लोहा मानते हैं। क्योंकि इन्होंने उनके बारे में जब भी, जो भी भविष्यवाणी की है, रुपए में सौ पैसे सच निकली है।

राधा : रियली। तो मेरे बारे में कुछ बताइए ना। हाथ देखकर भी बताते हैं ना ? *(अपना हाथ आगे कर देती है।)*

कक्काजी : ये तो बगैर देखे सबकुछ बता देते हैं। मगर इस समय तो आपको नहीं, आपके पिताजी को इम्प्रेस करने का सवाल है। उनके लिए बिजुरिया बाबा की तारीफ में हम सियाबर बाबू के पी. ए. से एक फोन करवा देंगे। लेकिन अगर आप चाहती हैं कि आपके पिताजी पर इनका असर पड़ने में कतई कोई कसर न रहे तो इन्हें अपने पिताजी के बारे में

दो-चार ऐसी बातें बता दीजिए जो किसी भी बाहरवाले को मालूम न हो सकती हों।

राधा : मैं बताऊँ? ये बताएँगे न ज्योतिष विद्या से।

कक्काजी : तो अइसा है कि ये जो भी बताएँगे आपके पिताजी यही सोचेंगे कि माधव बाबू से या किसी नौकर-चाकर से पूछ कर आए हैं। आप इनको अन्दरूनी भेद कान्फ्रेंस करके दीजिए ताकि इस ओर से निसचिंत हुआ जा सके।

राधा : कान्फ्रेंस करके! भेद की बातें खुलेआम कैसे बता दूँ।

कक्काजी : *(राधा के कान में कहते हैं)* असली कान्फ्रेंस हमरे यहाँ कान में बात करके होती है। *(बोलने के बाद हँसते हैं और शशिकान्त के कान की ओर इशारा करते हैं।)* खुलेआम तो खाना-पूरी के लिए प्रस्ताव पास किए जाते हैं। तो बिजुरिया बाबा कर ली जाए कॉन्फ्रेंस। प्रेमियों की प्रॉब्लम सुलझाते-सुलझाते हमरा तो खोपड़ा भिन्ना गया है। जाकर थोड़ा चम्पी मालिस करवाएँ। होटल वाला रोज ही चिरौरी करता है कि हमरे यहाँ फिरी में हैल्थ और ब्यूटी बढ़ाने आया कीजिए। *(खुद उठ खड़े होते हैं और संवाद बोल कर चले जाते हैं।)*

कक्काजी रविकांत के घर के आगे शशिकांत के साथ टैक्सी से उतरते हैं और भीतर घुसते हैं जहाँ रविकांत बैठा हुआ कुछ लिख रहा है और निशा सिलाई कर रही है।

कक्काजी : पाँय लागी निसा जीजी। रवि बाबू से ऊ लेख लिखवा लिया कि नहीं?

निशा : ये तो मानते ही नहीं। खाने-कमाने का कोई काम हो, इन्हें परहेज हो जाता है।

रवि : हम ईमानदारी के साथ जी रहे हैं इसमें तुम्हें क्या परेशानी है?

निशा : ये कोई जीना है *(उठती है और चीजें घूम-घूमकर दिखाती है)* कोई भी ढंग की चीज नहीं है इनके घर में। ये फ्रिज देखो मार खड़खड़ा रहा है। टी.वी. सैट ब्लैक एंड व्हाइट है। और सो भी ऐसा कि दो हाथ खींच के देते हैं तो दो घड़ी जलवा दिखा देता है। और ये फर्नीचर तो वही है जो आपके दहेज विरोधी रवि जीजा को हमारे पिताजी ने दहेज में दिया।

रवि : जबर्दस्ती दिया। तुम लाई मैं नहीं *(उठ खड़ा होता है।)*

कक्काजी : *(सोफा पर बैठते हैं जो चूँ-चूँ बोलता है। फिर उस पर कूदते हुए चढ़ जाते हैं)* ये सोफा है ससुर कि भैंसागाड़ी। चूँ-चूँ-चरमर, चूँ-चूँ-चरमर।

रवि : ये क्या करते हो जी, सोफा टूट जाएगा।

कक्काजी : आप चिंता मत कीजिए, सारा फर्नीचर नया आ जाएगा। आप जरा वो लेख तो लिख दीजिए।

रवि : हम भ्रष्टाचार के विरोध में लेख लिखने बैठे हैं और तुम भ्रष्ट प्रस्ताव रखते हो हमारे सामने। *(अपने कागज-पत्र सँभाल के चल देता है)* हम वॉकआउट कर रहे हैं।

निशा : कक्काजी, मुझे बताइए क्या लिखना है मैं लिख दूँगी ?

कक्काजी : लिख आप जरूर दें मगर यह छपना रवि बाबू के नाम से ही चाहिए। वो एक ईमानदार और अंध-विस्वास विरोधी पत्रकार के रूप में मसहूर हैं इसलिए उनकी बात वजनी मानी जाएगी।

निशा : चुपचाप जाकर उनके नाम से छपवा आऊँगी ?

कक्काजी : छपवा तो दीजिएगा मगर वह अगले ही दिन अखबार में निकाल देंगे कि लेख मेरा नहीं था। आपसे तलाक़ माँगेंगे सो अलग। एकहि उपाय है। हम ये लेख इंगलिस में लिखवाकर 'उदयोग व्यापार' पत्रिका में छपवा दें जो मेम्बरों के पास ही भेजी जाती है। बाकी कहीं बिकती-उकती नहीं। उसका एडीटर भी हमरा भगत है। *(शशिकांत से)* तो बिजुरिया बाबा, एम. ए. इंगलिस, अपने पर लेख खुदहि लिख मारो।

शशिकांत : क्या लिखूँ ?

कक्काजी : सबसे पहले तो अखबार की फाइल देखकर अपनी एक सौ आठ सही भविस्यवाणियों की लिस्ट तैयार कीजिए। जॉर्ज बुस के अमरीका के प्रेजीडेंट चुने जाने से लेके अर्मिनिया में भूकंप आने तक हर घटना के विषय में यह लिख दीजिए कि आप रवि बाबू को आकर पहले ही बता गए थे। दस-बारह नई भविस्यवाणियाँ भी उसमें लगे हाथ कर डालिए।

शशिकांत : गलत हो गईं तो मैं मारा जाऊँगा।

कक्काजी : भविस्य में ना, अभी तो नहीं। और जरा यह भी समझिएगा कि जमे हुए ज्योतिसी जब भविस्यवाणियाँ करते हैं तो ऐसे गोलमाल ढंग से कि उन्हें गलत ठहराए जाने की ज्यादा गुंजाइस न रह जाए। मिसाल के लिए आप कह दीजिएगा कि एक चोटी के नेता को बहुत खतरा है, अपने स्वास्थ्य का ध्यान रखे। अब यह है किसी नेता को कुछ हो-हुआ जाए तो आपकी एक भविस्यवाणी सही, न हो तो अइसा है कि आपके सावधान करने की वजह से सबने अपने स्वास्थ्य का ध्यान रखा और बला टल गई। कुछ ऐसी सदाबहार चीजें हैं कि उनके होने की भविस्यवाणी बेखटके की ही जा सकती है। महँगाई बढ़ेगी, बाढ़ आएगी, कुछ राज्यों के मुख्यमंत्री बदले जाएँगे, केन्द्र में रि-सफल होगा, वगैरह-वगैरह।

निशा : लेकिन देर-सवेर इन्हें पता तो चल ही जाएगा।

कक्काजी : उस बारे में हमरी भविस्यवाणी ये है कि ससिकांत घर से निकाल दिए जाएँगे क्योंकि हम अपने भगत से कहलवाएँगे कि लेख यहीयै दे गए थे। यहाँ से निकाल दिए जाओ तो हमारे यहाँ आ जाना, चिंता की कौनो बात नहीं है।

एक पार्क में राधा अपने पिता दानमल के साथ सैर कर रही है। एक झाड़ के पीछे कक्काजी और शशिकांत खड़े हैं। कक्काजी इशारा करते हैं।

कक्काजी : वो देखो आ रहे हैं। तो जाओ हो जाओ सुरू, नेप्चून का नाम लेकर। *(शशिकांत जाता है और दानमल और राधा के सामने पड़ता है। राधा के हाथ में वो अंग्रेजी पत्रिका है जिसमें बिजुरिया बाबा के बारे में लेख छपा है।)*

शशिकांत : अल्फा बीटा गामा नेप्चुनाय नमः। क्यों महाशय, आपका नाम 'द' से शुरू होता है क्या?

दानमल : होता हो तो क्या?

शशिकांत : तो आपकी इस बेटी का नाम र से शुरू होगा और इसका विवाह किसी सिंह राशि वाले से होते-होते रह गया।

राधा : हाँ, बाबाजी।

शशिकांत : लड़के में मंगली दोष था क्या?

राधा : हाँ बाबाजी।

शशिकांत : तुम लोगों से समझने में भूल हुई। अगर तुम्हारा और तुम्हारे पिता का कोई मंगल करा सकता है तो उस लड़के का वह उच्च का मंगल ही। यह शादी नहीं हुई तो तुम दोनों के भविष्य में घोर अमंगल देख रहा हूँ बेटी।

दानमल : बाबाजी, आपको लड़के वालों ने यह कहने के लिए कितनी दक्षिणा दी?

शशिकांत : हमारे मुँह से किसी का पैसा नहीं बोलता, हम तो वही कहते हैं जो सिरजनहर बेतार पर हमें बताता है।

राधा : पिताजी, ये वो बिजुरिया बाबा हैं जिनके बारे में ये लेख छपा है। *(लेख दिखाती है।)*

दानमल : पत्रकार तो जान-पहचान के किसी भी ऐरे-गैरे को सिद्धपुरुष का दर्जा दे डालते हैं।

राधा : नहीं पिताजी, ये लेख मिस्टर रवि का है, जो अब तक ज्योतिषियों के खिलाफ लिखते आए थे। आपको याद नहीं एक बार ज्योतिष पर

आपकी इनसे बहस हो गई थी।

दानमल : सच्चे ज्योतिषी से बहस करने वाले ने झूठे ज्योतिषी की तारीफ लिखी है तो जरूर पैसा खाया होगा।

राधा : पिताजी, ये तो वो रवि बाबू हैं जिन्होंने आपकी कम्पनी का नए साल का कैलेण्डर और डायरी भी लौटा दिया था।

दानमल : कैलेण्डर लौटा दिया होगा, कैश लौटाते न बना होगा।

(दानमल राधा के साथ आगे बढ़ने लगता है। शशिकांत पीछे से लपकता है।)

शशिकांत : सुनिए महाशय, अभी-अभी सिरजनहर ने बताया है कि आप गुलाबी जाँघिया-बनियान पहनते हैं।

दानमल : मुझे अपने खानसामा को बर्खास्त करना होगा कि वह घर की बात बाहर बता रहा है।

शशिकांत : आप आखिरी रोटी गुड़ और घी से पसंद करते हैं।

दानमल : रसोइए की नौकरी भी गई।

शशिकांत : आपको पिछले हफ्ते इन्कमटैक्स वालों का एक नोटिस मिला है, जिसकी वजह से आप बहुत परेशान हैं।

दानमल : मेरे सेक्रेटरी की नौकरी भी गई। बस और तो कुछ नहीं बता रहा है। आपका सिरजनहर?

(शशिकांत सोचता रह जाता है क्योंकि आखिरी बात याद नहीं आ रही है।)

(दानमल राधा को पकड़कर आगे बढ़ जाता है। उनके आगे निकलने पर शशिकांत उस ओर देखता है जहाँ कक्काजी छिपे हैं वहाँ उसे एक कागज टँगा हुआ दीखता है। जिसकी ओर कक्काजी की अंगुली इशारा कर रही है। इस कागज पर लिखा है—बैंक अकाउंट। इसे देखते ही शशिकांत को याद आ जाता है और वह अपना संवाद बोलता हुआ दानमल के पीछे लपकता है।)

शशिकांत : महाशय, डी डब्ल्यू वन नाइन फोर—यही है न आपका विदेशी बैंक अकाउंट नंबर?

दानमल : ये तो मेरी भी⋯नौकरी⋯। *(सोच में पड़ जाता है। फिर शशिकांत के कंधे पर हाथ रखता है)* और किसी को मत बताइएगा बाबाजी। चलिए आपके साथ ज्योतिसी-चर्चा करने में बहुत आनंद आएगा।

(शशिकांत को इन लोगों के साथ जाता देखकर कक्काजी प्रसन्न होते हैं।)

रवि के घर में नया सोफासेट रखा जा रहा हैं। निशा बहुत खुश नजर आ रही है। कक्काजी फर्नीचर रखवा रहे हैं।

कक्काजी : सँभाल के भइया, बाद में तो हम कूद-कूद के तोड़बै करेंगे। लेकिन पहले दिन तो सही सलामत रहे।

निशा : यहाँ एक कारपेट भी हो जाता ना तो बहुत बढ़िया लगता।

कक्काजी : कारपेटो मँगवा दिया जाएगा। ये सगाई का प्रेजेंट है। सादी पर तो बहुत जोरदार प्रेजेंट देंगे वो लोग रवि बाबू को।

रवि : *(दफ्तर से आता है)* कौन लोग ? किस बात का प्रेजेंट ? ये फर्नीचर कहाँ से आ गया ?

कक्काजी : आप तो प्रस्नों की झड़ी लगा देते हैं। ये सोफासेट आपके लिए भिजवाया है। माधव और राधा इन दो संतुष्ट प्रेमियों ने अपनी सगाई हो जाने की खुसी में ।

रवि : उससे हमारा क्या मतलब ?

कक्काजी : मतलब की बात काहे पूछते हैं। न वो मतलबी हैं, न आप मतलबी हैं।

रवि : नहीं हम ऐसे मुफ्त में किसी की चीज नहीं लेते।

कक्काजी : अगर ऐसा संकोच हो मन में तो बदले में अपने अखबार में उनकी सादी का फोटू और समाचार छपवा दीजिएगा।

रवि : नहीं ! हम इस तरह की वाहियात चीजें नहीं छापते।

कक्काजी : कविता तो छापते हैं ना कभी-कभी। राधा की एक ठो कविता ही छाप दीजिएगा।

रवि : हम आलतू-फालतू कवियों को नहीं छापते।

कक्काजी : तो अइसा कीजिएगा कि राधा से एक परिचर्चा करा लीजिएगा। सीर्सक हम दिए देते हैं—'बढ़ता भ्रष्टाचार—कौन कितना जिम्मेदार'।

जब इण्टरटेनमेंट हइयै नाहीं तब इण्टरटेनमेंट टिक्सुवा काहे का

गजानन बाबू के घरेलू दफ्तर में कक्काजी फोन पर एक नम्बर घुमा रहे हैं। गजानन बाबू का घरेलू सेक्रेटरी पास में खड़ा है और भुनभुना रहा है।

सेक्रेटरी : अरे कितना एस. टी. डी. फोन कीजिएगा, पाँच तो कर चुके हैं।

कक्काजी : वो सुने नहीं हो का कि मुफ्त का फुनवा, घुमा मेरे मनवा! अरे जब पइसा इका गजानन बाबू को नईं देने को पड़ि तब अइसा किसी किरू क्लास अब्जेक्सन को मारते हो।

कक्काजी : ह-लऊ⋯कउन गौरी बाबू? बाहु गए हैं! *(निराश होकर फोन रख देते हैं)* लगा दिया न नजर। *(घड़ी की ओर देखते हैं)* अभी तक नहीं आए—ई औरत लोगन का टाइम-वाइम का जरा भी ख्याल नहीं।

सेक्रेटरी : कौन आने वाले हैं?

कक्काजी : मनोज बाबू की कोई रिश्तेदारी है, फिल्म में हीरोइन बनना चाहती है। हमने कहा भेज दो हमरे पास। हम आज इहाँ धूनी रमाए हैं।
(कक्काजी एक और जगह फोन लगाते हैं।)

कक्काजी : *(सेक्रेटरी से)* घबराओ मत भइया ई दिल्लीयै का नंबर घुमाए हैं हम। *(फोन पर)* ह-लऊ कौन हीरो? भई तैयार हो जाओ, तुमरे वास्ते हम एक ठो तगड़ा सा रोल टिंच किए हैं जो हो न सो बिग बजट मूवी में। कोरा धन्यवाद ही देना हो तो परमात्मा को दो, कक्काजी तो तर धन्यवाद से ही तर हुई हैं। अरे पक्का ही समझो। पार्टी यहीं आ रही है हमसे मिलने। तो बाद में हमरे कमीसनुवा का तनी ख्याल रखा जाए। अच्छा रखते हैं, परनाम।
(फोन काट देते हैं। एक दूसरा नंबर घुमाते हुए कहते हैं। गजानन बाबू को भांजे का हीरो के पोस्ट पर फिट कर दिया, अब जरा उनके साले को अस्टोरी राटर बहाल करवा दे।)

कक्काजी : *(फोन पर)* हलऊ, महान लेखक और कथाकार जुगनू जी को कक्काजी का प्रनाम। एक ठो खुशखबरी है—आपकी महान रचना 'पापी पपीहा रे' के फिल्म राइट्स हम खरीद रहे हैं—एक ठो महान फिल्म बनाने की

योजना है—अरे क्यों नहीं—कक्काजी के रहते तगड़ा पयसा मिला —हाँ···लेकिन हमरा भी उसमें एक हिस्सा रखा जाए। बस पार्टी आ ही रही है—दू चार दिन में गजानन बाबू से महूरत कराय देई हाँ···जी ···रख दें।

(फोन काटकर नम्बर घुमाने को होते है कि मोनिका अपनी माँ के साथ आती है। माँ सेक्रेटरी को प्रणाम करती है।)

माँ : प्रनाम कक्काजी।

सेक्रेटरी : हम कक्काजी नहीं, हम गजानन बाबू के पी. ए. हैं। कक्काजी यह बैठे हैं।

माँ : ओह, माफ करना प्रनाम कक्काजी।

कक्काजी : अब तो हम जाने वाले हैं—आप बहुत देर से आई हैं। अब कभी अउर मिलिए।

माँ : प्लीज, हम बहुत दूर से आए हैं।

कक्काजी : *(लड़की की ओर निगाह मारते हैं)* तुमरा नाम ई मोनिका है?

मोनिका : जी।

(कोई पी. ए. को पुकारता है और पी. ए. चला जाता है।)

माँ : मैं इनकी माँ हूँ—पूनम।

कक्काजी : मनोज बाबू हमसे कहि रहे थे आपके बारे में। हम का करें कुछ समझ में नहीं आ रहा।

मोनिका : आप हमारे लिए कुछ कीजिए, प्लीज।

कक्काजी : ब्यूटी की प्लीज पर पसीजना तो हम अपनी ड्यूटी समझते हैं। हमका कौनो इल्म नहीं फिर भी तुम्हारी खातिर कुछ न कुछ करेंगे जुगाड़। बैठिए, क्या नाम है तुम्हारा?

माँ : बेबी का नाम मोनिका है, हमारा नाम पूनम है।

कक्काजी : आप मोनिका की क्या हैं?

माँ : माँ हूँ। वैसे हमें सब कोई इसकी बड़ी बहन समझता है।

कक्काजी : हम तो छोटी बहन समझे थे। खैर, आज्ञा कीजिए।

माँ : आज्ञा काहे की, अनुरोध है कि हमारी फिल्म बनाने के लिए मदद दिला दें। प्लीज। मोनिका को पर्दे पर ले आएँ—हमारी यही एक तमन्ना है।

कक्काजी : हाँ, ऊ हो जाएगा—और का प्राब्लम है?

माँ : जी, हमारी प्राब्लम ये है कि कुछ ऐसा करें जिससे नेम, फेम और सेटिस्फेक्सन सब मिले।

कक्काजी : हम आपकी बिटिया की प्राब्लम पूछे थे।

मोनिका : मेरी और मम्मी की प्रॉब्लम एक ही है कक्काजी। हम दोनों अच्छी

आर्टिस्ट हैं और एक बढ़िया फिल्म बनाना चाहती हैं।

कक्काजी : जिसमें हीरोइन का पार्ट मिले ?

माँ : जी हाँ।

कक्काजी : आप हीरोइन बनिएगा माताजी ?

माँ : *(निःश्वास छोड़कर)* जब बन सकती थी तब इसके डैडी ने बनने नहीं दिया, अब तो हम बिटिया को हीरोइन बनवाएँगी। एक वक्त था, तब जबर्दस्त आर्टिस्टिक अर्ज रही, लेकिन इसके डैडी ने सब चौपट कर दिया।

कक्काजी : ये आर्टिस्टिक अर्ज का मर्ज बहूतहि बुरा है ससुर। इसके पीछे हमहूँ रामलीला में बहुत टाइम बरबाद किए रहे। अच्छा अब ई बताया जाए—कितना रुपया आप लगा रही हैं।

माँ : हम तो बाहर से आपको देखते ही बेबी से बोल दी थीं कि ये तो पूरे कलाकार लगते हैं। न हो तो हमारी फिल्म में हीरो के बाप के रोल में आपहि उतर जाइएगा।

मोनिका : रामलीला में आप क्या रोल करते थे कक्काजी ?

कक्काजी : वहीयै जो हम मंच पर करते हैं— खंजाजी याने ट्रेजरार।

माँ : हमको मनोज बाबू ने बताया था कि फाइनांस से आपका बहुत पुराना रोमांस है । हमारी फिल्म अब आपके भरोसे ही बनेगी। आप ही सँभालिए इसकी बागडोर।

कक्काजी : फिल्म का हमको कौनो खास इलम नहीं है फिर भी बेबी आपकी खातिर और मनोज बाबू का रिक्वेस्ट से हम कुछ करेंगे जुगाड़। लेकिन पहले ई बताया जाए कितना रुपया आप लगा रही हैं ?

माँ : हमारे पास बारह लाख हैं।

कक्काजी : बस।

माँ : तभी तो आपके पास आए हैं।

मोनिका : प्लीज, कुछ कीजिए—मेरे कैरियर का सवाल है।

कक्काजी : फिर प्लीज कह रही हैं। अब तो कुछ करना ही पड़ेगा। कुछ रुपया का जुगाड़ कराए देईं हम—परेसान न हों। वो अइसा है कि आप जैसियों की प्लीज सुनके हमरा पत्थर दिल पसीज आता है ससुर।

(मुस्कराकर बहुत प्यार से मोनिका को देखते हैं जो जवाब में मुस्करा देती है।)

कक्काजी : जो है न सो सिल्वर अस्क्रीन पर आप पूरी तरह छा जाइएगा, मार्डन मेनका बनकर। समझीं मोनिका जी !

(मोनिका लजाती है।)

माँ : बेबी को शक्ल-सूरत और कलात्मक प्रतिभा मुझसे मिली है कक्काजी। बस यही है कि मुझे प्रतिभा दिखाने का मौका मिल नहीं पाया है।

कक्काजी : मिलेगा, मार्डन मोनिका की माता, मिलेगा। और हम आपके लिए सबसे पहले एक ठो अइसा डायरेक्टरवा फिट कर देते हैं जो प्रतिभा को पर्दे पर उभारने में बहुतहि पारंगत है।

(नम्बर घुमाना शुरू करते हैं।)

हांडा नाम है ऊ का। और फिर क्या है कि उसे कम पैसे में फिल्म ठोक देने की कला आती है। अरे ऊ ससुर तो बिगैर पैसे के फिल्म बना देने का हौसला रखता है। *(फोन पर)* ओए हाण्डा! पापाजी, मैं कक्काजी। की गल ऐ, फोन दे कोल ही बैठा ऐ। गजानन बाबू दी कोठी तो बोल रेया हाँ, बादशाहो तुसी एथे आ जाओ फटाफट, त्वाडी एक वड़ी पुरानी खाहिश पूरी करा देने हैं। गल कैन वाली नहीं, देखने वाली है।

(फोन काट देते हैं। फिर मोनिका की ओर देखते हैं। वह शरमाती है। फिर नम्बर घुमाते हैं।)

(फोन पर) गोड़ लागी गऊरीलाल जी। सरकार अपने के खास-उल-खास खवास कक्काजी बाजे छी। मालिक हमरे लइल तो अय देस में दुइएठा महापुरुष भेल है, एकटा राजा रामचंद्र, दोसर सरकार अपने। सर द थिंग इज दैट मनोज बाबू की वाइफ की एक सेक्रेटरी है पूनम, ऊ गजानन बाबू के साले की कहानी पर फिल्म बनाए का चाहती है। हीरो रखी है गजानन बाबू के भानजे को। जी, वहियै जो एन. एस. डी. में कोर्स किए के बारे में बम्बई में चउपाटी की धूल फाँक रहा है। पूनमजी को भेजा जा रहा है आपके पास। फिल्म बनाने में सरकारी मदद मिलने का जो-जो भी रास्ता हो इन्हें बता दिया जाए। अपने राम, हम अपने के हनुमान, दया केल जाए कृपानिधान। अच्छा रखते हैं।

(हँसकर फोन रखते हैं फिर मोनिका की माँ से मुखातिब होते हैं।)

तो आप लोग गऊरीलाल जी से राजभवन में मिल लीजिएगा। जहाँ तक हम समझते हैं ऊ चलचित्र निगम से दुई-तीन लाख की मदद तो दिलवा ही देंगे।

माँ : लेकिन हम गजानन बाबू के साले की कहानी नहीं ले सकते।

कक्काजी : तो अब ले लीजिए। हम सब करा देई।

मोनिका : लेकिन हमने एक बहुत इमोशनल हीरोइन की कहानी ले रखी है।

कक्काजी : ऊ सब एक ही बात है। आपका काम बढ़िया होगा जो गजानन बाबू के साले की कहानी लेंगी। अउर फिर देखा जाय तो कउन फिल्म की

कहानी लिखता है—ज्यादातर तो वीडियो देख-देखकर काम चलाते हैं ससुर। एक ठो फुनवा घुमाते हैं।
(फोन पर) ह-लऊ मिस्टर मय-नन। कक्काजी गिविंग सैल्यूट सर। येस्टरडे योर अस्पीच आन फिलिम इंडस्ट्री वंडरफूल सर, पावरफुल सर। सर, सर, सर, सर। द थिंग इज दैट के मनोज बाबू की वाइफ की एक रिलेटिव मेकिंग ए फिल्म यस सर— फिल्म इन हिंदी-ऊ का पूरा साउथ टैरिटी बिकवा दिया जाएगा। थैंक्यू थैंक्यू। *(फोन रख देते हैं)* लो होइ गवा। लाख रुपया भिजवाने का प्रामिस किया है। *(फिर फ़ोन मिलाते हैं)* हलऊ पापाजी ! असी त्वाडे ताबेदार कक्काजी। इक फिल्म दी गल है—आहो-आहो। गजानन बाबू के भानजे हीरो-डायरेक्टर उई अपना यार हांडा द ग्रेट—आहो पेज दो जी···मेरे पास भेजना चेक—अभी ब्लैंक भेजना, मैं बता दूँगा बाद में।

मोनिका : बेबी फिल्म।

कक्काजी : मोनिका फिल्म्स-ए गुड्डी हीरोइन है। बस त्वाडी दुआ है। *(फोन रख देते हैं।)*

मोनिका : आप किस इलाके के हैं कक्काजी ? कभी कोई बोली बोलते हैं, कभी कोई।

कक्काजी : मक्खी का अपना कोई इलाका नहीं होता, ऊ तो वहियैं जाती है जहाँ गुड़ की भेली रखी हो। रही बोली की बात, तो हम डेमोक्रेसी की बोली बोलते हैं कि हिन्दुओं को प्रनाम, मुसलमानों को सलाम, सिखों को सतसिरीकाल और क्रिस्चनों को गुडमार्निंग।

मोनिका : हीरो गजानन बाबू के भानजे को बनाना पड़ेगा ?

कक्काजी : जब मौके पर गधे को भी बाप बनाना पड़ता है तब गजानन बाबू के भानजे को हीरो बनाने से परहेज काहे ? फिर हीरोइन तो आपहि रहेंगी, हीरो को सम्हाल लीजिएगा। बस हो गया। हांडा नामक जो नींबू हम मँगवाए हैं बहुत रसीला है। जरा प्रेम से निचोड़ा जाए, शिकंजवी अच्छी बनी।

मोनिका : ये हांडा कौन है ?

(हांडा आता है।)

हांडा : हलो-हलो-हलो, माईसेल्फ हांडा, योर गुडसेल्फ ?

कक्काजी : ये मोनिका है, आपकी फिल्म की हीरोइन।

हांडा : मेरी हीरोइन ? मेरी खुशकिस्मती। माई प्लेजर नोज नो मेयर। चार्म्ड जी।

कक्काजी : और ई आपकी हीरोइन की मम्मी पूनम जी।

हांडा : डेडली चार्म्ड जी। श्योर जी। डबल खुशकिस्मती। बट माई डियर सर, ये तो बताओ ये फिल्म का चक्कर क्या है?

कक्काजी : ये पूनम जी, अपनी बिटिया को हीरोइन और गजानन बाबू के भानजे को हीरो लेकर एक फिल्म बना रही हैं। गजानन बाबू का आर्डर है कि सुपरहिट डायरेक्टर हांडा ही इसे प्रोड्यूस करें। वह जिस चीज को छूता है सोना हो जाती है। तुमको ई करना ही पड़ी।

हांडा : राइट यू आर सर। माई प्रिविलेज, बट माई डियर सर, कहानी क्या है?

कक्काजी : सुपरहिट कहानी गजानन बाबू के साले साहब की है। पापी पपीहा रे।

हांडा : वो कहानी—क्या बात है। यह कहानी तो मैं मुफ्त में करने को तैयार हूँ। पहले ही बताया होता यह गजानन बाबू का प्रोजेक्ट है।

माँ : नहीं, यह प्रोजेक्ट तो हमारा है।

कक्काजी : पूनम जी, यह आपका ही प्रोजेक्ट है और आपका ही रहेगा। लेकिन अकलमंदी इसी में है कि आप फिलहाल ईका गजानन बाबू का प्रोजेक्ट कहिए। आपका दुई ठो फायदा तो हुई गवा—एक हीरो, दूसरा कहानी। तीसरा फायदा हम करा दिया—ई सुपरहिट डायरेक्टर हांडा और चौथा फायदा हुई—फिल्म बनाने का रुपया पैसा का जुगाड़। आपके बारह लाख, उससे तो सिर्फ ई डायरेक्टर ही फिल्म बना सकते हैं। क्यों मोनिका, अब अउर कुछ प्लीज न करना।

मोनिका : नहीं। मम्मी चलो ऐसे ही सही।

माँ : सब तो तेरे लिए कर रही हूँ, बेबी चलो ठीक है।

कक्काजी : ई हुई न बात, चलो हाथ मिलाय जाए। अब हांडा तुम गजानन बाबू से मिल लो। ऊ के हाथ महूरत जरूरी है। और बारह लाख से खाक फिल्म बनी!

हांडा : राइट यू आर सर। मैं भी यही कहने वाला था।

कक्काजी : ठीक है आप लोगन का काम बन जाई। गजानन बाबू से भी मिल लिया जाए।

(कक्काजी और हांडा गजानन बाबू से मिलने जाते हैं। पहले पी. ए. मिलता है।)

पी. ए. : आप इतना फोन करते हैं यहाँ से, गजानन बाबू उससे नाराज होंगे।

कक्काजी : देखो हम टेलीफोन सिर्फ तीन ठो करे रही। दू तो गजानन बाबू के ऊ का साला और भतीजा और ई हांडा, बाकी सब *(उँगली घुमाते हैं)* समझा जाई। हा हा हा...।

(दोनों गजानन बाबू के पास जाते हैं।)

हांडा : *(गजानन बाबू से)* सर, मैं मनोज बाबू की कहानी पर आपके साले साहब

को लेकर फिल्म बनाने जा रहा हूँ। आपकी मेहरबानी चाहिए।

गजानन : तुम फालतू बोलते हो जी हांडा। न तुम्हारा फिल्म-उल्म से कौनो मतलब है, न हमरा। फिर तुम काहे ई सब प्रपंच रचे हो ?

हांडा : बट माई डियर सर, नेशन की कौन-सी ऐसी प्राब्लम, कौन-सी ऐसी चीज है जिससे आपका मतलब न हो ? आप तो सिर से पैर तक फिल्म से जुड़े हुए हैं। आपका भांजा हीरो है, साला लेखक है और सर इसमें तो हम आपके राज्य की, आपके जिले की, आपके गाँव की प्रॉब्लम्स हाइलाइट कर रहे हैं।

गजानन : हमरे गाँव हनुमानगंज की ?

मोनिका : कहानी तो शहर की है। मैं शहर में होटल में गाना गाती हूँ।

हांडा : तो मैंने थोड़ा चेंज किया है। हीरो हनुमान का भगत है। और जब भी वह विलेन को पीटता है यह नारा लगाता है—'हनुमानगंज के बजरंग जरा कर इसे बदरंग'।

मोनिका : वंडरफुल आइडिया।

हांडा : थैंक्यू सर। और सर, हीरो की विधवा माँ और कुँआरी बहन दोनों आपके गाँव में रहते हैं।

गजानन : विलेन कहाँ का है ?

माँ : हीरो गाँव का है तो विलेन भी तो वहीं का होगा।

गजानन : हमरे गाँव का विलेन दिखाते हो जी ?

हांडा : नहीं सर! इन्हें कहानी का ट्विस्ट नहीं मालूम । विलेन है तो गाँव का लेकिन है सियाबर बाबू के गाँव का। आपके गाँव का नहीं। एण्ड सर, फिल्म का पहला शॉट ही इस तरह है कि हीरो रोता-रोता आता है और खोए हुए बाप की तलाश में निकलता है। वह माँ के पाँव छूता है कि माँ मुझे आशीर्वाद दो। *(गिव मी योर ब्लेसिंग्स)* तब माँ कहती है ब्लेसिंग्स तो उस बंदे की ले जिसकी वजह से इस गाँव की, इस जिले की कायापलट हो गई। इलाका बैकवर्ड डिक्लेयर हो गया, इंडस्ट्रियाँ लग गईं। अस्पताल और कालेज खुल गया। अब हम हीरो को आपके घर जाता दिखाते हैं। आपके गाँव की तो ब्यूटिफुल सीन-सीनरियाँ हैं। फिर आपके घर का आँगन, आँगन में आपके दो चरण, दो चरणों पर रखा हुआ सिर—जूम हमारे हीरो का। आप अब मुहूर्त शाट दे ही दीजिए सर।

मोनिका : प्लीज, हम लोगों की खातिर। नहीं तो हीरो की खातिर तो राजी हो जाइए सर। वो तो आपका भांजा है।

गजानन : लेकिन उस नालायक को हीरो बनाए हैं आप। घर से भाग गया था

बदमाश। हम सब समझ गए हांडा। ई सब तुम उस पाजी कक्काजी के इशारे पर कर रहे हो। हमें खुस करेके वास्ते। और हमसे रुपया ऐंठन के वास्ते। हम इस तरह खुश नहीं होंगे, समझे!

कक्काजी : *(आते हैं)* आप नाराजहि कब थे मालिक, जो आपको खुस करे का पड़ी? और कभी नाराज हुई भी गए तो हम जानत हैं कि आप कइसन खुस होत हैं। मुहूर्त सॉट का सारा तैयारी हो चुका है, आप ना न कही। सॉट आपहि देंगे—नहीं तो फिलमवा बंद।

गजानन : लेकिन हम इस समय महूरत शॉट के लिए अपने गाँव कैसे जाएँ जी? हमरे बहुत काम हैं यहाँ।

कक्काजी : सॉट के लिए कहीं जाने का ज़रूरत नाहीं—आपके कोठी के बाहर ही हम महूरत सॉट जमा देई। क्यों हांडा?

हांडा : यही तो हम भी कह रहे हैं।

कक्काजी : गाँव-टाँव सब बाद में लगता रही।

हांडा : देट्स राइट, यही तो हम भी कह रहे हैं। चलिए गजानन बाबू, चलिए सर।

गजानन : नहीं-नहीं, हम ई चक्कर में नहीं पड़ना चाहते। ऊ हमरा नालायक साला और उसहूँ से जासती नालायक भांजा जिनका तुम ई फिल्मुवा में हीरो और कहानीकार लिए हो, दूनों हमका तीन-चार मरतबा में महूर्त कराए को ले गया है मगर फिल्म कोई नहीं बनी आज तक।

कक्काजी : मालिक, आपकी टोपी के खालिस खादी की कसम ई फिल्मुवा तो बनबे करी। हम गारंटी लेते हैं। ई जो हम डायरेक्टर लिए हैं हांडा, आज तक जोन भी फिल्म शुरू किया है पूरी करके रहा है। बताया जाए हांडा।

हांडा : एटवन्स सर अभी लो। गजानन बाबू, इस पार्टी के पास तो बारह लाख रुपया है। मैंने तो एक बार एक पार्टी के लिए पूरी फिल्म तीन लाख में पूरी कर दी थी और सो भी कुल तीन शिफ्ट में। थ्री शिफ्ट ओनली।

बजट भले ही लो था मगर आर्ट बहुत हाई था सर।

(सब बैठकर फिल्म स्क्रिप्ट के बारे में विचार कर रहे हैं। हीरो मायूसी और मुफ़लिसी की हालत में एक नदी के किनारे बैठा हुआ मूँगफली खा रहा है।)

मोनिका : *(हँसती है)* मूँगफली —ऐसा नहीं हो सकता। हीरो उदास सा चिड़ियाघर के पिजड़े में हो और मैं उसे मूँगफली खिला रही हूँ।

हांडा : यह तो गाने की सिचुएशन है?

हीरो : नहीं, नहीं! बकवास—यह मूँगफली नहीं चलेगी।

हांडा : चलो आइस्क्रीम खिलवा देते हैं।

हीरो : मुफलिसी में आइस्क्रीम खा रहा है हीरो—जेबकतरा है क्या—कोई नया आइडिया लाइए।

लेखक : अरे राइटर मैं हूँ, मुझसे बात कीजिए , मूँगफली नहीं जँचती तो कुछ और ले आते हैं।

हीरो : आपने सोच कैसे लिया कि एक हीरो मूँगफली खा रहा है।

लेखक : *(स्क्रिप्ट में चेंज करता है)* चलो बदल दिया। हीरो मायूसी की हालत में टाप के फाइवस्टार होटल के बॉर में जाता है और एक के बाद एक दबाकर स्काच पीता है।

हीरो : चलो ठीक है।

हांडा : मेरे दोस्त, फाइवस्टार होटल में आजकल एक दिन का दस हजार रुपया माँगते हैं—फिर सीन लम्बा है—पाँच दिन की शूटिंग होगी। पूनम जी, आप क्या चाहती हैं ?

पूनम : अभी तक बेबी का कोई सीन आया है ? एक घंटे से सुन रहे हैं।

हांडा : ऐसा करते हैं हीरो न मूँगफली और न ही आइसक्रीम खाएगा बल्कि वो कलाबाजियाँ खा रहा है। नदी किनारे हीरो कलाबाजियाँ खा रहा है, इस दुनिया की ऐसी की तैसी चीखते हुए।

हीरो : हाँ, यह कुछ बात नई लगती है।

हांडा : तो हीरो लगातार कलाबाजियाँ खाता रहता है। हीरोइन दौड़ती हुई आती है और हीरो को पकड़ लेती है। वह परेशान है—कहती है यह क्या हो रहा है, तुम कलाबाजियाँ क्यों खा रहे हो ? और कुछ नहीं मिला खाने को ? आपको मेरी कसम है वगैरह-वगैरह।

लेखक : यह तो आप मेरी कहानी की हत्या कर रहे हैं।

हांडा : यही शिकायत पूनमजी की आपसे है कि आपने उनकी सोशल थीम वाली कहानी को एंटीसोशल एलीमेंट वाला प्रोजेक्ट बनाकर सत्यानास कर दिया है।

लेखक : आपको मालूम होना चाहिए, मैंने इधर की छः हिट फिल्में देखकर यह 'पापी पपीहा की' कहानी बनाई है। आप तो लकी हैं जो यह कहानी आपको दे रहा हूँ। गजानन जीजाजी न होते तो मैं देता भी नहीं।

हांडा : मेरे दोस्त लेखक, आपने तो देसी हिट फिल्में देखी हैं, मैंने तो हालीवुड के टाप टेन फिल्मों से मसाला इकट्ठा किया है।

माँ : पता नहीं आप लोग क्या कर रहे हैं। बेबी का तो इसमें कोई रोल ही नहीं है।

हांडा : लो, मोनिका का तो इसमें बहुत बड़ा रोल है पूनमजी। दो तो डांस हैं,

एक गाने के साथ, दो कामेडी सीक्वेंस, दो लव और चार इमोशनल ड्रामा।

मोनिका : बारह लाख रुपया हम लगा रहे हैं, उसमें सिर्फ दस सीन।

माँ : हमको एक-एक सीन लाख रुपए से भी ज्यादा का पड़ा। हमारी पहली फिल्म ही अच्छी थी।

हांडा : चलो एस तरां कर लेते हैं। विलेन के साथ एक फाइट आपकी भी रख देते हैं।

हीरो : आप बिना हीरो के फिल्म बना लीजिए—मैं चला।

हांडा : अरे मेरे यार सर··· ।

हीरो : आप क्या समझते हैं इनके बारह लाख में फिल्म बन जाएगी। आपको मेरे अंकल गजानन बाबू का नाम भुनाना न पड़े तो कहना मुझसे।

हांडा : अरे सुनो यार···सुनो···धाँसू रोल है तुम्हारा।

हीरो : क्या खाक धाँसू है? सारी फुटेज तो विलेन, हीरोइन की माँ और हीरोइन ले जा रही हैं।

हांडा : अरे विलेन वाली सारी फुटेज तुम्हारी है।

हीरो : मेरी?

हांडा : हाँ, वो तुम्हारा जुड़वाँ भाई है।

मोनिका : लो जुड़वाँ भाई कहाँ से पैदा हो गया?

हांडा : यहाँ से *(टू हीरो)*। हो गया न तुम्हारा डबल रोल।

मोनिका : लेकिन यह तो हीरोइन की फिल्म बनने वाली थी हांडा साब।

हांडा : वही बन रही है।

माँ : कहाँ बन रही है। हीरो का डबल रोल होगा तो वही हीरोइन सिंगल में न रह गई।

हांडा : चलो एसत्रां कर लेते हैं—कामेडी करने वाली सहेली का भी रोल मोनिका से करवा लेते हैं। जुड़वाँ बहनें। सहेली के रोल के पैसे तों बचत अलग।

लेखक : बेड़ा गर्क।

हीरो : डबल रोल कई फिल्मों में कई हीरो कर चुके हैं। मेरे लिए इस फिल्म में कुछ नया डाला है। एक सीन में कलाबाजी खाने से क्या होता है। मैं कहता हूँ गजानन अंकल से।

हांडा : ठहरो···ठहरो। एक बहुत अच्छा आइडिया है—तुम्हें हीरो के बाप का रोल भी दे देते हैं।

हीरो : मैं ही होरी का बाप।

हांडा : हाँ सर, मेरे यार हीरो, उसका बाप और विलेन। थ्री रोल—थ्री इन वन।

मोनिका : ममी, हमें नहीं बनानी यह फिल्म।

माँ : शूटिंग से पहले ही मेरे तो चार लाख रुपए खर्च हो गए।

हांडा : माई डियर पूनमजी, माई डियर मोनिकाजी, रिलेक्स कीजिए। माई फेयर लेडी, रिलेक्स।

गजानन बाबू का दफ्तर। नोटों की दो गड्डियाँ लेते-देते हाथ। ये लेन-देन कक्काजी और पूनम के बीच हो रहा है। मोनिका भी मौजूद है।

पूनम : बस यही आखरी बीस हजार हैं—फिल्म क्या बनाई हम तो लुट गए। *(कक्काजी पूनम से पैसे लेते हैं।)*

कक्काजी : हमें बहुत अफसोस है, आपकी फिल्म बिक नहीं रही। सब कहते हैं कि फिल्म बंडल है। लेकिन आप परेसान न हों। हम हैं न—कुछ न कुछ हो जाई। ई बीस हजार हम जमाय देत हैं।

मोनिका : आपके दिए डायरेक्टर और हीरो ने मिलकर हमारी फिल्म जीरो बनाकर रख दी। फिल्म ही घटिया बनी है तो कोई क्या करेगा।

कक्काजी : अरे हमरी वजह से फिल्म तो तैयार हो गई। तुमका हीरोइन और पूनमजी का हीरोइन का महतारी का दर्जा तो मिल गवा।

मोनिका : फिल्म बनने से क्या होता है—लोगों को देखना तो चाहिए फिर लागत वापस भी तो आनी चाहिए।

कक्काजी : अरे ऊ के वास्ते ही तो बीस हजार लिए हैं। हमने सब पता लगा लिया है। मरे हाथी ससुर की भी कीमत होती है। पहले तो हम ई फिल्म का भी. डी. ओ. राइटस् बिकवाय देत हैं—एक-डेढ़ लाख मिल जाई—फिर दूरदर्सन तो हइयै है। ऊ में लगने से तीन-चार लाख कहीं नहीं गए। औरहू सुनो हम ई का भी. डी. ओ. कैसेट गजानन बाबू को दिखाय के इंटरटेनमेंट टैक्सुवा की माफी का चक्कर चलाए देंगे। टैक्सुवा माफ होने से फिल्म बिक जाई ससुर और थोड़ा बहुत मुनाफा होय की गुंजाइस बनी। लेकिन समझ लिया जाए की गजानन बाबू के हियाँ अइसा जताना है कि फिल्म टॉप किलास है। अरे अब तो जरा मुस्कराओ मोनिका।
(मोनिका मुस्कराती है। पूनम भी।)

पूनम : हमारे मुस्कराने से क्या होता है कक्काजी। बात तो तब बने जब मुक़द्दर मुस्कराए।

कक्काजी : मुकद्दर बनके मुस्कराएँगे गजानन बाबू।

गजानन बाबू का भुनभुनाता हुआ चेहरा। वह अपनी बैठक में कक्काजी, हांडा,

मोनिका, पूनम, सेक्रेटरी वगैरह के साथ वीडियो पर फिल्म देख रहे हैं। फिल्म का आखिरी दृश्य आ रहा है जिसमें हीरो, हीरोइन, कामेडियन और हीरोइन की माँ मौजूद है। हीरो की माँ, हीरो के पिता की तस्वीर के आगे हाथ जोड़े खड़ी है। वह कह रही मैंने अपना वचन पूरा कर दिया है बब्बन के बब्बा। गजानन बाबू उबासी लेकर ऊँघने लगते हैं। फिल्म खत्म हो गई है इसलिए कक्काजी जोर की ताली बजाते हैं। गजानन बाबू चौंक कर उठते हैं।

गजानन : का हुआ जी ? खत्म हो गया खेल ?

कक्काजी : खेल तो खत्म हुई गया मालिक, बाकी पइसा हजम नहीं हुआ। आपकी दया से फिल्म किसी तरह बना तो ली गई मगर लागत लौटने की कौनो सूरत नजर नहीं आती, डिरिक्टर सब भाग गए, रिलीज होने का कौनो बात नहीं। मुनाफा मिले की बात तो दूर। अब एक ही रास्ता है। हुजूर टैक्सुवा माफ करवा दिया जाता तो इन डूबतों को तिनके का सहारा मिल जाई।

गजानन : फालतू बात बोलते हो जी, ऐसा फ्लाप फिल्म का टैक्सुवा कइसे माफ हो सकता है।

कक्काजी : माई-बाप, हम तो ई कहते हैं कि जिस फिल्म का मुहूर्त सॉट आप दिए रहे ऊ आपके रहते फ्लाप कैसे हुई सकत है। टैक्सुवा माफ करा दिया जाए मालिक।

गजानन : अरे आप लोग इतना भी नहीं जानते कि शिक्षाप्रद फिल्म का ही टैक्सुवा माफ किया जा सकता है, दूसरे का नहीं।

कक्काजी : मालिक, ई तो सिच्छाप्रद फिलिमै है।

गजानन : इस फिल्म को शिक्षाप्रद कहता है—फालतू बात। ई माँ तो ओ ही सैक्स और हिंसा के इलावे कुच्छ है ही नहीं।

हांडा : बट माई डियर सर, रीअल लाइफ में तो सैक्स और वायलेंस इससे भी ज्यादा है। सैक्स और हिंसा इन दो सुरों के बिना आज की रागिना अधूरी रह जाती है।

मोनिका : वाह ! वेरी नाइसली पुट किया है हांडा साहब ने। इनका म्यूजिकल सेंस कितना स्ट्रांग है। इसलिए आपको सुपरहिट हांडा कहते हैं।

हांडा : सुपरहिट। हा हा *(कसमसाता है)* मुझे हांडा कहा जाता है। देखना यह चाहिए गजानन बाबू कि यहाँ सैक्स और वायलेंस इन दो चीजों को ट्रीट किस तरह किया है।

मोनिका : एक्जेक्टली।

गजानन : *(उबासी भरते हुए)* हमको जो देखना था देख लिए। ऐसी सैक्स और हिंसावाली फिल्म का टैक्सुवा हम माफ नहीं करा सकते।

(गजानन बाबू उठकर जाने लगते हैं। कक्काजी और हांडा उनके पीछे

लपकते हैं।)

कक्काजी : जरा सुना जाए मालिक।

हांडा : जस लिसन माई यू सी इट प्वाइंट देट के····

(कक्काजी हांडा को टोकते हैं।)

कक्काजी : प्वाइंट ई है कि गजानन बाबू से डायलाग हमें करने दिया जाए और अपना डीयर सर, डीयर सर अपने पास ही रखा जाए। जो भी रियेक्शन दिये का हो साइलेंट सांट में दें। *(गजानन से)* मालिक, हमरी बात सुनी जाए।

गजानन : अरे का सुनी जाए। मार सैक्स और वायलेंस भरा है फिल्म में।

कक्काजी : मालिक, हमरी फिल्म में सैक्स और हिंसा है। इससे कौनो इन्कार नहीं। बाकी है फक्त दाल में नमक बराबर। और जो भी है सो सिच्छाप्रद की केटेगरी में ही आता है। सैक्स की सिच्छा देने की जरूरत पर सरकार खुदै जोर दे रही है मालिक। और आप जो ये कहे कि फिलिम में हिंसा है तो रुपए में सउ पइसा सच कहे, मगर मालिक, ई फिलिम में डिरेक्टर हिंसा दिखाकर अहिंसा की सिच्छा दिया रहा है।

हांडा : राइट यू आर सर। वही तो हम कह रहे हैं।

(कक्काजी हांडा की ओर गुस्से से देखते हैं।)

कक्काजी : आइंदा दाद भी देने को गए तो साइलेंट-सॉटहि में दीजिएगा। मालिक फिलिम में हीरो की माँ जब क्लाइमेक्स में दनादन फायरिंग के बीच सांति का झंडा लेय के निहत्थी खड़ी हो जाती है तब गांधी की अहिंसा का फोर्सहि प्रमाणित होता है।

गजानन : कैसे होता है जी? फायरिंग तो रुकता नहीं, बुढ़िया के गोली लग जाती है।

हांडा : बट माई डियर सर, गोली तो अहिंसा के पुजारी गांधीजी के भी लगी थी।

(कक्काजी हांडा की तरफ गुस्से से देखते हैं।)

गजानन : बहुत हो गया जी, ई फालतू बहसबाजी।

कक्काजी : साहब, बहस बगैर डिमोक्रेसी वैसी ही है जैसी सिंदूर बगैर माँग।

हांडा : राइट यू आर सर। जैसे विना वाइफ के घरेलू लाइफ, बिन घरनी घर भूत का डेरा। हमरे अपने सुपरहिट फिल्म भूत।

कक्काजी : *(गजानन से)* हम ई कहि रहे थे गजानन बाबू कि बुढ़िया के गोली तो जरूर लगत है बाकी ऊ मरती नहीं, हिरदय-परिवर्तन कराय देती है सब का।

हांडा : राइट यू आर सर। चेंज आफ हार्ट।

(कक्काजी हांडा को गुस्से से देखते हैं।)

कक्काजी : एक ठो और पाइण्ट नोट किया जाए कृपानिधान कि ई फिलिम परिवार कल्याण का मेसेजुआ भी देती है।

हांडा : हंड्रेड परसेंट राइट यू आर सर, हम दो हमारे दो।

गजानन : किधर का दो जी? बुढ़िया का तो कई-कई ठो बच्चा रहा। इक जुड़वाँ भी।

कक्काजी : कई-कई ठो चिलरनुमा रहा तभी ना परिवार परेसानी में पड़ा। पति बिटिया के दहेज के लिए थोड़ा-सा गबन कर दिया। जेल गया। क्रिमिनल लोग का चक्कर में पड़ा। उधर घर में जरूरत से जियादा जो रेजगारी थी इधर-उधर बिखर गई। आखिरी सॉटहि में परिवार एक हो पाया। तो फिलिम से ई सिच्छा मिलती है कि दो से जियादा बालक पइदा करना मुसीबतों को बुलावा देना है। और जो बालकुआ पइदा किया जाए तो जुड़वाँ हरगिजे न हों।

गजानन : काहे न हो जी?

कक्काजी : मालिक, जुड़वाँ होने से ही एक सरीफ पुलिस अफिसर बनी तो दूसर आटोमेटिकली में गुण्डा हुई जाए ससुर।

मोनिका : और इसमें इंडियन कल्चर वाली बात भी है कक्काजी।

हांडा : राइट यू आर सर। इस समय इंडियन कल्चर पर बहुत जोर दिया जा रहा है। एण्ड राइटली सो। और हमने भी उसका पूरा ख्याल रखा है।

गजानन : क्या खाक ख्याल रखा है। भारतीय संस्कृति इसमें किधर में है जी? सारा लोग तो फाइव अस्टार में खाता-पीता-नाचता रहता है। नाचता भी डिस्को है।

कक्काजी : ऊ तो इसलिए मालिक कि सारा भारतीय लोग का सपना आज फाइव अस्टार टेकनिक ले रही है। मगर ई देखा जाइ कि हीरो इस पश्चिमी अस्टाइल के जीवन को ठुकराय देत है अउर डिस्को करने वाली हीरोइन भी अंत में सिर पर पल्ला खींच के हीरो की माँ के पायलागी किए देत है।

मोनिका : सेल्फ-हैल्प वाला पाइंट भी था।

हांडा : राइट यू आर सर। अपना हाथ जगन्नाथ।

कक्काजी : सायलेंस। वो अइसा है मालिक कि इस फिलिम में हीरो--पुलिस, जज, उकील, लीडर, अफसर, कौनो के भरोसे नहीं बइठा रहता। जइसा-जइसा प्राब्लम आता है खुदे निपटाता जाता है। इससे ई सिच्छा मिलती है कि अपने कामों के लिए सरकारी ब्यौस्था का मुँह जोहना ठीक नहीं। मालिक जौन फिलिम में इतना ढेर सिच्छा भरा पड़ा होवे पब्लिक के

लिए, ओ का तो टैक्सुवा माफ करे का चाही।

(गजानन बाबू, जिन्हें कक्काजी ने जबर्दस्ती बैठा दिया था, अब उबासी लेते हुए उठते हैं और अपनी घड़ी देखते हैं।)

गजानन : तेरा बकबक में हमरा प्रेसकन्फ्रेंसुवा छूट जाई। चलो जी।

(गजानन बाबू चल पड़ते हैं। कक्काजी पीछे लपकते हैं और उनके चरणों में लोट जाते हैं।)

कक्काजी : अरे मालिक, हमका अनाथ बनायकर कहाँ जा रहे हैं—टैक्सुवा माफी का आर्डर तो दिलवा दिया जाता मालिक। हम अपनी बाकी सारी जिंदगी इन चरणन की सेवा में लगा देंगे मालिक। बस इस घड़ी हमको लतियाओ मत।

गजानन : अरे छोड़ो हमरा पाँव काहे देड़ी कड़ाता है।

(गजानन बाबू पाँव छुड़ाकर जाने लगते हैं। कक्काजी उनके साथ-साथ चलते हैं।)

कक्काजी : एक, सिर्फ एक बात सुन ली जाति मालिक।

गजानन : हमें कुछ नहीं सुनना है। तुम बहुत बात बनाता है जी।

कक्काजी : अरे मालिक बात बनाहिने से बात बनती है। *(कान में)* कुछ प्रोडक्सन के दौरान बना लिए थे, अब टैक्सुवा माफी हो जाई तो फिर चार पैसा बन जाई आपके ई बच्चों के नास्ता पानी के लिए।

गजानन : तुम चार पैसा बनाओ, हम ना नहीं कहते पर कुछ बात तो होनी ही चाहिए। आप लोग का फिल्मुवा इतना उबाऊ रहा कि हम सो गए। इसका टैक्सुवा कइसे माफ किया जाए।

कक्काजी : इसी बिनाह पर मालिक, इसी बेसिस पर। अरे जब इंटरटेनमेंट हइये नहीं तब इंटरटेनमेंट टैक्सुवा काहे लगा? बोलिए?

(गजानन बाबू कक्काजी के धौल जमाते हैं।)

झाड़े रहो किरकिटियागंज

गजानन बाबू के बँगले के लॉन में उनका नवयुवक साला मिट्ठू हाथ में क्रिकेट का बल्ला लिए हुए अकेला ही—अधिकतर कल्पना में—क्रिकेट खेल रहा है और बल्लेबाज और कमेन्टेटर की भूमिका भी स्वयं निभा रहा है।

मिट्ठू : शार्ट पिच गेंद और मिट्ठू ने बैकफुट पर जाकर पंच कर दिया है। कवर्स के भीतर से—चार रन के लिए।

(मिट्ठू अम्पायर की तरह चौक्के का इशारा करता है।)

मिट्ठू : और इसी के साथ टेस्ट क्रिकेट में सबसे ज्यादा सेंचुरीज के लिए गावस्कर का रिकार्ड मिट्ठू ने तोड़ दिया है। सारा दर्शक समूह खड़ा होकर ताली बजाकर मिट्ठू का अभिनंदन कर रहा है। क्रिकेट जगत् में एक और सितारा भारत का मिट्ठू लाल।

(मिट्ठू बल्ला उठाकर और टोपी उतारकर अभिवादन स्वीकार करता है। तभी कक्काजी ताली बजाते हुए और मुस्कराते हुए आते हैं।)

कक्काजी : यम. सी. सी. के टोपी पहिन के झाड़े रहो किरकिटियागंज।

(मिट्ठू कक्काजी को अनदेखा करता है और कमेन्ट्री जारी रखता है।)

मिट्ठू : अभी-अभी गावस्कर कमेन्टेटर बाक्स में पहुँचे हैं। सुनील गावस्कर अपना रिकार्ड टूटने पर तुम्हें कैसा लग रहा है?

कक्काजी : जइसा करम फूटने पर लगता है।

(मिट्ठू बल्ला जमीन पर पटकता है।)

मिट्ठू : *(आव शख्स कक्काजी)* आप क्यों आ गए बीच में।

कक्काजी : हम तो रुकावट के लिए खेद बनकर आए हैं मिट्ठू बाबू।

मिट्ठू : हा हा हा···।

कक्काजी : ई बल्ले-उल्ले को अब बाई-बाई कर दिया जाए। ई खेल में तो तुम कालेज की टीम में भी नहीं आ सके—हिन्दुस्तान तो बहुत बड़ी चीज है। हमरे गजानन बाबू का साला सिरफ खाली हवा में बल्ला घुमाता रहे ई हमरे लिए, और हमरे देस के लिए बहुत ही कस्ट का बिसय है।

(मिट्ठू वहाँ से हट जाता है।)

मिट्ठू : कष्ट का विषय तो मेरे लिए है—आप क्यों परेशान हो रहे हैं। हाँ तो गावस्कर, अपना रिकार्ड टूट जाने पर तुम्हें कैसा लग रहा है?

गावस्कर : मुझे खुशी है कि मेरा रिकार्ड मेरे ही देश के एक बेहतरीन बल्लेबाज मिट्ठू लाल ने तोड़ा।

कक्काजी : बाहर वाला तोड़ा होता तो उन्का दाँतहि ने तोड़े देते।

मिट्ठू : कक्काजी प्लीज़।

कक्काजी : कक्काजी तो तब प्लीज होई तब हमरे गजानन बाबू के साले साहब ई हवाई बल्लेबाजी छोड़कर कुछ ठोस काम करी।

मिट्ठू : अरे क्या ठोस काम करें। तुम्हारे गजानन बाबू तो मुझे किसी कारपोरेशन में नौकरी करने को कह रहे हैं।

कक्काजी : और तुम्हें नौकरी नहीं करनी?

मिट्ठू : बिल्कुल नहीं।

कक्काजी : साबास—नौकरी नहीं करनी अउर ऊ किरकिटिया भी नहीं खेलनी। *(कक्काजी मिट्ठू के हाथ से बल्ला छीन लेते हैं। मिट्ठू नाराज होकर देखता है।)*

कक्काजी : मिट्ठू बाबा बनी इयूथ लीडर, जुबा नेता। जो गजानन बाबू बने रही अपनी जवानी माँ।

मिट्ठू : वो तो किसी गाँव देहात में.....।

कक्काजी : अब ऊ गाँव देहात ससुर सब दिल्लीयै में आ गया है।

मिट्ठू : मैं यूथ लीडर बन सकूँगा?

कक्काजी : अरे आप यूथ लीडर नहीं बनियेगा तो हमरे बाल-बच्चे किसके चमचे बनेंगे...हा...हा...।

(मिट्ठू मुस्कराता है।)

कक्काजी : अब अइसन करो कि जाकर अपनी जीजी से कहा जाए कि कक्काजी हमका यूथ लीडर बनायका प्लान दिये हैं। गजानन बाबू को ई में राजी कराय में तीन हाथ बँटाएँ।

मिट्ठू : *(खुश होता है)* कक्काजी। मैं अभी जाकर कहता हूँ जीजी से कि मेरे लिए तो यूथ लीडरी ही सबसे अच्छी रहेगी।

कक्काजी : हम दैट्स आल टू नाइट, गुडनाइट कहे पेसतर दुई ठो बात नोट कर ली जाएँ। पहली बात तो ई कि थैंक्यू प्लीज ई भासा कक्काजी नहीं समझ सकत। लीडरी सुसरा पईसन की बोली बूझती है—तो ई के खर्चे के वास्ते पाँच ठो बड़की गाड़ियाँ ली जाएँ अपनी बहिन से।

(मिट्ठू चौंकता है।)

मिट्ठू : पाँच ठो। सो तो मुश्किल है।

कक्काजी : हमरे देस की सारी बहिनें अपने छुटके भाई का खातिर कुछ भी कर सकत हैं—ऊ द देगी। दूसरी बात—गजानन बाबू से गरज कर साफ-साफ कह दिया जाए कि सर्विस करूँगा तो नेसन ही की—बाकी और कोई नौकरी नहीं। ई तुमरा इ और डाई का प्रतिज्ञा है।

गजानन बाबू की बैठक। उनके साथ उनकी पत्नी जानकी और सेक्रेटरी हैं। गजानन बाबू गुस्से में उठ खड़े होते हैं।

गजानन : नौकड़ी ना कड़ी तो फिड़ का कड़ी? एक तो ऊ नालायक साला आया रहा— फिल्म में कहानी लिखेगा—गधा—ऊ से छुटकारा मिला तो ई छुटका साला आ धमका—ऊ भी गधा—कितना और साला है हमरा?
(जानकी गजानन बाबू को प्रेम से पास बैठाती है।)

जानकी : यही सबसे छोटा है—अब जब कह रहा है जुबा नेता बनेगा तो बनने दीजिएगा न—कम से कम किरकिटुवा का भूत तो उतरेगा दिमाग से।

गजानन : अड़े पड़ गुजड़-बसड़ कैसन हुई?
(कक्काजी एव लम्बी चौड़ी जन्मपत्री लेकर आते हैं।)

गजानन : वइसन ही जइसन अजगर करे न चाकरी पंछी करे न काम, दास मलूका कह गए सबके दाता राम। जब नेता ही काम··· ! पाँय लागी गजानन बाबू।
(कक्काजी गजानन बाबू के चरणों में बैठ जाते हैं।)

गजानन : का फालतू बात कड़ते हो जी।

कक्काजी : अरे गजानन बाबू, आप भी इंगलिस मीडियम हुई गए का? तो लीजिए—पाइथन इज जावलेस, वर्डस डू नो वर्क—आनली जाब इज़ यूथ।

गजानन : फालतू बात फिर क्यूँ आ गया इधड़?

जानकी : अरे कक्काजी की बात तो सुनो पूरी—पहले ही डाँट रहे हो।

गजानन : अरे का बात सुनें ई फालतू आदमी का? पहले ऊ फिल्मी साले का दिमाग खराब किया अब ई किरकिटिया साले को बिगाड़ रहा है—और वो है किधर गया *(चीखता है)* ऐ मिट्टू!
(मिट्टू गजानन से मुखातिब होता है।)

मिट्टू : येस जीजाजी?
(ये गेंद स्पिन लेकर उछली मगर मिट्ठू ने इसे बहुत ही नफ़ासत से क्लिक कर दिया। और जब तक रिचर्डसन फील्ड करें, दौड़कर एक रन ले लिया। इसी के साथ मिट्ठू के डेढ़ सौ रन पूरे।)
(कक्काजी ताली बजाते हैं।)

गजानन : फालतू बात बंद करो।

मिट्ठू : सैटेलाइट कनेक्सन टूटने की वजह से अब हमें आपको स्टूडियो वापस ले जाना होगा।
(गजानन बाबू उसके पास आते हैं।)

गजानन : तुम्हाड़ी जीजी तुम्हें नुकड़िया से लगवाने के लिए हियाँ लाई, अब काहे

नुकड़िया नहीं करते हो जी ?

मिट्टू : क्योंकि मुझे पता चला है कि नौकरी में पैसा महीने में कुल एक बार मिलता है।

(मिट्ठू हुक शॉट लगाने की हरकत बल्ले बगैर करता है।)

कक्काजी : और जीजा बाबू के बम्पर को हुक कर दिए हैं साला बाबू! सिक्सर हा""हा""।

(गजानन बाबू नाराज होते हैं।)

गजानन : कोई फालतू बात नहीं। जौब देखो तौब दंतमंजन का विज्ञापन बना रहता है।

जानकी : दूसरा कोई बोलबे न करे—हँसबे भी न करे?

कक्काजी : और कुछो बनबे भी न करे किरूं के इलावा में। हम पूछते हैं गुरुजी कि आप मिट्ठू बाबू को इयूथ लीडर काहे नहीं बनने देते? ई देखिए हम कम्प्यूटर बाबा से इनका कुण्डली बनवाए हैं।

(गजानन बाबू कुंडली को देखने से इन्कार करते हैं मगर उनकी पत्नी कुण्डली ले लेती है और उसे बाँचते हुए खुश होती है।)

कक्काजी : मालिक हम बत्तीसी दिखाए कि कौनो दुर्गंध भंजन दंजमंजन का नहीं, आपके ई साले बाबू के उज्ज्वल भविस्य का अडवर्टाइज कर रहे हैं।

जानकी : इसमें तो जबर्दस्त राजयोग बताया है।

(पत्नी कुंडली दिखाना चाहती है मगर गजानन बाबू उसे हाथ से परे कर देते हैं।)

गजानन : कुंडली देखकड़ का कड़ेंगे, हम इनके कुंडली देखे हुए हैं। ड़ाजयोग नहीं, खाकयोग है। किसी काम का नहीं है तुम्हाड़ा भाई।

कक्काजी : किसी काम का न होना तो राजयोग की प्रमुख निसानी है मालिक। जौन अभागा किसी काम का होता है, ऊ ससुर तो काम करने में मरखप जाता है। आप ई तो जनतेहि होंगे कि जब भी कोई सुपर किरूं किसी दफ्तर का चार्ज सम्हालता है, सबसे पहले ई पता करता है कि वहाँ काम करने वाला किरूं कौन है?

मिट्ठू : किरूं तो आप क्लर्क को कहते हैं कक्काजी, ये सुपर किरूं क्या बला है।

कक्काजी : सुपर किरूं मीन्स क्लर्क का बाप—अफसर। तो जब सुपर किरूं को काम करे वाले किरूं का पता लग जाता है तब वह उसे क्या देता है?

मिट्ठू : तरक्की?

कक्काजी : नहीं, अपने हिस्से का काम। इसी मारे किरूं बिरादरी में कहावत है कि लायक होने से बड़ी नालायकी कउनो नहीं है।

(कहकर कक्काजी हँसते हैं।)

गजानन : हम सब जनते हैं, तुमहि गुमड़ाह किए हो मिट्ठू बाबू को, अइसा नानसेंस बात बोलके।

कक्काजी : हम तो मालिक कामनसेंस के इलावे में कुछ बोलतहि नहीं। जो खुद किसी काम का न होई उसी के पास तो आराम से बइठ कर औरों से काम लिए की फुर्सत रही और जो कउनो सर्विस में न होई, वहिये तो नेसन की सर्विस कर सकी। नेसन की सर्विसे से मिलता है राजयोग।

जानकी : अरे आप तहसील के कचहरी में उकालत जमा लिए होते तो आज कहाँ होते?

कक्काजी : वहीं जहाँ इनके वकील मामा हैं—तहसील की कचहरी में।

जानकी : हमरे पिताजी के कहने पर छोड़ दिए तभी न आज दिल्ली में इहाँ...।

कक्काजी : अरे माताजी, साला बाबू से ई दिल्लगी करि रहे हैं। अरे आप का ई समझी रहे हैं कि नेता गजानन बाबू सीरियसली में अपने साला को नेता बनने से रोक रहे हैं।

गजानन : अरे हम सेक्रिफिकेसन किए तब न बने नेता।

कक्काजी : साला बाबूओ सेक्रिफिकेसन करि रहे हैं मालिक। आप एक-से-एक नुकरिया इनके लिए जुटाए मगर ई सबको ठुकरा दिए। काहे? इसलिए कि इनको अगर सर्विस करनी है तो नेसनहि की। क्यों मिठुआ?

(मिट्ठू जो नेपथ्य में कमेण्ट्री सुनाता रहा था सहसा काल्पनिक बल्ला घुमाते हुए कूदकर आगे आता है।)

मिट्ठू : और मिट्ठू ने आगे कूदकर गेंद को उछाल दिया है बौलर के सिर के ऊपर से! छक्का!

(मिट्ठू का हाथ गजानन बाबू की टोपी को लगता है। वह गिर जाती है।)

गजानन : का कड़ते हो जी! किड़किट के सिवा कुछ सूझता भी नहीं। किड़किट के क्वालिफिकेसन से का ड़ाजयोग साधोगे?

कक्काजी : किरकिटिया ऊ अंग्रेजन का खेल है मालिक जउन दुनिया के हर कोने पर राज किए हैं। किरकिटिया सध गई तो समझिएगा राजनीति सध गई—किरकिट का पेसेवर लरका जउन जान गया—ऊ राजनीति के बिकट बिकिट पर जम गया। हम बताते हैं।

(कक्काजी बल्ला लेकर अपने हाथ दिखाते हैं।)

कक्काजी : दिहाती पिलियर जनता की 'वी वाण्ट सिक्सर' सुनकर उछलता है अउर छक्का मारने की कोसिस में किलीन बाउल्ड हुई जाता है—सिक्सर की जगह सिफर। लेकिन राजसी पिलियर एक्सपर्ट कमेन्टेटर की दुहाई देकर पीछे हटता है, कि मारूँ लेग कट और हुई जात है ससुर एल. बी.

डब्ल्यू.। हा···हा···।

मिट्ठू : और आप जैसा खिलाड़ी क्या करता है कक्काजी ?

कक्काजी : हम जैसे प्रोफेसनल का तो एकहि नारा है—आउट नहीं होना। कदम आगे, बल्ला आसमान की ओर, गेंदवा आगे के कदमा पर—और जीते रहो बचवा।

मिट्ठू : क्या···क्या··· ? क्या कहा कक्काजी ?

कक्काजी : मिट्ठू बाबू—इंगलिस मीडियम माँ नहिन चली इंडियन नेतागिरी। समझा जाय—टेक द बॉल आन द फ्रण्ट लेग एंड लिव लोंग माई सन। अम्पायर अपना है—बेनिफिट आफ डाउट देइबे करो ससुर।

(गजानन बाबू गुस्सा होकर उठते हैं। बल्ला छीनकर फेंक देते हैं। वह मिट्ठू और कक्काजी के बीच में खड़े हो जाते हैं।)

गजानन : बंद करो ये किड़किटिया बकवास। एक बड़ा-सा मैदान में जड़ा सा गेंदुवा के पीछे चौबीस जन अपना ऐसी की तैसी कड़ाता है और लाखों-कड़ोड़ों लोग अपना कामधंधा छोड़ के उनको देखता ड़हता है, लगातार पाँच दिन, काहे ?

कक्काजी : इसलिए मालिक कि झख मारना हम लोगन की नेसनल हाबी है। झख-मारुओं के लिए टैस्ट मैच से बढ़िया कउन सिकारगाह हुई सकत है मालिक ?

मिट्ठू : अरे ? आपने मेरे लिए टैस्ट मैच का पवेलियन पास अभी तक नहीं मँगवाया। टैस्ट मैच तो कल शुरू हो रहा है।

गजानन : कउनो जड़ूड़त नहीं है पास मँगाए की। कल से मिट्ठू बाबू नौकड़ी पड़ जाएँगे। हम कहि आए हैं। और हमड़ा बस चले तो टैस्ट मैच बंद कड़वा दें।

(कक्काजी लपककर गजानन बाबू के पाँव पकड़ते हैं।)

कक्काजी : चरणरज लेने दिया जाए मालिक। मिट्ठू बाबू आपहू लो।

(गजानन को अचरज होता है। कक्काजी मिट्ठू को गजानन के चरणों में गिराते हैं।)

मिट्ठू : मगर क्यूँ ?

कक्काजी : ई वास्ते कि तुम्हरे जीजाजी ने तुमका इयूथ लीडरी सम्हाले के खातिर मंत्र दे दिए हैं, मिलने दे दिया है। गजानन बाबू जइसे सुलझे हुए नेता को ही इतनी दूर की सूझ करती है।

गजानन : तुम कोह का ड़हे हो जी ?

कक्काजी : मालिक वो अइसा है कि हम अब तक यही नहिंन सोच पा रहे थे कि ऐसा कौन-सा मुद्दा चुनें जिसे उठाकर मिट्ठू बाबू लाइमलाइट में आई

जाएँ फौरन। सेक्रेटरी बाबू का सुझाव ई था कि रंगभेद नीति के खिलाफ, इयूथ मोर्चा इनसे बनवाया जाए। माताजी कहिन कि बेकारी के खिलाफ इनसे जिहाद छिड़वाओ। लेकिन कुल मिलाकर ऊ भी बेकारहि सा लगा हमको। खुद मिट्ठू बाबू लड़कियन से छेड़-छाड़ के खिलाफ में भूख हड़ताल करे का सुझाव दिए लेकिन हम कहे कि उससे शादी के लिए एकाधा लड़की भलेहि मिल जाए, लीडरी नहीं मिलबे करेगी। अब आप दिए हैं ठोस सुझाव मालिक। कल से हमरे मिट्ठू बाबू टैस्ट क्रिकेट के खिलाफ में भूख हड़ताल शुरू करेंगे।

मिट्ठू : स्टेडियम के भीतर ना?

कक्काजी : नहीं बाहिर में। आप और आपके साथी खिलाड़ियों के रास्ता में लेमलेट लगाएँगे कि जाना हो तो हमका कुचलकर जाओ। न जाने देंगे, प्राण तजेंगे पर जाने न देंगे।

मिट्ठू : यू मीन टू से मैं टैस्ट मैच नहीं देख पाऊँगा?

कक्काजी : सेक्रिफिकेसन के बिना नेता कइसे बनिहौ बबुआ?

(मिट्ठू पिनपिनाता है।)

मिट्ठू : अरे कक्काजी, यह भूख हड़ताल कभी और करा लेना—इस बार तो बहुत काँटे का मैच है।

कक्काजी : वो अइसा है मिट्ठू बाबू कि कहीं और भूख हड़ताल कीजिएगा तो न पब्लिक आएगी, न प्रेस। काँटे का मैच देखने तो पब्लिक टूटी, प्रेसो टूटी और दूनों का भूख हड़ताल पर बइठे मिट्ठू बाबू के देखे का पड़ी। समझौ? चलिए जरा गड़िया लगवाइए बहुत दौड़-धूप करे का पड़ी पब्लिकसिटी के वास्ते।

(कक्काजी हाथ जोड़कर गजानन बाबू की पत्नी से मुखातिब होते हैं।)

कक्काजी : माताजी, खर्चा-पानी का कुछ पेसगी जोगाड़ हो जाता तो ठीक रहता। मिट्ठू बाबू आपको कहे रहे होंगे।

जानकी : हाँ-हाँ, हम सब बंदोबस्त कर दिए हैं। शाम को रुपया मिल जाएगा।

गजानन : हमको भी कोई समझाएगा कि क्या हो ड़हा है?

कक्काजी : आपके समझने का वास्ते इतना ही काफी है कि जवान लोगन की लीडरी भी घरहि में आए रही है। हा···हा···हा।

क्रिकेट स्टेडियम का प्रवेश-द्वार। एक बड़ा बैनर लटका हुआ है जिस पर लिखा है—'क्रिकेट के खिलाफ मिट्ठनलाल का आमरण अनशन'। इस बैनर के नीचे मिट्ठू खादी का शॉल पहने हुए बैठा है और अपने कान पर जैबी ट्रांजिस्टर लगाए हुए हैं जिस पर क्रिकेट की कमेंट्री आ रही है। पीछे मैदान से भी टैस्ट मैच का शोर आ रहा है। मिट्ठू

के आसपास तीन तख्तियाँ लगी हैं। एक पर लिखा है—'आमरण अनशन का चौथा दिन', दूसरी पर लिखा है—'अंग्रेजी खेलो भारत छोड़ो और तीसरी पर लिखा है क्रिकेट का मुँह काला करो'। मिट्ठू के पास तो चमचे बैठे हैं। दो और चमचे दौड़ते हुए आते हैं और 'मिट्ठनलाल जिंदाबाद, का नारा लगाते हुए ट्रांजिस्टर छुपा देने का इशारा करते हैं। अभी मिट्ठू ट्रांजिस्टर को जेब में डाल ही रहा होता है कि कक्काजी पत्रकारों और फोटोग्राफरों के साथ आ पहुँचते हैं।

कक्काजी : आज चउथा दिन है भूख हड़ताल का, इसलिए ई कमजोर हुई गवा है, जास्ती बात नहीं कर पाएँगे।

पत्रकार : क्रिकेट तो सारे इंडिया में पॉपुलर है, आप इसका विरोध क्यों कर रहे हैं?

मिट्ठू : मैं क्रिकेट का विरोध इसलिए नहीं कर रहा कि गिल्ली-डंडा का भक्त हूँ। मैं अपने स्कूल और कालेज की क्रिकेट टीम में था और रणजी ट्राफी की टीम में भी आ गया था।

पत्रकार : फिर आपको क्रिकेट से क्या परेशानी है?

मिट्ठू : ओह, फिर वही सवाल ··· कक्काजी ···। *(वह उनका मुँह ताकता है।)*

कक्काजी : चार दिन से इका जवाब देते-देते ई थक गए हैं। इनका कहना है, हैरानी तो यह है कि हर हिन्दुस्तानी को क्रिकेट से परेशानी काहे नहीं है? हर साल इसकी वजह से करोड़ों लोग बरबाद हुई रहा है। साल में कम से कम दुई बार काँटे का क्रिकेट का चक्कर चलता आ रहा है ससुर। हजारों लोगन उनका देखन वास्ते मैदान माँ पहुँचते हैं—ऊपर से टी.वी. अउर रेडियो की मार्फत मैच से चिपके हुए लोगन की तादाद पंद्रह-बीस करोड़ रहती है।

पत्रकार : जो खेल लोगों को इतना पसंद है, उसे बंद करवाने की माँग आप कैसे कर सकते हैं?

(कक्काजी मिट्ठू की बगल में बैठकर उसके कान में कुछ कहते हैं।)

मिट्ठू : लोगों को तो शराब भी बहुत पसंद है मगर फिर भी बापू ने नसाबंदी की माँग की।

पत्रकार : क्या आप सोचते हैं कि भारत से क्रिकेट हटाया जा सकता है?

(कक्काजी फिर कान में सलाह देते हैं।)

मिट्ठू : अगर अंग्रेजों को हटाया जा सकता है तो उनके खेल को क्यों नहीं हटाया जा सकता!

पत्रकार : मिस्टर मिट्ठनलाल—आप क्यों दीवार से सर फोड़ रहे हैं!

(कक्काजी सलाह देने के लिए कान के पास मुँह ले जाते हैं मगर मिट्ठू पहले ही बोल पड़ता है।)

मिट्ठू : ताकि खोपड़ी मजबूत हो।
(कक्काजी खुश होते हैं।)

पत्रकार : आपके भूख हड़ताल के बावजूद टीमें तो हेलीकॉप्टर से मैदान में पहुँच गईं—और चार दिन से रोज खेल हो रहा है। कोई आपसे बात करने नहीं आया। अब आप क्या करेंगे ?
(मिट्ठू कक्काजी का मुँह ताकता है।)

कक्काजी : जब तक क्रिकेट बंद करने का आश्वासन नहीं दिया जाएगा—यह भूख हड़ताल जारी रहेगी।

मिट्ठू : अगला भूख हड़ताल हम क्रिकेट की पिच पर करेंगे।
(कक्काजी मिट्ठू का शॉल हटाते हैं और उसका बदन दिखाते हैं।)

कक्काजी : यह देखिए उज़न बहुत ही गिर गया है, हड्डियाँ निकल आई हैं। लेकिन परवाह नहीं।

फोटोग्राफर : होल्ड इट—तस्वीर ले लेने दीजिए।
(कक्काजी तस्वीर खिंचवाने के लिए फिर से मिट्ठू का शॉल उतारते हैं और मुस्कराते हैं। मिट्ठू गंभीर बना रहता है।)

कक्काजी : ई बात आप नोट कर लीजिए—कल मैच का आखिरी दिन है—कल भी कोई किक्रेट विरोधी नेता मिट्ठनलाल से बात करने नहीं आए तो ई भूख हड़ताल जहाँ-जहाँ भारतीय टीम जाएगी उहाँ उहाँ जारी रहेगी और ई जुबा नेता अपने साथियों के साथ पिच पर धरना देंगे।
(मिट्ठू कक्काजी की ओर इशारा करता है। कक्काजी कान में उसकी बात सुनते हैं।)

मिट्ठू : *(फुसफुसाकर)* इन्हें विदा कीजिए, हमें कमेंट्री सुननी है।

कक्काजी : कह रहे हैं कि ई धरना हिंदुस्तान के बाहर इंगलैंड और आस्ट्रेलिया में भी जाई। तो बंधुओ, ई मर जाई मगर किरकिटुवा न खुद खेली न किसी और को खेलन देई इन दिस इंडिया दैट इस भारत माँ। अब आप लोग चलिए। परसाद-रेस्टूरेण्ट में जलपान की ब्यौस्था है। इनकी भूख हड़ताल कवर करते आपको भूख लग आई होगी।

मिट्ठू : अरे चन्दन इन्हें साथ ले जाओ।
(चन्दन नाम का चमचा प्रेस वालों को साथ ले जाता है।)

कक्काजी : हमरे लिए भी कुछ लेते आना। *(मिट्ठू के धौल जमाते हैं)* हुई गई प्रेस-कन्फेंसुवा—चल निकली लीडरी।

मिट्ठू : क्या खाक चल निकली—चार दिन हो गए। पुलिस हमें पकड़ ले जाती तो कुछ न्यूज बनती। खाने को मिलता सो अलग।

कक्काजी : न्यूज बनती लेकिन नगद नारायण बिलकुल नहीं बनता। ई हेलीकॉप्टर

माँ खिलाड़ी मैदान में जायका स्टेट हमहि कराय हैं, अस्पोंसर्ड हेलीकोप्टर है, दुई परसेंट कमीसन अपन लोगन का भी बना है।

मिट्ठू : हेलीकाप्टर स्पांसर्ड है ?

कक्काजी : अरे जब खिलाड़ियन का जूता-टोपा अउर रामजी तोका नेकी देय लंगाटाओ अस्पोंसर हो सकते हैं तो हेलीकॉप्टर काहे नहीं होगा। अरे तुम कहो तो तुमरी ई भूख हड़ताल भी अस्पोंसर कराय दें ससुर····।

मिट्ठू : अब तो इसे खत्म कराइए कक्काजी—आज ऐसा लगा किसी ने हमें हलुआ-पूरी खाते देख लिया है।

कक्काजी : ठीक है, कल सब सैट कराय देब।

(डिब्बे में से पान निकालकर खाते हैं।)

गजानन बाबू का ड्राइंगरूम। कक्काजी डिब्बे में से बीड़ा निकाल रहे हैं और गजानन बाबू के मुँह में डाल रहे हैं। पीछे से उनकी पत्नी जानकी के सुबकने की आवाज आ रही है।

कक्काजी : पनुवा ग्रहण किया जाए मालिक अउर मालकिन के मनुवा को सांत करने का कौनो उपाय किया जाए।

(कक्काजी गजानन बाबू को सोफे पर बैठी हुई सिसकती हुई उनकी पत्नी की ओर ले जाते हैं, उनके पास बैठा देते हैं खुद उनके चरणों में बैठकर पाँव दबाने लगते हैं।)

जानकी : तो हमरे भाई को भूख से मर जाने देंगे आप ?

गजानन : हमसे काहे कहती हो जी ? साड़ा काड़स्तानी ई कक्काजी का है। यहियै किए हैं एलान भूख हड़ताल के चलते ड़हिने का।

कक्काजी : मालिक हम तो जो भी किए हैं अगली पीढ़ई यानी फ्यचूर जेनरेसन की खातिर किए हैं। उसे मिट्ठू बाबू जइसा नेता न मिलिहै तो ऊ तो दिसाहीन हुई जाई ससुर।

जानकी : चार दिन का भूखं से सूखकर काँटा हो गया है। टैस्ट मैच तो महीना भर से ज्यादा टाइम तक होते रहिहैं। मिट्ठू बिचारा मर जाई, नेता बनेका साध मन में ले के।

कक्काजी : आप हमरे गुरु हैं इसलिए आपको सीख देते बुरा लगता है मालिक। बाकी राजनीति के सास्तर में ई कहा गया है कोई भी परमानेंट दोस्त-दुस्मन नहीं होता, परमानेंट तो बस अपना सुआरथ होता है। हम फुनवा घुमाते हैं। *(फोन पर नम्बर घुमाते हैं)* पायलागी—हमरे अहोभाग—आपहि फुनवा उठा लिए—हम कक्काजी। खाँसी कैसी है आपकी ? हम बैद्यजी का जउन नुस्खा ला के दिए थे उससे कउनो फायदा नहीं हुआ का ? अरे-रे-रे, उ तो कमल के फूल पर बइठी मक्खी

के सहद से लिया जाना था। काहे ना मिली साहेब। आपकी खातिर हमरे गजानन बाबू कश्मीर से मँगवाए हैं। लीजिए तनि डॉयलॉग कर लिया जाए इनसे। *(फोन गजानन बाबू को थमा देते हैं।)*

(गजानन बाबू कक्काजी से फोन लेते हैं और मुस्कराते हुए फोन पर बात करते हैं।)

गजानन : पड़नाम सियाबड़ बाबू—लीजिए हम कौब नाड़ाज थे आपसे। ऊ गौड़ीलाल फौड़ीलाल फालतू बात बोलता है आपसे। हम तो जो हैं न सो, सेंट पड़सेंट आपके फेवड़ में है—टिकट आपके आदमी को ही मिलना चाहिए। नहीं हम खुद ही आ जाते हैं उधड़ में। आप काहे तकलीफ कड़ेंगे। हाँ···वो अपना छुटका साला है न मिट्ठू बाबू—ऊ भूख-हड़ताल पड़ है—ऊ का भूख-हड़ताल सब कह ड़हे हैं आपहि से तुड़वाएँ। आपका इमेज ही अइसा है···अड़े नहीं हमहीं आते हैं उधर—हाँ! हाँ!!

(गजानन बाबू फोन कक्काजी को देते हैं। कक्काजी फोन लेते हैं और मुस्कराते हैं।)

कक्काजी : हाँ साहेब···जी···जी···अच्छा! जरूर···पाँय लागी···रख दें? अच्छा।

(कक्काजी फिर से फोन गजानन बाबू की ओर बढ़ाते हैं।)

गजानन : हाँ सियाबड़ बाबू—सहद—हाँ हाँ—ऊ सहद का इंतजाम हुई जाई···जरूड़···पड़नाम।

(गजानन बाबू रिसीवर नीचे रख देते हैं।)

गजानन : अब कमल पर बइठी मक्खी वाला सहद कहाँ मिली?

कक्काजी : किसी भी दुकान से—कोई सा भी सहद ले लिया जाए। सहद में मक्खी का आटोग्राफ-फोटूग्राफ थोड़ा न होत है ससुर।

जानकी : मिट्ठू का अनसन तुड़वाने के बारे में का बोले?

गजानन : कुछ खास नहीं *(कक्काजी से)* तुमसे का कहा?

कक्काजी : हमसे कहा अनसन तो तुड़वा देंगे लेकिन एक सर्त है।

जानकी : का बात है?

कक्काजी : कह रहे हैं कि गजानन बाबू न जाएँ उहाँ अनसन की जगह पर।

जानकी : क्यों?

गजानन : वो तो कहेगा ही—पहुँचा हुआ पलिटिसियन है। साड़ी पब्लिसिटी खुद ही बटोड़ेगा—बदमाश। औड़ क्या कहा?

कक्काजी : अरे ई तो अपने मतलब का काम है। बिगड़िए मत। सियाबर बाबू ने यह भी कहा एक ठो स्टेटमेंट भी देंगे सिद्धांत का रूप में उन्हें मिट्ठूलाल से पूरी सहमति है कि देस में किरकिट कम खेले का चाही। बात ठीकई है—सिद्धांत के रूप में हमका चाहि सहमति—इन प्रिंसिपल—बाकि

प्रेक्टस में तो उहै हुई जो प्रेक्टिकल हुई। व्यवहार रूप में व्यावहारिक और सिद्धांत रूप में सैद्धांतिक। हा…हा…एक और बात कही। लेकिन हमसे कहा गया ऊ बात अभी किसी को न बताई जाए, ऊ बात का हम अनसन तोड़ने के बाद घोसना करी। ई हम प्रॉमिस करे रहे—मिट्ठुआ की खातिर।

स्टेडियम के बाहर आमरण अनशन के बैनर तले मिट्ठू बैठा हुआ है। सियाबर बाबू उसकी ओर संतरे के रस का गिलास बढ़ाते हैं। पास खड़े हुए कक्काजी फोटोग्राफरों की ओर इशारा करते हैं। वे फोटों खींचते हैं। कक्काजी अब तालियाँ बजाते और बजवाते हैं। पास में पत्रकारों और फोटोग्राफरों के अलावा गजानन बाबू और उनकी पत्नी जानकी भी मौजूद हैं। तालियाँ बजवाने के बाद कक्काजी माइक्रोफोन को ठोक-बजा और फूँक-फाँक कर टैस्ट करतेहैं और कहते हैं।

कक्काजी : अखिल भारत क्रिकेट विरोधी कमेटी की ओर से अब हम माननीय मंत्री से अनुरोध करेंगे कि जुबा नेता मिट्ठनलाल का आमरण अनसन तुड़ाने के इस शुभ अउसर पर दुई सब्द कहें।

सियाबर : *(माइक पर)* मिट्ठनलाल जैसे जुबा नेता से हमें बहुत आशा है, यह ही हमारे देश के भावी पथप्रदर्शक बनेंगे। हम चाहते हैं यह अपना जीवन देश की सेवा में अर्पित करें, विदेशी क्रिकेट के लिए नहीं…जुबा पीढ़ई के उद्धार में लगा दें। *(मंत्रीजी मिट्ठनलाल की तरफ देखते हैं)* हमें इस बात की खुशी है कि मिट्ठनलाल ने हमारे कहने से अपना अनशन तोड़ दिया है। लेकिन हमने इनका अनशन यूँ ही नहीं तुड़वाया। हमने यह फैसला किया है कि हम क्रिकेट की जगह अपने स्वदेशी खेलों को प्रोत्साहन देंगे—गुल्ली-डंडा जैसे विरुद्ध देसी खेलों को बढ़ावा देने का उपाय सोचेंगे। इसी सिलसिले में हम एक महत्वपूर्ण घोषणा करना चाहते हैं। *(कक्काजी की तरफ देखते हैं और कक्काजी अपना कान उनके मुँह की तरफ लाते हैं)* कक्काजी, हमारी वो घोषणा कर दी जाए।

(कक्काजी 'जो आज्ञा' कहते हुए सिर झुकाते हैं।)

कक्काजी : उपस्थित पत्रकार बंधुओ, सियाबरजी की तरफ से हमें ई घोषणा करते परम हर्स हो रहा है कि उन्होंने हमरे मिट्ठनलाल को आल इंडिया देसी खेलकूद कमेटी का लीडर नियुक्त किया है। *(सब लोग तालियाँ बजाते हैं।)* ई के अलावा देसी खेलकूद का बढ़ावा दिए के लिए—कइसे देसी खेलकूद देस में चारों तरफ फैली—ई जानने और समझने के लिए सियाबर बाबू फौरन ही बिदेसन का दौरा करने का फैसला किए हैं। साथ हमहूँ को लई जा रहे हैं सलाहकार का हैसियत से। हम भी जा रहे हैं। जयहिन्द—हा…हा…हा…।

टाप नेता के कुण्डलियो टाप सीक्रेट होवत है ससुर

सियाबर बाबू की बैठक। शशिकांत फोन कर रहा है। साथ में कक्काजी बैठे हैं।

शशिकांत : हाँ, हैलो—बच्चू बाबू!
(उधर से आदमी डाटता है) खोते दे पुत्तर, बार-बार रांग नम्बर क्यों मिलाता है?
(शशि रिसीवर कान से दूर करता है।)

कक्काजी : क्या हुआ?

शशि : रांग नम्बर लग गया।
(कक्काजी फोन लेते हैं।)

कक्काजी : *(फोन पर)* अक्लमंद की औलाद, रांग नम्बर है तो तू काहे उठाता है?
(कहकर फोन रख देते हैं।)

कक्काजी : क्या परेशानी है—किसे फुनवा घुमा रहे हो?

शशिकांत : इंदरजी हमसे कह गए कि टेलीफोन से बता दें कि आज प्रेस कान्फ्रेंस के लिए सियाबर बाबू देरी से पहुँचेंगे।

कक्काजी : कौनो जरूरत नाहीं! ई भारत है, फोरिन कन्टरी नाहीं कि बखत से पहुँचे का जरूरी हुई। तुम वुहाँ टाइम से पत्रकारन के रासन-पानी का प्रबंध कर देना—बस काम बन जाई।

शशिकांत : हाँ, यह ठीक रहेगा। अच्छा कक्काजी, यह तो बताइए कि हाँगकाँग में तो आपने शापिंग के खेल का अध्ययन किया और बैंकाक में···?

कक्काजी : बैंकाक माँ हम अस्टडी किए *(पीक टपकने लगती है। खिड़की से थूक कर आते हैं)* मालिस का खेल! अहिक्क! अहिक्क, अइसी मालीनुआ कि जिसका सर चकराए रहा ऊ का थम जाए, अउर जिसका थमा हुआ हो ऊ का चकराए जाए ससुर!

शशिकांत : जरा खुलासा बताया जाए कक्काजी!

कक्काजी : सेंसर का चक्कर पड़ जाई ससुर। अहिक्क, अहिक्क!
(शशि गहरी साँस भरता है।)

कक्काजी : का बात है, ठंडी साँसें काहे भर रहे हो? हम तो तुमरी ईहाँ अच्छी दुकानदारी जमाय गए थे!

शशिकांत : आपकी गैरहाजिरी में यहाँ हमारी दुकानदारी सब उखड गई।

कक्काजी : कइसे ?

शशिकांत : हमने आपके कहने पर सियाबर बाबू की कुंडली छपवा दी थी। उसके बेसिस पर गजानन कैंप ने मद्रास के मशहूर ज्योतिषि से अंग्रेजी में लम्बा लेख छपवा दिया कि सियाबर बाबू का तख्ता अब पलटने ही वाला है।

कक्काजी : और इस लेख के प्रकासन से डिसिडेंस को बढ़ावा मिल गया।

शशिकांत : ऊपर से सियाबर बाबू हमसे बहुत ही नाराज हैं। आप कह गए थे कि वो युवा पर्यटन सेमीनार के लिए हमें जर्मनी का टिकिट दिलवा देंगे लेकिन उन्होंने यह कहकर भगा दिया कि तुम्हारा टूरिज्म से क्या संबंध ?

कक्काजी : कोई बात नहीं। हम जापान से तुम्हारी ज्योतिस बिरादरी का एक ठो जजमान बनाए हैं—मिस्टर तोसिरी तारानाका। ऊ इंडिया माँ इंटरनेसनल अस्ट्रोलॉजिकल कन्फ्रेंस करबै को आतुर हैं। सियाबर बाबू का हम लिखे हैं कि कौनो चेला से अस्पोंसर कराय दें। अगर कन्फ्रेंसुवा हियाँ होय गई तो तुम्हूँ को तारानाका से कहि-कहिला के फोरिन का अंबिटेसन दिलवाय देंगे।

शशिकांत : गजानन बाबू राजी होंगे तभी ? वो तो आजकल आप पर बहुत ही नाराज़ हैं।

कक्काजी : अब ई तो तुम्हरे सितारन पर निर्भर है। कम्प्यूटर बाबा, तुम ज्योतिसन के सितारे भी होत हैं ससुर। एक जमाने में हियाँ छड़ी बाबा की बड़ी धूम थी। नब्ज पर अंगुरी रखा और धारा-प्रवाह, भूत-वर्तमान-भविष्य बताय देता था। बाद में अगर ऊ जजमान के हथेली माँ एक बार आपन छड़ी मार देता तो ऊ का बेड़ा पार हो जाता ! फिर छड़ी बाबा का सितारा अइसा गर्दिस माँ आया कि जिसे छड़ी मारा, ओ ही स्वर्ग सिधारा। इक छुटका मनिस्टर को बताय रहा कि महाराज आप 24 तारीख को फुल केबिनेट रैंक पर जाइएगा। तो ऊ ससुर ओही 24 को परमात्मा के पार्लियामेंट में बुलाय लिया गया।

(सियाबर बाबू और सीतादेवी आते हैं।)

पाँय लागी सियाबर बाबू, पाँय लागी जानकी मैया। मालिक हम ज्योतिसन के इंटरनेसनल सम्मेलन के बारे में मिस्टर तारानाका के चिट्ठियाँ आपको भेजे थे।

सियाबर : हम मना कर दिए थे फोन पर। फिर यहाँ क्यों आ गए ?

कक्काजी : साहब, हम तो माताजी को फारिन टूर से लाया हुआ गिफ्ट देने आए हैं और ई कम्प्यूटर बाबा धरना देने। ये तबहि जाएँगे जब आप अस्ट्रोलाजिकल कन्फ्रेंस के लिए अपनी मंजूरी देंगे।

सियाबर : तुम हमेशा बकवास करते रहते हो। हम यहाँ राजनीतिक संकट में पड़े हुए हैं और तुम्हें ज्योतिसियों का जमावड़ा करने की सूझ रही है?

कक्काजी : मालिक, ज्योतिसियों के कन्फ्रेंस से आप लोगन के संकट का समाधान हुई। जब आपकी इंटरनेसनल कंफ्रेस के मंच के किसिम-किसिम का जोतिसी आपकी जय बोली तब डिसिडेंट केम्प का हौसला टूटी।

नेता : ई ठीक कहता है। हम तो सुनी हैं कि गजानन आपके खिलाफ में जग्ग-उग्ग कराये हैं। कामाख्या में।

सियाबर : तंत्र और ज्योतिष से चलती है पोलिटिक्स? तुमने क्या उसे सितारों का खेल समझ रखा है?

(सियाबर बाबू जाते हैं लेकिन कक्काजी पैर पकड़ लेते हैं।)

कक्काजी : आज की तारीख में तो पोलिटिक्स को कछु और समझने की गुंजाइस ही नहीं रही साहब। इंटरनेसनल कन्फ्रेंस के लिए ग्रीन सिगनल दे ही दिया जाए। आपका ई उपकार हम सब कबहि नहीं भूलेंगे। *(पाँव पकड़ते हैं।)*

गजानन : बार-बार बता दिया हमें ढकोसला पर बिल्कुल विश्वास नहीं है फिर क्यों परेशान करते हैं।

(पाँव छुड़ाकर आगे बढ़ते हैं। कक्काजी उठकर पीछे जाते हैं।)

कक्काजी : जोतिस तो मालिक अंधविस्वासही की चीज है, उस पर कउनो लीडर विस्वास नहीं करता—सबहि अंधविस्वास करते हैं।

(सियाबर बाबू कक्काजी के मुँह पर दरवाजा बंद कर देते हैं।)

नेता : तुम लोग उनको काहे परेसान करते हो जी। हम कई मरतबा में समझा चुकी हैं कि उनसे कुछ भी कहना हो हमरी मारफत कहलवाओ।

कक्काजी : हम बड़ी भूल कर दिए माताजी—आइंदा ई गलती ना होई—हम प्रापर चैनेलहि जाई। ई फारिन का गिफ्ट ग्रहन किया जाए।

(एक-एक करके चीजें देते हैं और सेंट स्प्रे करते हैं।)

कक्काजी : ई फुचफुचवा सेंटुवा और ई घड़ी वाला कलम।

नेता : वाह! कइसा बढ़िया चीज बनता है फोरिन में। ई तुम लोगन को तो फोरिन भिजवाय देते हैं, हमका नेपाल तक नहीं ले जाते।

कक्काजी : मलकिन, आप कम्प्यूटर वात्रा का कन्फ्रेंसुवा करवाए तो फोरिन टूर पर हम आपका भिजवाए देई। मैक्सिको में अल्टरनेट इनर्जी कन्फ्रेंसुवा हुई रही है और मास्को में गतिसील महिला रैली। दूनों जगह आपसे सोभा बढ़ाए को इसे कही।

नेता : हमें काहे बुलाएगा जी ऊ लोग?

कक्काजी : काहे नहीं बुलाएगा। अल्टरनेट अनर्जी का तो आपको प्रेक्टिकल में

नलेजुवा है—आप गाँव में अपने हियाँ गोबर गैस प्लांट लगवाई हैं। हुई गवा न आल्टरनेट इनर्जी और गतिसील महिला रैली के लिए आपकी जोग्यता का ई से बढ़कर का सबूत चाहिए कि आपसे सादी करके सियाबर बाबू फटीचर टीचर से नेसनल लीडर बनी गए?

सीता : मैक्सिको, मास्को दूनो जगह से न्योता मिल जाई हमको?

कक्काजी : आप कम्प्यूटर बाबा का कन्फ्रेंसुवा करवाय दें मलकिन तो टोकियो से भी आ जाई न्योता।

सीता : टोकियो से भी।

कक्काजी : वो अइसा है कि हम टोकियो के टाप ज्योतिसी तारानाका को इन्वायट करके आए हैं। छः महीने बाद जब टोकियो में सम्मेलन होई तो ऊ आपहुँ को इन्वाइट करि कि माताजी आइए और लउटते हुए हाँगकाँग में सापिंग करती जाइए।

सीता : सापिंग तो सच में हमको बहुत करना है अगले साल बिटिया की सादी करेंगी। ठीक हैं तो हम जाकर इन्हें मनाती हैं।

कक्काजी : और हमहुँ चलते हैं मलकिन प्रेस कन्फ्रेंस में ज्योतिसियों के इंटरनेसनल जमावड़े की घोसना करने।

सीता : तुम लोग प्रेस कन्फ्रेंस भी लेने लगा है का?

कक्काजी : आपहुँ लेंगी मलिकन आपहुँ। प्रनाम। चलो कम्प्यूटर बाबा। *(कम्प्यूटर बाबा के साथ चल पड़ते हैं।)*

एक छोटा सा कमरा। एक मेज-कुर्सी के आगे पड़ी हुई कुर्सियों पर दो-तीन रिपोर्टर और एक फोटोग्राफर बैठे हुए खा-पी रहे हैं और ऊँघ रहे हैं।

रिपोर्टर : अरे कहाँ गए ये कक्काजी।

(तभी कक्काजी आते हैं। उनके साथ कम्प्यूटर बाबा हैं जिनके हाथ में ड्यूटी फ्री शापिंग के एक जैसे बेग हैं।)

कक्काजी : सारी जण्टलमैन, देरी के लिए छिमा चाहिते हैं। वो अइसा है कि हमें अस्टेट-पालिटिक्स का संकट सुलझाने, बिरेकफास्ट डिप्लोमेसी के लिए भेजे थे गजानन बाबू। मगर अपने सियाबर बाबू की लेट लतीफी का ई आलम है कि बिरेकफास्ट सुरू होते-होते लंच टाइम हुई गवा ससुर।

रिपोर्टर : क्या बात हो गई?

(कक्काजी कुर्सी पर बैठते हैं।)

कक्काजी : वो अइसा है कि जिसकी भी कुर्सी छिनती है, वहियै संकट बनकर खड़ा हो जाता है हमरे यहाँ। कउनो नेता के कसमिया तौर पर हमारे पर चार चमचे अपने नहीं होते कि कभी मर जाए तो उनसे कंधा मिलने की

गरंटी हो रहे ससुर। कुर्सी दे-दे करहि उनको अपना बनाय का पड़ता है। अफसोस कि कुर्सियाँ कम हैं, कुर्सियों के चाहने वाले ज्यादा।

रिपोर्टर : मगर कक्काजी विद्रोहियों में से कइयों को तो कुर्सी मिली हुई है।

कक्काजी : उनमें से कुछ को ई सिकायत है कि जब हमको बड़का की जगह छुटका कुर्सी दे दिए हैं तब हमरे दामाद को भी एक ठो छुटका कुर्सी देके बैलेन्स ठीक काहे नहीं किया? कुछ को ई सिकायत है कि हमका अइसी कुर्सी नहीं मिली जिसमें हम अपना खुसहाली पइदा करने का टेलेन्ट दिखा सकते। *(हँसते हैं)* वाट इज सत्ता विटाउट माल मत्ता!

रिपोर्टर : चलिए आज का कार्यक्रम शुरू किया जाए।

कक्काजी : हम आप लोगन को बुलाए इसलिए कि अपनी ताजा बिदेस जातरा का अनुभव सुनाए और अगली बिदेस जातरा की घोसना करें।

रिपोर्टर : फिर जा रहे हैं विदेश?

कक्काजी : वो अइसा है कि विदेस जातराओं पर तो जइबै करेंगे क्योंकि अगर हम जनता के सेवक अराउंड द वर्ल्ड इस सरकारी खर्च-खाता से परहेज करने लगे तो हवाई जहाजन के लिए पूरा पसिंजर कईसन जुटी? *(हँसता है।)*

रिपोर्टर : पर कक्काजी, आपकी विदेश यात्रा की यहाँ बहुत आलोचना हुई कि देसी खेलों को बढ़ावा देने के लिए विदेश क्यों गए? हमने अपने खेलों के बारे में विदेशियों से क्या सीखना है?

कक्काजी : हम खेलन के बारे में सीखने नहीं गए, खेलन को बढ़ावा देवे के उपाय सीखने गए। जो बात जहाँ अच्छी होई वहीं न ली जाय ससुर। अरे आप लोगन के अडीटर भी तो फोरिन के तमाम मैगजीनवा सामने रख के अपने मैगजीनवा का कवर पेज का रंगढंग और भीतर का मसाला तय करते हैं।

रिपोर्टर : कक्काजी आपकी कमेटी अपनी रिपोर्ट कब तक दे देगी?

कक्काजी : हमने तो रिपोर्ट आते ही दे दी थी।

रिपोर्टर : आपने उसमें क्या सुझाव दिया है?

कक्काजी : हम सुझाव दिए हैं कि खेलन के बढ़ावा दिए के वास्ते एक ठो इपेक्स बडी सेंटर में बनाई जाए। फिर हर क्षेत्र में देसी क्रीड़ा केंद्र खोला जाए। देस के तमाम बड़े सहरों में और विदेसन की राजधानियन में भारतीय देसी खेल-मेला कराए जाएँ। हम ई भी लिखे हैं कि हम किस देस से का सीख सकते हैं।

रिपोर्टर : हमें भी बताइए क्या सीख सकते हैं?

कक्काजी : डैडीकेसन और आपन सेक्रिफिकेसन। जब तक हममें ई माद्दा पैदा न

होई तब तक देस तरक्की न कर सकी।

रिपोर्टर : सेक्रिफिकेशन?

कक्काजी : कुर्बानी, त्याग।

रिपोर्टर : डेडीकेशन और सेक्रिफिकेशन। और क्या जरूरी है नेशन के लिए?

कक्काजी : और जरूरी ई है कि काम ज्यादा किया जाए बात कम। प्रोडक्टिविटी बढ़ाइए। अभी तो ई हालत है, दफ्तर हो कि कारखाना जहाँ देखिएगा पाँच-दस आदमी जमा हैं और पंचायत छाँट रहा है। दफा एक सौ चव्वालिस लगा दी जानी चाहिए हर जगह।

रिपोर्टर : डेडीकेशन, सेक्रिफिकेशन, प्रोडक्टिबिल्टी, और क्या कक्काजी?

कक्काजी : अरे क्या सारा पाइंट हमहिं से ले लीजिएगा।

रिपोर्टर : कम से कम टेन तो लेंगे ही, टेन को आपका नंबर है।

कक्काजी : कर गए न चोट, बना गए हम का दस नम्बरी। चलिए टइने प्वाइंट देंगे। तो चौथा प्वाइंट नोट किया जाए, फंडामेंटल चेंजिंग आफ एचुकेसन। अरे जिस सिच्छा पद्धति में स्कूल-कालेज किरू पैदा करने के कारखाने वन गए हों उससे देस का कल्याण कइसे होई? लऊंडों के हाथ में दो फावड़ा-कुदाल कि जाओ अपना-अपना खोदो, अपना-अपना भरो और अपन-अपना पियो। आत्मनिर्भर बनो। अभी क्या है कि जिसे देखिए बइठा-बइठा देस की खटिया ढीली करता जाता है अउर कहता जाता है कि सरकार को अइसा करना चाहिए, वइसा करना चाहिए। अरे सरकार देस का राज चलाए कि तेरा मिजाज ही पूछती रहे। पाँचवाँ प्वाइंट नोट किया जाए। नेवर आसकिंग वॉट फार मी कन्ट्री डूइंग? ऑलवेज आस्किग वॉट आई फार कन्ट्री डूइंग?

रिपोर्टर : ये तो केनेडी ने कहा था कक्काजी।

कक्काजी : के फार केनेडी, के फार कक्काजी, एक ही बात है *(हँसते हैं)*। छठा प्वाइंट—अपना अपना वेस्टेड इंट्रस्ट भुलाए के देस की खातिर मिलजुलकर रहे का चाही। अंग्रेजी में नोट किया जाए—लिविंग इन फेमिली वे विद्आउट इन्टेरेस्ट।

रिपोर्टर : हँसता है—फेमिली वे कक्काजी।

कक्काजी : अरे हम आज दिन तक यही समझे बैठे थे कि आप इंगलिस मीडियम हो। आप फेमिली-वे नहीं जनते का।

रिपोर्टर : मैं नहीं जानता, मेरी पत्नी जानती है। अगला प्वाइंट बताइए।
(सब लोग हँसते हैं।)

कक्काजी : नहीं, अब प्वाइंट-वाइंट कुछ नहीं। हम समझ गए कउनो गड़बड़ है हमरी इंगलिस में और आप लोग मज़ा ले रहे हैं। बाकी ई समझ

लीजिएगा कि ई देस हमरी टाइप की इंगलिस से ही चल रहा है। खैर, ई तो हुआ पिछली बात—अब आगे की बात····

रिपोर्टर : पहले यह बताइए कक्काजी कि आपने जो रिपोर्ट दी है उस पर कुछ एक्शन-वैक्शन होगा कि दाखिल-दफ्तर कर दी जाएगी? हमने तो सुना है कि ये कमेटी क्रिकेट पर संकट को टालने भर के लिए बनाई गई थी।

कक्काजी : आप लोगन का ई सिनिसिज्म देस को ले डूबी। अरे हमरी रिपोर्ट पर तो इक्सन लिया जा चुका है।

रिपोर्टर : क्या?

कक्काजी : उस पर विचार करने के लिए एक ठो और कमेटी बिठाय दी गई है। *(हँसते हैं)* अब चलिए आगे की महत्वपूर्ण योजना बता दिया जाए जिसके लिए आप सब इहाँ कष्ट करके आए हुए हैं। *(फोल्डर निकालते हैं)* हमें ई घोसना करनी है हमरे कम्प्यूटर बाबा वराहमिहिर जयंती के औसर पर इंटरनेसनल अस्ट्रोलॉजी कन्फ्रेंस कराए रहे हैं नई दिल्ली माँ। 27 देसों का टॉप ज्योतिसी इसमें आएगा। हमका सिर्फ एक-दो बात आपको बताए की है। पहली ई कि सियाबर बाबू ई कन्फ्रेंसुवा का सुभारंभ करेंगे। दूसरी ई कि जापान के टाप ज्योतिसी मिस्टर तोसिरो तारानाका कन्फ्रेंसुवा की अध्यक्षता करेंगे। मिस्टर तारानाका की एक भविस्यवाणी ये है कि भारत माँ पैंतालिस बरस पहले गंगा के किनारे किसी गाँव में विश्व का कोई महान नेता पैदा हो चुका है। तो हम मिस्टर तारानाका को ऐसे तमाम नेताओं के होरोस्कोप भेज दिए हैं। हमरी कन्फ्रेंस में मिस्टर तारानाका आकर बताएँगे कि ऊ में से कउनसी कुंडली भारत को उन्नति के सिखर पर ले जाने वाले नेता की है। *(कम्प्यूटर बाबा की ओर देखकर इशारा करते हैं।)* कम्प्यूटर बाबा, दे दिया जाए इसी बात पर इन लोगन का गिफ्ट!)

(कम्प्यूटर बाबा एक जैसे ड्यूटी फ्री बैग पत्रकारों के सामने रख देते हैं।)

रिपोर्टर : इसमें है क्या?

कक्काजी : पेरिस के पवित्र इत्र का सीसी अऊर स्काटलैंड के पावन जल का बोतल। ललुवा नहा, कलुवा बोतल।

रिपोर्टर : इस घूस की जरूरत नहीं थी कक्काजी।

कक्काजी : सुदामा के तंदलुवा हैं ई तो। जरूरत नहीं है मगर ग्रहन कर लिया जाए कि फिरेंड लाया है।

सियाबर बाबू की बैठक। गजानन बाबू के हाथ में अखबार है और वे बहुत खफा हैं। कम्प्यूटर बाबा, इंद्रप्रकाश, कक्काजी और सियाबर बाबू की पत्नी सीता देवी भी हैं।

सियाबर : हम पूछते हैं पी. ए. जी, तुमने ये सब बकवास छापी कैसे। *(कागज फेंक देते हैं।)*

इंद्रप्रकाश : दुहाई मालिक, हमने तो वो छापा जो कम्प्यूटर बाबा ने प्रेस कान्फ्रेंस में हमको दिया।

सियाबर : कम्प्यूटर बाबा, जब हमने आपकी कान्फ्रेंस के लिए नाहीं कर दी थी तब आपने ये झूठी खबर कैसे छपवा दी अखबारों में कि हम आपकी संस्था के संरक्षक हैं और आपके सम्मेलन का उद्घाटन करने वाले हैं।

शशिकांत : ये खबर हमने नहीं कक्काजी ने दी।

सियाबर : कक्काजी, तुमने किसकी इजाजत से ये खबर दी ?

कक्काजी : *(मुस्कराते हैं)* मलकिन की इजाजत से मालिक।
(सियाबर बाबू ठंडे पड़ जाते हैं।)

सियाबर : अच्छा तो तुम हो इसके पीछे।

सीता : आपकी भलाई के हर काम के पीछे हमहिं तो हैं।

सियाबर : इससे मेरी भलाई होगी या जग-हँसाई होगी। लोग कहेंगे ई कक्काजी के बहकावे में आकर ज्योतिषियों के सम्मेलन में बोलने गया।

सीता : हम तो रोज देखती हैं कि पढ़ा-लिखा लोग मैगजिनुवा में सबसे पहले अपना साप्ताहिक भविष्य पढ़ता है। वो काहे करेगा आपका हँसाई।

कक्काजी : अउर मालिक, आप कन्फ्रेंसुवा में अंधविश्वास के खिलाफ ही बोलिए। वराहमिहिर जयंती के अवसर पर ई अफसोस जाहिर कीजिए कि भारत की असली ज्योतिष की परंपरा खत्म हो गई और फालतू का फलित ज्योतिष बचा रह गया।

सीता : आपका बहुत बरिया अस्पिचुवा हम कक्काजी और इंद्रप्रकाश से लिखवा के रख भी ली हैं।

कक्काजी : ये है साहब, आप भी दृष्टिपात कर लें।
(कक्काजी सियाबर को स्पीच देते हैं, सियाबर उस पर निगाह डालते हैं।)

सीता : हम आपकी हर बात का धियान रखती हैं, मगर आप हमरी कउनऊँ बात का धियान नहीं रखते हो जी।

सियाबर : किस बात का ध्यान नहीं रखा।

सीता : पासपोर्टुवा नहीं बनवाया।

सियाबर : पासपोर्ट का तुम का करोगी ?

सीता : मास्को, मैक्सिको और टोकियो, हाँगकाँग, सिंगापुर जाएँगी।

सियाबर : क्या मतलब ?

कक्काजी : मतलब सब समझा दिया जाएगा मालिक, फिलहाल तो जरा अपने पी.ए. जी से ई कह दिया जाए कि सब भगतों को बता दें कि इंटरनेसनल अस्ट्रोलॉजिकल कन्फ्रेंस को आपका वरदहस्त प्राप्त है।
(कक्काजी संवाद बोलते हुए टेलीफोन डायल करते हैं और सियाबर के कान पर लगाते हैं। सियाबर बाबू पत्नी की ओर देखते हैं और पत्नी इशारे से कहती है कि हाँ।)

एक कान्फ्रेंस हॉल में इंटरनेशनल एस्ट्रोलॉजिकल कान्फ्रेंस का बैनर लगा हुआ है। मंच से सियाबर बाबू बोल रहे हैं। पत्नी, कम्प्यूटर बाबा और जापानी ज्योतिषी तोसिरो तारानाका पास में बैठे हुए हैं। इंद्र और कक्काजी सियाबर बाबू के पीछे मँडरा रहे हैं।

सियाबर : तो अंत में हम फिर आप लोगों से यही अपील करना चाहेंगे कि ज्योतिष को अंधविश्वास के अँधेरों से बाहर लाइए। उसे वैज्ञानिक बनाइए। मानवता को भाग्यवाद के शिकंजे से मुक्त करके पुरुषार्थ के पथ पर आगे बढ़ाइए। सच्चे उत्तराधिकारी बनिए वराहमिहिर के !
(कक्काजी तालियाँ बजाते और बजवाते हैं।)

शशिकांत : अब मैं मानवीय सियाबर बाबू से अनुरोध करूँगा कि दीप जलाकर सम्मेलन का उद्घाटन करें।

कक्काजी : नॉव सियाबर बाबू वुड इनगुरेट बाई फायरिंग द लैम्प।
(कक्काजी और इंद्र दीप जलाने में सियाबर की मदद करते हैं। कक्काजी फिर तालियाँ बजाते और बजवाते हैं। दीप जलाने के बाद सियाबर बाबू अपनी जगह पर लौट जाते हैं और कक्काजी माइक पर आते हैं।)

कक्काजी : अब मैं इंटरनेसनल एस्ट्रोलॉजिकल इंडिया चैप्टर के इस वर्ष के प्रेसीडेंट जापान के प्रसिद्ध ज्योतिसी मिस्टर तोसिरो तारानाका से अनुरोध करूँगा कि वह अपना अध्यक्सीय भाषण दें। तारानाका जी।
(कक्काजी तारानाका का झुककर अभिवादन करते हैं। तारानाका अपने स्थान से उठकर आते हैं और माइक पकड़ते हैं। वे एक कागज निकालकर कक्काजी को देते हैं और कहते हैं कि हिंदी। तारानाका फिर से झुककर कक्काजी का अभिवादन करते हैं। कक्काजी झुककर पुनः तारानाका का अभिवादन करते हैं और माइक पकड़ लेते हैं।)

कक्काजी : तारानाका अपना भासण जापानी में देई—ऊ का हिंदी अनुवाद हम पढ़ि रहे हैं।

(कक्काजी झुकते हैं और तारानाका को माइक तक आने देते हैं। तारानाका भाषण के दौरान बार-बार झुकते हैं।)

तारानाका : *(जापानी भाषा में जिसका हिन्दी अनुवाद कक्काजी पढ़ते हैं)* कक्काजी, मुझे आपके भारत देस में, जो कभी दुनिया का अगुआ था और सीघ्र ही फिर होने जा रहा है, आकर बहुत प्रसन्नता हुई है।

(कक्काजी ताली बजाते हैं और मंच की ओर देखते हैं। मंच पर बैठे सब लोग ताली बजाते हैं।)

आप पूछेंगे हमको इसका पता कैसे चला? जब पिछली बार कक्काजी टोक्यो आए थे तब मैंने इनको बताया था कि हमारी जापानी ज्योतिस विद्या बता रही है कि पैंतालिस साल पहले गंगा के किनारे वह आदमी पैदा हो गया है जो भारत को महान बनाएगा और विश्व को भी।

इसी सिलसिले में कक्काजी ने पैंतालिस साल पहले गंगा किनारे जितने जसस्वी लोग पैदा हुए हैं उन सबकी जन्मकुंडली मेरे पास टोक्यो भेजी। सारी जन्मकुंडलियाँ देखने के बाद मैंने पाया कि देस और दुनिया को आगे ले जाने वाला नेता हैं यह सियाबर बाबू।

(कक्काजी और तारानाका ताली बजाते हैं, मंच पर बैठे सभी लोग ताली बजाते हैं। कक्काजी और तारानाका एक दूसरे गले मिलते हैं।)

प्रेस कान्फ्रेंस का कमरा। पाँच-छः प्रेस रिपोर्टर ताली बजाते हैं—अपनी नोटबुक में लिखते हैं। एक टेबिल पर सीता देवी बैठी हैं, कक्काजी और शशिकांत पास खड़े हैं।

सीता : आपको ई जानकर भी खुसी होगी कि इंटरनेसनल जोतिस सभा ने एक कमेटी बैठाने का फैसला किया है जो यह बताएगी कि जोतिस विद्या को जास्ती वैज्ञानिक बनाने के लिए क्या करना चाहिए। ई समिति के संयोजकों में जोतिसियों की तरफ से रहेंगे जापान के तारानाका और वैज्ञानिकों की तरफ से रहेंगे भारत के डाक्टर सूरज परकास। तालियाँ…।

सीता : तीसरी घोसना ई कि अगला इंटरनेसनल जोतिस कन्फ्रेंस जापान के टोक्यो शहर में रखा गया है। जिसकी तैयारी के लिए हमारे देस के मसहूर एस्ट्रोपामिस्ट और एस्ट्रोलाजिस्ट कम्पूटर बाबा श्री शशिकांतजी को चुना गया है। ई जल्द ही टोक्यो के लिए रवाना होने वाले हैं।

(कम्प्यूटर बाबा की तरफ देखती है।)

(कक्काजी ताली बजाते हैं। पत्रकार कुछ लिखते हैं।)

सीता : *(कक्काजी से)* आगे की घोसना आप ही करिए—हमें सरम लगती है।

(कक्काजी माइक पकड़ लेते हैं और जवाब देते हैं।)

कक्काजी : आज की आखरी घोसना की जिम्मेदारी हमहू पर दी गई है ऊ के लिए हम सीता माता के आभारी हैं। इंटरनेसनल अस्ट्रोलॉजिकल चैप्टर की ओर से जापान के श्री तोसिरो तारानाका एक स्पेसल इन्वीटेशन हमरे सियाबर बाबू की पत्नी सीता देवी को दिए हैं। *(सीता देवी की ओर देखते हैं)* कि ऊ जापान जाकर इंटरनेसनल अस्ट्रालॉजी की महिला विभाग की अध्यक्षता सम्हालें। *(कक्काजी और शशिकांत ताली बजाते हैं)* अउर हमें ई बताते हुए खुसी हो रही है कि सीता देवी ने इतना व्यस्त रहने के बावजूद टोक्यो जाना स्वीकार कर लिया है।

सीता : *(कक्काजी के कान में कहती हैं)* हाँगकाँग और सिंगापुर नहीं जाएँगे सापिंग के लिए?

कक्काजी : *(आहिस्ता से)* उ सब रास्ते में पड़त हैं—उहाँ आराम से जाइएगा अउर धड़ल्ले से सापिंग कीजिएगा—घोसना करने से घपला हुई सकत है। *(जोर से पत्रकारों से)* सवाल पूछते आप लोगन का मुँह सूख गया होई तो अब तनिक बगल वाले कमरे में जाके विलायती आचमन कर लिया जाए जौ के जल से। अस्नेक-उस्नेक भी मिली।

रिपोर्टर : कक्काजी ! एक-दो सवाल आपसे पूछकर थोड़ा और मुँह सुखा लें तो आचमन करने में ज्यादा आनंद मिलेगा।

कक्काजी : हाँ-हाँ, सौक से सवाल किया जाए।

रिपोर्टर : मिस्टर तारानाका ने हमारे देस और दुनिया का नाम रोशन करने वाले इंडियन लीडर की जो कुंडली प्रेस में दी है वह सिंह *(Leo)* लग्न की है जबकि यहाँ अखबारों में सियाबर बाबू की जो कुंडली छपती आ रही है वह कर्क (Cancer)लग्न की है। दोनों कुंडलियों में ग्रह भी अलग हैं बिल्कुल। फिर आप कैसे कहते हैं कि सियाबर बाबू ही हमारे देश और दुनिया के भावी नेता हैं।

कक्काजी : वो अइसा है कि इस समय मारकिट में सियाबर बाबू की दो जन्म कुंडलियाँ चली हुई हैं—एक कर्क लग्न वाली—कैंसर, और दूसरी मिथुन लग्न वाली—जेमिनी। और ई दोनों कुंडली आथेंटिक नहीं हैं। सब अटकलपच्चू है मामला। असली कुंडली ई कम्पूटर बाबा टाप सीक्रेट रखे हुए थे। वही आथेंटिक कुंडली अब रिलीज की है।

रिपोर्टर : होरोस्कोप भी टाप सिक्रेट होता है क्या?

कक्काजी : काहे नहीं? टाप नेता के कुंडलियो टाप सीक्रेट रखे का पड़ता है। नहीं तो दुसमन पार्टी अउर डिसिडेंट मिसऊज ना करी? चलिए, आचमन कर लिया जाए।

(रिपोर्टर बातचीत करते और हँसते हुए उठ जाते हैं।)

सीतादेवी : *(कक्काजी से)* ई तो कर्क लग्न के हैं। इनकी सिंह लग्न वाली जन्मपत्री कइसन बन गई।

कक्काजी : *(कान्फिडेंशियली)* जब हम टोकियो गए रहे तो उहाँ देखा कि फ्यूचर वर्ल्ड लीडर की कुंडली सिंह लग्न माँ है तो हम फौरन सियाबर बाबू की कुंडली सिंह लग्न माँ बनायके बाजार में छोड़ दिए हैं। ऊ नहीं सुना माताजी—सम बार्न ग्रेट सम एक्वायर ग्रेट और सम ससुर सिंह लगने ग्रेटनैस थर्स्ट अपान दॅम। हा····हा ····हा।

डिसिडेन्स-मोचन नाम तिहारो

सियाबर बाबू के बँगले का लॉन। इधर-उधर लोगों के झुंड खड़े हैं। कक्काजी पान चबाते हुए आते हैं। एक आदमी उनकी तरफ लपकता है।

आदमी : कक्काजी, हम आपका धन्यवाद करना चाहते हैं।

(कक्काजी दो अंगुलियों के बीच से पान की पीक झाड़ियों में थूकते हैं और सवालिया निगाह उठाते हुए पूछते हैं।)

कक्काजी : काहे बात का धन्यवाद बच्चू बाबू?

आदमी : आप हमरे थानेदार चाचा का वापस शहर में तबादला करा दिए।

कक्काजी : ई तो किरूँ लयवल का काम था। आज आपकी किरिपा से आई. जी. तक का तबादला कराय सकने की हैसियत रखते हैं। वैसे कराता वराता तो सब ऊ नीली छतरीवाला है, इतना जरूर है कि निमिन्त कोई-न-कोई जरूर बनता है। अब यहीं देखिए न कि सियाबर बाबू खुद अपना कोठी नहीं बदलवा सके, हम उनकी पत्नी का आदेस होने पर लड़-लड़ कर कराय दिए। नई कोठी पर बधाई देय के वास्ते आए हैं। साहेब लोग हैं न घर में?

(कक्काजी बँगले के भीतर जाते हैं। जिस कमरे में वे पहुँचते हैं वहाँ सियाबर बाबू की पत्नी गुलदान में फूल लगा रही हैं।)

कक्काजी : पाँय लागी सीता मैया।

सीता : जीता रह।

कक्काजी : नई कोठी का बहुत-बहुत बधाई।

सीता : तोका भी। आवा दखा।

(दोनों भीतर जाते हैं। सीता कक्काजी को अपना घर दिखाती हैं।)

सीता : ई ड्राइंग रूम। ओ बाजू दो ठो डाइनिंग रूम। चार ठो बड़का बेडरूम है और दुई ठो छुटका। आफिस है। अस्टडी है। किचन है। गोदाम है। एक ठो पुराना रूमो है जिसमें हम पूजाघर और आलतू-फालतू सामान का बक्सा रखवा दी हैं। अउर हाँ, गाय-भैंस रखने की जगह भी है। अउर पीछे में इतना जमीन है कि खेती-बारी हुई सके। हम तो भैंस पालूँगी और मक्का भी उगाऊँगी। ई मना करते रहें।

कक्काजी : कृसी प्रधान देस में नेता लोग सरकारी कोठियन में पसुपालन अउर

खेती नहिं करेंगे तो जनता तो कृसि कर्म छोड़हि देगी टोटली में। वाह। अब हुई न कोठी गरीबों के मसीहा सियाबर बाबू के रहे के लायक। ऊ तेरह नम्बर सौभाग्यराज मार्ग तो कोठी के नाम पर चूहेदानी थी ससुर।

सीता : ई तो सचमुच बहुत बढ़िया और बड़ी है।

कक्काजी : अउर सदा से यहियै रहा है हिसाब कि जितनी बड़ी कोठी, उतना जास्ती रूआब।

सीता : सब तेरा कोसीस से हुआ है, ई तो कुछो करते ही नहीं।

(सियाबर बाबू आते हैं, वे चिंतित लग रहे हैं।)

सियाबर : जो करने वाली बात होती है हम वही करते हैं, समझी ! नहीं करने वाली तुम करवा ले जाती हो जोर-जबरदस्ती से। अरे हम पूछते हैं कि क्या जरूरत थी लड़-झगड़कर बड़ी कोठी लेने की ? लोग-बाग इस पर अब उँगली उठा रहे हैं।

कक्काजी : गोड़ लागी सियाबर बाबू। जहाँ तक लोग-बाग की उँगली का सवाल है ऊ तो परमानेण्टली में उठी रहती है ससुर। कोई अपील किया हो कि नहीं, उनकी तरफ से तो हर खिलाड़ी नेता आउटहि है।

सियाबर : चुप करो जी ! अपने को हमारा शिष्य बताते हो और हमें परेशानी में डलवाने वाले काम करवाते जाते हो।

कक्काजी : परेसानी में तो मालिक आप अपनी पुरानी कोठी की वजह से थे। तेरह नम्बर सौभाग्यराज मार्ग में आज तक जो भी रहा ऊ दुर्भाग्य की गिरफ्त में आय गया। अउर तो अउर ऊ कोठी में तो अब कोई भी राजनीतिक पार्टी दफ्तर खोलने तक को राजी नहीं होती। ऊ कोठी फायर-बिग्रेड वालन को दी गई तो पहिलेहि दिन उहाँ आग लग गई ससुर।

सीता : इनको बाकी सारी दुनिया जनती थी कि ऊ मनहूस कोठी है। इनके दुश्मन गजानन इनको जबरदस्ती ऊ कोठी में भिजवा दिए थे ताकि इनका दिल्ली से पत्ता साफ हुई जाय।

कक्काजी : अब पत्ता साफ होई गजानन बाबू का। हम कम्प्यूटर बाबा से उनके खिलाफ में चामुण्डेस्वरी में जज्ञ करवा दिए हैं।

सियाबर : तुम और तुम्हारे कम्प्यूटर बाबा। पहले दर्जे के धोखेबाज और दगाबाज हो तुम दोनों। हमें समझ में नहीं आता तुम हमारे यहाँ आते क्यों हो ? जासूसी करने या हमारी पत्नी को गुमराह करके हमारी इमेज चौपट करने ? हम पूछते हैं किस हैसियत से आते हो यहाँ ? गजानन बाबू के जेम्स बाण्ड की··· ?

कक्काजी : मालिक, हम कउनो गजानन बाबू-टाबू के विलायती जिम्स बण्डुवा नहिन हैं। हम तो सुद्ध देसी हनुमान हैं अपने सियाबर बाबू के। हिरदय में

हमरे आपकी और सीता मैया की जुगल छबि बसी हुई है परमानेण्टली में। बाकी ई टाइम अस्पेसल इफेक्टस अविलेबल नहीं है कि आपको सीना फाड़ के ऊ छवि दिखाय सकें।

सियाबर : बातें बना-बना कर तुम हमको बेवकूफ नहीं बना सकते? तुमने जापान से एक ज्योतिषी बुलवाकर गजानन बाबू का गुणगान करवाया है।

कक्काजी : हम तो गजानन बाबू का पब्लिक में खाका खिंचवाए मालिक। सीता मैया को आकर पहले ही सब इक्सप्लेन कर गए थे हम।

सीता : हाँ, ई आपका कुण्डली, गजाननुवा का बताय के दे दिया उस जापानी को।

सियाबर : *(ताज्जुब से)* क्या?

सीता : सिंह लग्न की कुण्डली तो तुम्हरा है। तमाम अखबारन में ये किस्सा छप गया है कि गजानन सियाबर बाबू के कुण्डलियो चोरी किए।

(कक्काजी अपने राज्य का एक सनसनीखेज अखबार दिखाते हैं।)

कक्काजी : ई देखिए, खुद गजानन बाबू के जिल्ला के पेपर में का छपा है? 'कुर्सी तो कुर्सी' सियाबर की कुण्डली भी मार लेना चाहते हैं गजानन।

(सियाबर अखबार नहीं लेता लेकिन सीता उसे ले लेती है और खुश होकर पढ़ती है।)

सीता : कार्टूनो बनाए हैं गजाननुवा का। साबास कक्काजी। खूब जग-हँसाई कराया इनके बैरी का।

कक्काजी : *(हाथ जोड़ते हैं)* मलकिन, हमका कक्काजी पुकार कर सरमिंदा न किया जाए। हम तो बचुआ हैं तोहार सीता मैया।

(कक्काजी सीता के पाँव छूते हैं उधर सियाबर बाबू अखबार पढ़ना शुरू करते हैं।)

सीता : हम तेरी इज्जत ई कारन करती हैं कि जउन काम ई नहीं कराते, तू करा देता है।

कक्काजी : वो अइसा है मैया कि साहेब आज तलक यहियै नहीं समझ पाए हैं कि पावर यूज करने को मिलता है।

सियाबर : *(पढ़ते-पढ़ते)* मिस-यूज करने को नहीं।

कक्काजी : यूज और मिस-यूज का अइसा है मालिक कि एक का यूज दूसरे को मिस-यूजहि नजर आता है।

सियाबर : हमको तो ये नजर आता है कि तुम हमें मरवा दोगे। *(अखबार को उँगली से छूते हुए)* ये...ये क्या लिखवा दिया है कि हम भारत के ही नहीं, विश्व के भावी नेता हैं।

सीता : यही न कहा है ऊ जापानी जोतिसी। ऊ सिंह लग्न वाला कुण्डली

आपहि का तो था।

सियाबर : तुम्हारा सर था। ऐसी बातों के छपने का क्या असर हुआ है मालूम है?

कक्काजी : का साहेब?

सियाबर : जैसे अन्तरराष्ट्रीय ज्योतिष सम्मेलन के बाद गजानन की ये शिकायत ऊपर पहुँचाई गई थी कि ओवर-एम्बीशस है, टाप पर आना चाहता है, वैसे ही अब हमारी पहुँचाई जाएगी।

कक्काजी : टाप तक प्रगति करने का अम्बीसन रखना तो हर प्रगतिसील नेता का धरम होता है साहेब।

सियाबर : हम इसीलिए अब तक बचे रह सके हैं कि हमने अपना प्रोफाइल लो रखा है और एक्शन नॉन कंट्रोलवर्सियल। पालिटिक्स में हाई प्रोफाइल रखना तबाही को बुलावा देना है।

कक्काजी : लो प्रोफाइल जरूर रखा जाए साहेब। बाकी इतना लो भी नहीं कि नजरै न आवै ससुर। नजर से दूर, दिल से दूर हुई जाए।

सीता : ई ठीक कहता है। अरे नजर आइएगा तभी न ऊपर वालों की नजर में रहिएगा।

सियाबर : तुम कुछ नहीं समझतीं जी। कैपिटल दिल्ली में हर नजर आने वाले के नजर लग जाती है। छब्बे बनने की कोशिश करने वाला यहाँ दूबे बनाकर रख दिया जाता है।

सीता : तो का हुआ? अरे हमसे बियाह किए से पहिले तो आप दूबे छोड़, 'एकबे' तक नहिन थे। एकबे, दूबे, तीनबे, चौबे, सब हम बनाई हैं आपको और भगवान ने चाहा तो पंचबे, छब्बे भी हमहूँ बनाएँगी।

(टेलीफोन की घंटी बजती है। सियाबर बाबू फोन उठाकर बात करते हैं।)

सियाबर : सियाबर का प्रणाम। आदेश किया जाए। *(सुनकर गंभीर होता जाता है)* जी...जी...जी...जी...ठीक है, प्रणाम।

(सियाबर बाबू फोन रख देते हैं। थके-हारे नजर आते हैं।)

सीता : का हुआ?

सियाबर : सत्यानास। *(आकर सोफे में बैठते हैं और अखबार कक्काजी के चेहरे पर दे मारते हैं। कक्काजी उसे पहले ही पकड़ लेते हैं।)*

सियाबर : जो डर था वही हुआ और सब इस लेख की वजह से हुआ है। अब तो हम मारे गए।

(सियाबर बाबू माथा पकड़कर बैठ जाते हैं। सीता पास आकर बैठती हैं और हमदर्दी जताती है।)

सीता : अब का हो गया? सब तो ठीक-ठाक है।

सियावर : सब खत्म। पत्ता साफ होने का बारी आ गई और क्या? *(उठते हैं और चहलकदमी करने लगते हैं)* वहाँ ऋद्धि बाबू और सिद्धि बाबू दोनों हमारे खिलाफ आवाज़ उठाए हैं—साथ में लेबर लीडर आसुतोष भी उनसे मिल गए हैं। उधर स्टेट में लीडरशिप के खिलाफ जो डिसिडेंस चल रहा है उसे सुलझाने की जिम्मेदारी हम पर सौंप दी गई है। यह सब गजानन कैम्प करवा रहा है ताकि हम मारे जाएँ।

(सीता सियाबर बाबू को पकड़कर फिर पास में बैठाती है।)

सीता : आपका तो जी बिना बात परेसान हुई जाने का नेचरुवा है। जिम्मेदारी का काम आपको सौंपे हैं, ई का तो मतलब है कि आपहि भरोसे के आदमी हैं। ई तो तरक्की मिली का संकेत है।

सियावर : इधर डिसिडेंट का प्रकोप, उधर जब स्टेट का झंझट हमसे नहीं निपटेगा तब मालूम है क्या तरक्की मिलेगी? हमें छुट्टी दे दी जाएगी, पार्टी का काम देखने के लिए।

कक्काजी : आप घबराइए मत साहेब। जापानी ज्योतिसी का बात देर-सबेर सच होने जा रहा है। आप अस्टेट में, फिर देस में, फिर सारी दुनिया के भाग्यविधाता बनेंगे। इस चमचा को भी इण्टरनेसनल हँडिया माँ से कछु खाए को मिली।

सियावर : शटअप।

सीता : शुभ बोलने वाले को शटअप काहे करते हो जी—हमरे कहे पर आप चलेंगे तो जरूर लीडर बनेंगे।

सियावर : तुम्हारे कहे पर चलेंगे तो दिवालिया बनेंगे पालिटिक्स में दिवालिया।

सीता : तो का हुआ। हमरे से बियाह किए से पहले तो आप पालिटिक्स और इकोनामिक्स दूनों में दिवालिया थे। झोंपड़ा में रहते थे और नून-भात खाते थे।

सियावर : हम तो आज भी झोंपड़ा में रह सकते हैं—नून-भात खा सकते हैं। तुम को चाहिए रहने को महल, खाने को मुर्ग-मुसल्लम। जब यह सब छिन जाएगा तो कष्ट तुमके होगा रईसजादी, हमको नहीं।

कक्काजी : साहेब, आप मनहूस कोठी छोड़ के सगुनिया कोठी में आय गए हैं। इस कोठी में तो जो भी आया राइजहि किया।

सियावर : नजाकत अली खाँ तो इस कोठी में आकर मर गए थे।

कक्काजी : ऊ भी तो ऊपरहि उठने वाली बात हुई ना साहेब। अउर फिर ई भी तो नोट किया जाए कि नजाकत अली हियाँ मरे ई वास्ते दफनाए राष्ट्रीय सम्मान के साथ गए।

सियावर : हमको तो लगता है कि इस कोठी में हम जिंदा ही दफना दिए

जाएँगे—बगैर किसी सम्मान के। हमारे लाइफ-स्टाइल के खिलाफ भी डिसिडेंटों को बढ़ावा मिल गया है। ऋद्धि बाबू और सिद्धि बाबू दोनों ने हमारे खिलाफ बयान जारी किया है और उसमें इस कोठी का भी जिक्र है।

सीता : *(चिंतित होती हैं)* अब का होगा?

कक्काजी : सीता मैया, ई हनुमान आप लोगन के साथ है। हम सब डिसिडेंट की गर्मी का ठंडा कर देब और ई कोठी में आकर आपके इमेज को जो धक्का पहुँचा है ऊ का भी हम सैट कर देब।

सियाबर : कैसे?

कक्काजी : सारा डिसिडेंटं का मुद्दा ससुर चार तरह का है। पहला : नेता अपना भाई-भतीजा को आगे बढ़ा रहा हय, जातिवाद फइला रहा हय। दूसरा : पइसा खा गया—अलाँ घोटाला, फलाँ घोटाला। तीसरा : लाडण्डाउट का बुरा हाल हय—अलाँ काण्ड फलाँ काण्ड। चउथा : बायलेक्सन डिफिट—गलत नीति के कारन अलाँ बायलेक्सन में हमारा लीड कम हुआ अउर फलाँ बायलेक्सन में हमें डिफिट मिला। चउथे से पाँचवाँ पाइण्ट आपने कोई लिखा हो तो बतावें। होई नहीं सकता पाँचवाँ पाइण्ट। हमरे पास हर पाइण्ट का तोड़ है—पाइण्ट-बाई-पाइण्ट। सबसे पहले हम बुलवाते हैं आपके स्टेट के लीडर राजेस्वर बाबू को। ऊ की मार्फत सब काम हुई जाय।

राजेश्वर बाबू कार में आते हैं। यह नई कोठी हैं सियाबर बाबू की। राजेश्वर बाबू की अगवानी के लिए कक्काजी और सीतादेवी पोर्टिको में मौजूद हैं। राजेश्वर बाबू के साथ दो एक चमचे भी आए हैं।

राजेश्वर : प्रणाम सीता मैया।

कक्काजी : गौड़ लागी राजेस्वर बाबू।

सीता : आराम करे का होय तो बैडरूम ठीक करा दें राजेश्वर।

राजेश्वर : आराम तो ई बखत हराम है मैया।

(ये लोग भीतर जाते हैं।)

कक्काजी : अउर आराम तो राजेस्वर बाबू हवाई जहाजे में कर लिए होंगे। दिल्ली आए-जाए का इनको और इनके पायलटवा को अइसा आदत पड़ चुका है कि टेक-आफ करतेहि झपकी लेने लगता है अउर फिर आँख खोलता है तो नीचे में पालम हवाई अड्डुहि नजर आता है।

(सब हँसते हैं।)

राजेश्वर : प्रोग्राम क्या है?

कक्काजी : प्रोग्राम डिसिडेण्टों की रोकथाम करे का है। विरोधियों के दूनों लीडर—ऋद्धि बाबू अउर सिद्धि बाबू इहाँ आई गई हैं। बाकी तीसरा लीडर लीडर आसुतोस बाबू भी ट्रेन से पहुँच रहा है। अपना ई प्लान है कि ऋद्धि बाबू को बिरेकफास्ट डिप्लोमेसी के लिए, सिद्धि बाबू को लंच डिप्लोमेसी के लिए और आसुतोस को ईवनिंग टी डिप्लोमेसी के लिए बुलाया जाए। हमरा पूरा स्करीनप्ले अस्क्रिप्ट रयडी है, नगोसियेसन का खेला सुरू किया जाए।

पहला सीन : बिरेकफास्ट डिप्लोमेसी

नई कोठी के लॉन में मेज पर नाश्ता लगा हुआ है। सियाबर बाबू, सीता देवी, कक्काजी और वयोवृद्ध ऋद्धि बाबू नाश्ता करने के लिए बैठे हुए हैं।

सियाबर : कुछ लिया जाए ऋद्धि बाबू। आप तो बिलकुल हाथ खींचकर बैठ गए हैं।

ऋद्धि : ऐसा है सियाबर बाबू कि आप शुरू दिन से हमको सीरियसली नहीं लिए हैं। जब किए हैं मजाक ही किए हैं। आज ब्रेकफास्ट के लिए हमें बुलाए हैं चुनकर हमारे फास्ट वाले दिन।

सीता : फिर फल ही ले लिया जाए।

कक्काजी : आपको बुलाया भी आपकी मेहनत का मीठा फल देने के लिए है ऋद्धि बाबू। आपने अपने यूनियन में राजेस्वर बाबू के खिलाफ जो डिसिडेंस बढ़ाया है उसे त्याग दिया जाए। बदले में आपको राजेस्वर बाबू के बायाँ हाथ की हैसियत का इनाम दिए का चाहते हैं।

ऋद्धि : राजेस्वर के नम्बर दो का हैसियत से हम तो एकहि काम किए हैं अब तक, वह है राजेस्वर को नम्बर एक की जगह से हटवाने का। हम सीनियर हैं, हमरे रहते ये नम्बर एक कैसे हो सकते हैं?

राजेश्वर : आप बिल्कुल सही कहते हैं। हम और सियाबर बाबू दोनों आपको नम्बर वन बनाने के हक में हैं।

(सियाबर को ताज्जुब होता है। सीता हाथ के इशारे से बोलने से रोकती है।)

ऋद्धि : तो आप जगह खाली कर रहे हैं, हमरे वास्ते?

राजेश्वर : फौरन तो नहीं, कुछ महीने बाद।

कक्काजी : अभी खाली कर देंगे तो सिद्धि बाबू कूदकर बइठ जाएँगे। ई न भूलिए कि ऊ भी डिसिडेण्ट नेता हैं।

राजेश्वर : आप दो-चार महीना में सारा डिसिडेण्ट अपनी तरफ कर लीजिएगा अउर सिद्धि बाबू को उखाड़ फेंकिएगा।

ऋद्धि : लेकिन इस बात का क्या गारंटी है कि ये फूट डालकर राज करने की एक चाल नहीं है ?

कक्काजी : गारण्टी दी जाए सियाबर बाबू।

सियाबर : क्या गारण्टी ?

कक्काजी : यहियै कि ई बखत जउन चौदह महकमा राजेश्वर बाबू के अण्डर में है, ऊ में से ऋद्धि बाबू को उनकी अपनी पसंद के सात दे दिए जाएँ।
(राजेश्वर बाबू ऋद्धि को एक पत्र देते हैं।)

राजेश्वर : ये लैटर लिया जाय। इसमें हम बकायदा से लिख दिए हैं कि आपको आपकी पसंद के सात महकमे दिए जाएँगे।

ऋद्धि : बदले में हमको का करना होई ?

कक्काजी : *(एक पत्र फहराते हैं)* ई अस्टेटमेण्ट पर दस्तखत कि आपको राजेस्वर बाबू में फुल फेथ है।
(ऋद्धि राजेश्वर का दिया हुआ पत्र पढ़ता है। इस बीच कक्काजी चीनीदानी में से एक क्यूब उठाकर खुद खाते हैं और दूसरा ऋद्धि की ओर बढ़ाते हैं।)

कक्काजी : इसी बात पर मुँह मीठा किया जाए ऋद्धि बाबू।
(ऋद्धि कुछ सोचने के बाद शुगर क्यूब ले लेता है। उसे मुँह में रखता है और फिर मुस्कराकर कागज पर दस्तखत कर देता है।)

दूसरा सीन : लंच डिप्लोमेसी

एक फाइव स्टार होटल का रेस्तराँ। मेज पर लंच लगा हुआ है। यहाँ भी एक कलम कागज पर दस्तखत कर रहा है। दस्तखत करने वाला ऋद्धि नहीं बल्कि चालीस वर्षीय सिद्धि है।

कक्काजी : हम आपसे सही बताते हैं सिद्धि बाबू कि अपनी पालिटिकल लाइफ में आप इससे ज्यादा सही काम कोई नहीं किए हैं। आपका लच्छ अब सिद्ध हुईबै करी ससुर।

राजेश्वर : देखिए हम तो शुरू से आपको अपनी टीम में रखने के फेवर में रहे हैं। लेकिन हर बार ऋद्धि बाबू टाँग अड़ा देते हैं। अब सियाबर बाबू का परमीसन मिल गया है तो हम अपने चौदह महकमे में से दस आपको दे कर आपको ऋद्धि बाबू से ऊँचा दर्जा देंगे।

कक्काजी : बस इतनहि है कि जरा ऋद्धि बाबू को सम्हाले रखिएगा।

सिद्धि : वो है कहाँ ? उनका बारह बजे का एपोइंटमेंट था हमारे साथ, आए ही नहीं।

सियाबर : उनको बहुत जुकाम हो गया—वह वापस लौट गए।

सीता : मेंढकी को जुकाम।

कक्काजी : सिद्धि बाबू आप जरा फुरसत से ऋद्धि बाबू को बता दें कि पलिटिक्स में मेंढकी को जुकाम हो तो इलाज के लिए नाक कटानी पड़ती है।

सिद्धि : ऋद्धि बाबू की फिकर आप मत करिए—उसकी पोलपट्टी हमें मालूम है—एक्सपोज होने के डर से हम कहेंगे तो कुछ नहीं करेगा—लेकिन आसुतोष बाबू का क्या कीजिएगा—वह टेढ़ी खीर है।

कक्काजी : ऊ का भी समझ लई—हा···हा····हा····।

तीसरा सीन : ईवनिंगटी डिप्लोमेसी

मेज पर चाय का सामान रखा है। सियाबर बाबू, सीता देवी, राजेश्वर, आशुतोष तथा कक्काजी बैठे हैं। चाय-पान के साथ-साथ बातचीत भी चालू है।

आशुतोष : हम किसी से नहीं डरता—भगवान से भी नहीं—ए तो मानूस है, एई राजेस्वर को जाना होगा—ए एक्सपोज हो चुका है—इसका जाना अब राजनीति का कूड़ादान है।

कक्काजी : आसुतोस बाबू, गुस्सा न खाई—लेकिन एक बात जान रखि कि ई राजेस्वर बाबू कूड़ादान में गिरी तो पहले आप लोगन का गिराके गिरी। ताकि भ्रस्ट आचार अउर आहार भकौसी हुई आपकी तोंदों का कुसन मिलि।

आशुतोष : बेसी हँसी भालो ना। ऐसा जोकर का माफिक में दाँत दिखाने से तो सीरियस पॉलिटिक्स नहीं चलता।

कक्काजी : आसुतोस बाबू, सीरियस पॉलिटिक्स चलता है दाँत तोड़ने से, अउर ऋद्धि-सिद्धि दूनों आपका साथ छोड़ दिया—आपका दाँत टूट चुका है।

आशुतोष : ये तो आमि जानि—ए सब लीडर का कोनो बेस नाहिं—आपकी चाल में आ गया—लेकिन हम मर्द है—आमरा तो मिसन हाय कि एई राजेस्वर—सियाबर करप्ट नेकमल को एक्सपोज करो—ए हमारा स्टेट को रसाताल में ले जाएगा।

कक्काजी : सांति आसुतोस बाबू सांति। जब करप्सन का बात उठाए हैं तो हमसे भी सुनि जाए। करप्सन में आप लोग जो कीर्तिमान स्थापित किए हैं उन्हें कउनो नहीं पा सकता। ऊ तो हम सियाबर बाबू—राजेस्वर बाबू को रोके हुए हैं—वर्ना अब तक आपका सारा डिसिडेंट समुदाय का धंधा चौपट हो जाता। किसी का ट्रांस्पोर्ट का, किसी का जमीनें हड़पने का, किसी का सहकार से अपना उद्धार करने का।

आशुतोष : अरे एई राजेश्वर के आने के बाद से ला एंड आर्डर सब बिगाड़कर रखा है—गुंडा लोगों को पाल रखा है—शो तो हम कह सकता है।

कक्काजी : ला एंड आर्डर अउर मौसम ई चीज किसी के बस का नाहीं आसुतोस

बाबू—मौसम ससुर एक बार वस में आ भी जाए लेकिन आप जैसे महानुभावों के रहते ला एंड आर्डर कैसे बस में आई ?

आशुतोष : बाजे बोको ना।

कक्काजी : ठीक है, ऊ सब जाने दीजिए—लेकिन हम पूछते हैं कि आप डिसिडेंट लोग अपोजीसन की बोली काहे बोल रहे हैं ?

सियाबर : आप प्रेस को जो लैटर रिलीज किए हैं उसमें तमाम वही चार्चेज हैं जो आप लोगों ने कभी बिन्दू बाबा के खिलाफ लगाए थे। और उससे पहले खुद गजानन बाबू के, जिनके आज आप गुण गा रहे हैं।

सीता : आप लोगन का तो वहियै एक फार्मूला है।

(कक्काजी कुछ पेपर देखते हैं।)

कक्काजी : और यह जो भाई-भतीजावाद का जार्च लगाए हैं, तो हम आपसे पूछते हैं कि कौन अभागा अइसा होगा जिसका भाई-भतीजा न होए, अउर कौन भाई-भतीजा अइसा अभागा होगा जिसका भाई-बाबा समर्थ होते हुए भी उसके लिए कुछ न करे।

सीता : अपना भाई भतीजा के लिए नहिन करें तो आपका भाई-भतीजा के लिए करें।

आशुतोष : ईतना ही सब ठीक-ठाक है तो पिछले उप-चुनाव में हमारा आदमी ही क्यों गया। ऐं, बोलो ?

कक्काजी : अउर आपके भाई-भतीजा के लिए करेंगे तो का ऊ भाई-भतीजावाद न होई ?

सियाबर : ये जो बाय इलेक्शन में हार हो जाने की बात तुमने लिखी है आशुतोष, चुनाव तो ऐसे चुनाव क्षेत्र में हुआ है जिसमें मजदूरों का सालिड वोट है और तुम हमारे लेबर लीडर हो।

कक्काजी : अब या तो ई मानिए कि मजदूरन पर आपका होल्ड नहीं रहा, या ई कि आपने सेबोटाज किया, अपनी ही पार्टी के आदमी को हरवाया क्योंकि वह आपका भाई-भतीजा नहीं था।

आशुतोष : सब बाजे, सब गलत। अरे ई सब डिसकस करने के लिए राजेश्वर हमसे मिलता ही नहीं। फोन करो तो जवाव मिलता है—पूजा कर रहा है।

सीता : पूजा करना पाप है का ?

कक्काजी : फुर्सत के बखत हर नेता एकहि जगह बैठा होता है—या तो पूजाघर में, या पिराइवेट माँ या फिर पाखाने में। हमरे राजेस्वर बाबू को न आपके डिसिडेंटों की तरह कब्ज की सिकायत है, न जनाना सोहबत में बइठे की आदत। इसीलिए जब बखत मीला, पूजा करते हैं। मंतर सिद्ध करते हैं, डिसिडेंटों को सम्मति देने का।

आशुतोष : आपका कोई सोलिड परपोज़ल हो तो बताइए नहीं तो अइसा माफिक बकर बकर से हमकू कोई असर नहीं होगा।

कक्काजी : अरे तो आपकी मैगजीन और पेपर माँ बकर-बकर से फायदा हुई? आपका ई सब लयटर लयटरीन में रख दिया जाई।

आशुतोष : अरे हम तो प्रथम ही निवेदन किए कि दोस्ती का कोई सोलिड परपोज़ल हाए तो बोलो नहीं तो हम जाता—रिटर्न टिकट कटवाकर आया हम।

कक्काजी : एक ठो सोलिड देहाती कहावत सुना जाए—सैंया से फुरसत नाय—देवर माँगे चुम्मा। हमरे सैंया ऋद्धि-सिद्धि बाबू राजेस्वर बाबू से सारे सोलिड परपोज़ल माँग लिए हैं—आपको अब का दें—कहाँ से दें। आप ऋद्धि-सिद्धि को अलग करवाइए—आपको नम्बर दो बना दिया जाएगा।

आशुतोष : जाएगा। शौब फ्यूचर टेन्स। अरे प्रेज़ेन्ट टेन्स में किछू बोलो। और हमें एक नम्बर दो नम्बर में कोई इन्टरेस्ट नहीं।

कक्काजी : सोलिड परपोज़ल तो फ्यूचर टेन्स भविष्य में ही हो सकत है। प्रेज़ेन्ट टेन्स में एक ठो सोलिड प्रपोज़ल भी है। ई राजेस्वर बाबू आपके भाई को देसी का ठेका दिलवाय देंगे।

आशुतोष : मेरा भाई को देता है तो भतीजा को काहे नहीं?

राजेश्वर : ठीक है—इन दोनों को।

कक्काजी : चलो मिलाया जाए हाथ ई बात पर।

(आशुतोष और राजेश्वर दोनों हाथ मिलाते हैं।)

कक्काजी : शाम को प्रेसवाले आ रहे हैं—सियाबर बाबू की इमेज का मामला है, आप उहाँ स्टेटमेंट दे दें—आपमें और राजेस्वर बाबू में सुलह हो गई है।

आशुतोष : अरे यह कोठी में कुटिया कैसी?

सीता : ई बड़ी कोठी लिए इसी मारे कि गैस्ट लोग बहुत आता है अस्टेट से और इनके साथ रहना चाहता है। ई राजेस्वर बाबू, आसुतोष बाबू सब यहिहँ ठहरे हैं। अरे आप दोनों एक साथ?

आशुतोष : हमारा पिता सियाबर बाबू है—इनकी छत्रछाया में हम साब भाई-भाई हैं—कोई रिबैल नहीं, कोई डिसिर्डेंट नहीं—सब शांति।

कक्काजी : इहाँ जरा हाथ मिलाया जाए। फोटुआ।

शाम का समय। कुछ पत्रकार बैठे हैं। साथ ही सियाबर बाबू, राजेश्वर बाबू, कक्काजी और आशुतोष भी हैं।

रिपोर्टर : लेकिन यह कुटिया?

कक्काजी : इनका जी बड़ी कोठी में घबड़ाता है इसीलिए इस कुटिया में रहते हैं—ऐसी ही कुटिया में इनका जनम हुआ था, अउर खाने में वही सब खात हैं जो गाँव दिहात के लोग खाता है—इसीलिए सियाबर जइसा पापुलर लीडर अस्टेट में कौनो नहीं—और सब इनका मानते हैं—डिसिडेंस ससुर होइबे कैसे? आप लोगन के वास्ते भी डिनर बनवाया है। सब खा-पीकर जाइएगा।

रिपोर्टर : बट दा मीनू।

कक्काजी : नून भात।

रिपोर्टर : क्या?

कक्काजी : नमक वाला राइस। अउर भाट का चोखा।

रिपोर्टर : नाम तो चोखा है मगर चीज क्या है?

कक्काजी : बैंगन का भुरता।

रिपोर्टर : हत्तेरे की।

कक्काजी : और स्वीट डिस में गुड़ की डली।

रिपोर्टर : कक्काजी हम घर ही में खा लेंगे।

कक्काजी : घर में ही खाइएगा मगर हमरी सीता मैया के घर में। ई दिहाती मीनू तो सियाबर बाबू की कुटिया के लिए है। मैया की डाइटिंग रूम माँ सारा पाँचतारा सिक्स कोर्स भोजन रही। पत्रकार बंधुओ, सब नोट किया जाए कि परमपिता परमेस्वर नीली छतरी ताने खड़ा है। अउर ओके अंदर में हमरे सियाबर बाबू के आसीर्वाद से सभी धंधे बदस्तूर चल रहे हैं—और यह भी नोट किया जाए कि अपनी देस की परंपरा को कायम रखते हुए सियाबर बाबू का हमेसा यही नारा रहा है कि सिम्पल लिविंग अउर हाई थिंकिंग। हा··· हा··· हा···।

आज हमारे इयार की सादी हय

मिट्ठू : *(कमेंटेटर)* पवेलियन एंड से बाल मिट्ठू को और मिट्ठू ने घुमा दिया है एक तगड़ा हाथ—मिट्ठू स्क्वायर—और सिंगल रन।

गजानन : बंद कड़ो जी ई खेल। जब देखो खेल में वक्त बर्बाद करता है।

कक्काजी : बचपन तो खेलहि में बीती मालिक और जब तक सादी न हुई जाई बच्चाहि कहलाई ई आपका सालाबाबू।

गजानन : वही न पूछते है कि हम जौन लरकी पसंद किए हैं उससे शादी काहे नहीं करता।

मिट्ठू : जीजाजी आप लड़की नहीं दहेज पसंद किए हैं—मैं दहेज विरोधी युवा मंच का सचिव हूँ। मैं लड़की से शादी करूंगा, दहेज से नहीं।

गजानन : पाँच लाख दहेज दे ड़हे हैं ऊ लोग इस बेकाड़ नौजवान के लिए और ई कहता है शादी नहीं कड़ूँगा। इसे कौन बना दिया है जी दहेज विड़ोधी मंच का सचिव?

कक्काजी : हम बनाए हैं मालिक। इस तरह के मंच-उंच चलाकर ई सालाबाबू अपने जीजाबाबू की तरह सबहि के जमाई बनके सबह से दहेज वसूलबे करेंगे। किसी एक ससुरे को काहे परेसान करें ससुर।

गजानन : ई मिट्ठू कभी न बन सकी लीडर ऊडर। हम पूछते हैं ई मिट्ठुवा का क्वालिफिकेसन का है? ई जानता का है, ई आखिर है किस काम का जो लीडर बन जाई?

कक्काजी : किसी काम का न होना तो राजयोग का प्रबल निसानी है मालिक। जो-जो जिस-जिस काम के होते हैं सो-सो, उस-उस काम से लग जाते हैं। जो कौनो काम के नाहीं होते हैं, उनका ही आराम से बैठके औरन से काम लेये की फुर्सत रहती है मालिक।

जानकी : अजी आप भी तो तहसील की कचहरी में बेकार बैठे मक्खियाँ मारा करते थे।

गजानन : हमड़ा उकालत तो इस माड़े नहीं चला कि तुम्हड़े बाबा हमड़े जिम्मे पाड़टी का बहूत काम डाल दिए रहे।

जानकी : बाबा आपको पालिटिक्स में न लाते तो आज आप क्या होते—ये बताइएगा जरा।

कक्काजी : मक्खियों के जमदूत होत परमानन्द।

गजानन : *(पी. ए. से)* तुम काहे हमेसा खी-खी करता रहता है जी? ड़मअबधुवा का आने का पड़ोगड़ाम था, क्या हुआ?

कक्काजी : वो तो अब बस पहुँचते ही होंगे मालिक।

गजानन : ड़मअवधुवा से आज दो-टूक बात किया जाएगा—समझे ना।

कक्काजी : राजनीति में तगड़े दुस्मन से दो-टूक बात करे का निसेध है मालिक। गोल-माल बात की जाए।

गजानन : हमड़ी बिल्ली हमीं से मियाऊँ। अड़े अब ना गया है अपोजीशन में। पहले तो हमड़ा अंगुली पकरकर ही आया ड़हा पालिटिक्स में।

कक्काजी : मालिक, नोट किया जाए, रामअवध बिल्ली नहीं, बबर शेर है। आफ अपने इलाके के टाप पलटिसियन हैं तो ऊ आपके इलाके का टाप दादा और व्यापारी है।

गजानन : दादा है तो का हमड़े इलाके में, हमड़े लोगों का मौजूदगी में, हमीं को बोली माड़ जाएगा और हम चूप ड़हेंगे?

कक्काजी : बोली ही मारा मालिक? अपने रिवाल्वर से गोली तो नहीं मार दिया? बोली मारे से कोई मरा है आज तक पालिटिक्स में मालिक, समझा जाए, पालिटिक्स तो एक ठो फ्रेंडली मैच है, जिसमें वहियै गिना-चुना खिलाड़ी दुई टीमन में बँटकर एक-दूसरे पर फ्रेंडली गोल करता रहता है ससुर।

गजानन : गोल नहीं जूता माड़ा है ड़मअबधुवा हमड़ी खोपरी पड़, समझा कि नहीं?

(इतने में कार की आवाज़ आती है।)

गजानन : आ गया। आजं हमहूँ माड़ेंगे इसको जूता।

कक्काजी : नहीं मालिक, केपिटल का पालिटिक्स वाला ऊ सहरी फ्रेंडली अस्माइल चेहरे पर सँजो लिया जाए तो कहता है एक ठो फ्रेंडली दाँव दे दें आपको तो बुरा मत मानिएगा।

गजानन की कोठी के बाहर एक कार रुकती है। पीछे की सीट पर एक पुरुष और एक नवयुवती बैठे हैं। पुरुष का नाम रामअवध है, युवती उसकी पुत्री मोहिनी है।

मोहिनी : आप जाइए पापा, मैं यहीं बैठती हूँ, मुझे आपकी पालिटिक्स अच्छी नहीं लगती।

रामअवध : ठीक है बेटी—मैं आया अभी।

(कहकर रामअवध चला जाता है।)

मिट्ठू : मिट्ठनलाल का बेहतरीन कवर ड्राइव, चार रन, तालियों की गड़गड़ाहट, और इसी के साथ मिट्ठू की लंच से पहले सेंचुरी पूरी।
(मिट्ठू कोठी के बाहर खड़ी कार के पास आता है। उसमें बैठी कन्या को देखकर चौंकता है। लड़की भी मिट्ठू को देखकर आश्चर्यचकित होती है। मिट्ठू बातचीत बढ़ाने के विचार से कहता है।)

मिट्ठू : मैं मिट्ठनलाल उर्फ मिट्ठू और आप?

मोहिनी : *(मुस्कराकर)* मोहिनी।

मिट्ठू : अंदर आपके पापा गए हैं?

मोहिनी : जी! आपका नाम बड़ा खटमिट्ठा है।

मिट्ठू : जैसा भी है, आपके सामने है।

मोहिनी : आप क्रिकेट बिना गेंद के खेलते हैं?

मिट्ठू : गेंद तो है मगर बॉलर नहीं।

मोहिनी : हम करें बॉलिंग?

मिट्ठू : जरूर।

मोहिनी : हम बॉलिंग कर रही हैं, आप कमेंट्री कीजिए।

मिट्ठू : मोहिनी टू बॉल फ्राम द पेविलियन एंड वैल पिच्ड अप···एंड ही इज काट बाई द बालर। ए ब्रिलियेंट कैच।

मोहिनी : अब हमारी बारी है—आप खेलिए।

मिट्ठू : मिट्ठू टू मोहिनी स्लो लेफ्ट आर्म ओवर दि विकेट···एंड शी इज बोल्ड। आपको आउट करना तो बाएँ हाथ का खेल हुआ।

मोहिनी : आप भी तो पहली ही बाल में विकिट दे बैठे हैं।

मिट्ठू : *(पास आकर मुस्कराता हुआ कहता है)* खाली विकिट ही नहीं··· ।

मोहिनी : *(झेंपकर)* और क्या दे बैठे?

मिट्ठू : बताऊँ! अपना दिल··· ।

मोहिनी : ना···ना···ना···दिल का बिल हम नहीं चुका सकेंगी।
(मिट्ठू मोहिनी के चेहरे की तरफ देखता है।)

मोहिनी : ऐसे क्या देख रहे हैं?

मिट्ठू : देख रहा हूँ, आपका नाम बिल्कुल सही है, मोहिनी।

मोहिनी : *(झेंपकर)* मोहिनी का मतलब जानते हैं?

मिट्ठू : जानता तो पहले भी था, समझा आज हूँ।

मोहिनी : आपको क्रिकेट खेलते देखकर बहुत ताज्जुब हुआ।

मिट्ठू : क्यों?

मोहिनी : आप वही हैं ना जिसने क्रिकेट के खिलाफ भूख हड़ताल की थी?

मिट्ठू : पापी पालिटिक्स की खातिर सब कुछ करना पड़ता है।

मोहिनी : यह तो बहुत अच्छा किया क्योंकि हमें क्रिकेट खिलाड़ी अच्छे लगते हैं।

मिट्ठू : कौन है आपका फेवरेट ?

मोहिनी : शुरू में तो रविशास्त्री था, फिर इमरान खाँ⋯फिर विविअन रिचर्ड्स⋯ और अब⋯।

मिट्ठू : अब ?

मोहिनी : अब ! *(झेंपकर)* सारी बातें पहली मुलाकात में थोड़ी ना बता दी जाती हैं।

मिट्ठू : तो क्या उम्मीद रखूँ कि मुलाकातें होती रहेंगी और⋯।

(कोठी के अन्दर गजानन बाबू, कक्काजी और रामअवध में किसी बात को लेकर गरमागरमी हो जाती है। रामअवध कुर्सी से उठ खड़ा होता है और कहता है—)

रामअवध : अपनी यह गीदड़ भभकियाँ किसी और पर आजमाइए गजानन बाबू। यह जान रखिए कि जिले में अब एक ही पार्टी है जो रामअवध की है—जो उसमें है जीत उसी की है। और जो उससे टकराता है वह चूर-चूर हो जाता है।

(रामअवध गुस्से से भरा कोठी से बाहर निकलता है, कार के पास आकर अपनी बेटी से कहता है, चलो बेबी।)

मोहिनी : कितनी देर लगा दी पापा आपने।

मिट्ठू : *(मोहिनी से)* परसों शाम 5 बजे आइफैक्स हॉल में हमारे दहेज विरोधी युवा-मंच का प्रोग्राम है। उसमें आइए न ?

रामअवध : यह कहीं नहीं जाएगी समझे—उधर जीजा बाप से बदतमीजी कर रहे थे, इधर साला बिटिया से। चलो ड्राइवर।

(मोहिनी और रामअवध दोनों कार में बैठते हैं।)

रामअवध : इनका तो बैंड बजवा दूँगा मैं।

(कार चल पड़ती है।)

(गजानन, कक्काजी और मिट्ठू एक साथ खड़े हैं।)

गजानन : बजवा देगा बैंड। दी एंड न कर देंगे हम ई सरहू का।

मिट्ठू : लेकिन जीजाजी इन्होंने आपका क्या बिगाड़ा है ?

गजानन : तुम बहुत नानसेंस बात बोलते हो जी।

(गजानन बाबू अन्दर चले जाते हैं।)

मिट्ठू : जीजाजी इतना क्यों बिगड़ गए ?

कक्काजी : तुम अपनी कहो मिठुआ—क्लीन बाउल्ड हुई गवा क्या ?

मिट्ठू : *(मुस्कराकर)* लेकिन मोहिनी के पापा बिगड़ जाएँगे तो फिर⋯।

कक्काजी : ऊ सब हम सब पर छोड़ दो—हम सब सैट कर देई ससुर—हमका खुसी हुई कि तुमका आखिर कोई मिली तो सही सादी करने के लिए···चलो··· ।

रामअवध का निवास। रामअवध बैठे चाय पी रहे हैं। इसी बीच अभी बेटी मोहिनी सज-धजकर कहीं जाने के लिए तैयार है।

रामअवध : बेबी।

मोहिनी : येस पापा ?

रामअवध : कहाँ जा रही है ?

मोहिनी : स्त्रीशक्ति सम्मेलन में।

रामअवध : यह कौन-सा सम्मेलन है ?

मोहिनी : एक है पापा।

रामअवध : इधर आओ बेबी। *(मोहिनी अपने पिता के पास आती है)* जरा सम्मेलन का इन्विटेशन दिखाना। ! !

मोहिनी : वाय पापा ?

रामअवध : कार्ड दिखाओ।

(मोहिनी कार्ड लेकर आती है।)

रामअवध : हुँह ! मिट्ठनलाल ! ! तो स्त्रीशक्ति सम्मेलन भी वही मिट्ठू करा रहा है। अब तुम इस घर से बाहर कभी भी, कहीं भी, नहीं जाओगी। तुम्हें कोई फून भी नहीं सुनने दिया जाएगा और तुम्हारी चिट्ठियाँ पहले मेरी टेबल पर रखी जाएँगी।

मोहिनी : पापा इस सम्मेलन में तो बड़े-बड़े लोग आ रहे हैं।

रामअवध : आने दो—लेकिन तू मेरे दुश्मन के साले की सभा में नहीं जाएगी।

मोहिनी : आपका जीजा दुश्मन है पापा, साला तो नहीं।

रामअवध : जैसा जीजा वैसा साला—सब चोर—चल अंदर जा।

(मोहिनी को धक्का देता है। वह अन्दर चली जाती है)

गजानन बाबू की कोठी। बहुत से लोग खड़े हैं। कक्काजी लोगों से मिल रहे हैं।

कक्काजी : अरे आपका बेटा कोतवाल बन गया यह तो खुसी की बात है *(टेलीफोन की घण्टी बजती है)* एक मिनट। *(फोन उठाते हैं)* हलो ! प्रनाम रामअवध बाबू ! कैसन मिजाज हैं जी ? किसका मिजाज साफ कर दिया जाई—गजानन···साला बाबू का ? जी···जी···जी—नहीं···नहीं ···आप परेसान काहे होते हैं। हमऊँ साला बाबू को समझाय देंगे—ऊ सब हम पर छोड़ दीजिए—बहुत अच्छा—प्रनाम—रखते हैं।

(कक्काजी रिसीवर रख देते हैं।)

पी. ए. : क्या बात है ?

कक्काजी : अरे साला बाबू।

(कक्काजी वहाँ खड़े एक व्यक्ति से बात शुरू करते हैं।)

कक्काजी : पब्लिक माँ कहे का नाहीं। हो तो दुबेजी महाराज, आपका वहियै न प्राब्लम है आपके कोतवाल बेटे का तबादला··· ।

दूबेजी : हाँ कक्काजी, यह काम आपहि के बस का है।

कक्काजी : अरे हम चाहें तो आई. जी. ओ का तबादला करा दें, इंस्पेक्टर का चीज है।

दूबेजी : आपकी मेहरबानी—यह ग्रहन किया जाए।

कक्काजी : *(बॉक्स लेते हैं)* झुनझुना जइसा का बोलता है ?

दूबेजी : बूँदी हैं— बंजरंगपुर का परसाद।

कक्काजी : ई आप लोगन का बुँदिया लयवल करप्सन न खत्म हुई ससुर? आधा किलो बुँदिया ग्रहन किया जाए और हमरे कोतवाल बिटवा का तबादला बढ़िया आमदनी वाली जगह माँ करवा दिया जाए। *(खाते हुए)* रिस्वत अइसी देंगे जो हजम न हो ससुर और काम हुई जाने के बाद बोलेंगे हम लोग करप्ट हैं।

दूबे : अरे 'नहीं' कक्काजी।

कक्काजी : जाइए खुस रहिए और अपने कोतवाल ब्रिटवा से कह दीजिए कि कक्काजी की सेवा में रहे।

दुबेजी : अरे हमरा बेटा तो आपका भगत है···· ।

(दूबेजी जाते हैं।)

कक्काजी : हाँ तो पी. ए. जी नेक्स्ट भगत।

(मिट्ठू आता है।)

मिट्ठू : दूसरा मुसीबतजदा भगत मैं हूँ कक्काजी।

कक्काजी : अरे बइठो-बइठो—का मुसीबत आ गई ?

मिट्ठू : मेरी सबसे बड़ी मुसीबत है कि मैं गजानन ब्राबू की धर्मपत्नी का भाई हूँ। इसीलिए रामअवध बाबू··· ।

कक्काजी : *(चुप कराते हुए)* शी···पी. ए. जी आप जरा उहाँ—बाहर··· ।

कक्काजी : और उहाँ दरवाजे से सटकर सुनने की कोसिस मत कीजिए—आप दुई बार पकड़े गए हैं।

(पी. ए. चला जाता है।)

कक्काजी : अब बताया जाए *(जरा धीरे से)* का बात है ?

मिट्ठू : स्त्रीशक्ति सम्मेलन में वह नहीं आई।

कक्काजी : ऊ हमका पता है—हिंया फुनवा पर तुमरी अइसी-तयसी करने की धमकी आय गई।

मिट्टू : अब क्या मोहिनी से मेरी कभी भी मुलाकात नहीं हो सकेगी कक्काजी ?

कक्काजी : निरास हुए को कौनो जरूरत नहीं है साला बाबू। दुई दिलों को ई दुनिया रोमियो-जूलियट के टाइम से मिलने नहीं दे रही है। बाकी रोमियो-जूलियट मिलते जरूर आ रहे हैं। दिस वे और वैट। तनिक सोचने दिया जाए तरकीब—दो दिलों को ये दुनिया मिलने ही नहीं देती। *(सोचते रहते हैं)* मिल गया, मिलाप कराए का आइडिया। ऊ अइसन है साला बाबू ! हम आपकी संस्थाएँ बनाकर उसमें मोहिनी को अनवाइट करके मिस्टेक करते रहे हैं सीरियस। अब हम मोहिनी की संस्था बनवाकर ऊ के फंक्सनुवा में आपको अनवाइट करेंगे। आपको रोकने को तो कोई बाप नहीं बैठा है यहाँ।

मिट्टू : मोहिनी के लिए क्या संस्था बनवाएँगे ?

कक्काजी : के. सी. सी.। और तुमका बनाई ऊ में कोच।

मिट्टू : के. सी. सी. ?

रामअवध का मकान। कक्काजी चाय-नाश्ता उड़ाते हुए रामअवध से बात कर रहे हैं। मोहिनी भी वहाँ बैठी है।

रामअवध : वो अइसन है कि हमने मोहिनी बिटिया के लये एकहू संस्था बनाई है। के. सी. सी। उसी सिलसिले में आपके पास आए हैं परमीसन लेने के वास्ते।

रामअवध : यह के. सी. सी. क्या है ?

कक्काजी : *(हँसकर)* कन्या क्रिकेट क्लब—के. सी. सी.।

रामअवध : अंग्रेजी में तो जी. सी. सी. होना चाहिए, गर्ल्स क्रिकेट क्लब।

मोहिनी : राइट पापा।

रामअवध : ये क्लब करेगा क्या ?

कक्काजी : बेबी की टीम को बाहर भेजेगा, बाहर की टीम हिंया बुलाएगा।

रामअवध : बेबी की टीम को तो ठीक से बल्ला पकड़ना भी नहीं आता। यह किसी से क्या खेलेगी ?

मोहिनी : हम कोच रखेंगे पापा, वो सिखाएगा।

रामअवध : कौन ?

मोहिनी : वो।

रामअवध : वो ?

कक्काजी : वो नहीं मालिक 'जो'। जो एक ठो इंगलिस कोच है। अनवाइट किए हैं उसे। हम इसी मारे कहि रहे थे कि क्लब के वास्ते फण्ड-उण्ड की तगड़ी ब्यौस्था करवा दी जाए।

रामअवध : करवा दी जाएगी—बना लो क्लब बेबी।

मोहिनी : थैंक्यू पापा, चलो कक्काजी।

(मोहिनी और कक्काजी जाने लगते हैं।)

रामअवध : लेकिन यह क्लब इसी घर में चलेगा, समझी—बाहर जाने से उस गजानन के साले के आ धमकने का खतरा है।

मोहिनी : नो पापा।

कक्काजी : कोठी में क्रिकेट का मैदान कहाँ मिली मालिक ?

रामअवध : पीछे का लान काफी है।

मोहिनी : ओह नो पापा।

गजानन बाबू का घर। कक्काजी और मिट्ठू ड्राइंगरूम में बैठे बात कर रहे हैं।

कक्काजी : ओह यस साला बाबू।

मिट्ठू : लेकिन यह कैसे होगा ?

कक्काजी : बस यही रास्ता है। तुमका अब मोहिनी से मिले के वास्ते सेर की माँद में घुसे का पड़ी''''अउर कउनो उपाय नहीं है। रामअवध की बेटी का ई बताए का है कि मिट्ठू बाबू सचमुचे में लव्स मोहिनी बेबी।

मिट्ठू : आप जाकर मेरी ओर से क्यों नहीं बता देते। वो भाग आए, मैं शादी कर लूँगा।

कक्काजी : ऊ तो बताते रही रहे हैं। बाकी फुल फोर्स में सेरो-सायरी के साथ नहीं बता सकते।

मिट्ठू : क्यों नहीं।

कक्काजी : हम फुल फोर्स में कहिहैं तो हमहि पर फिदा हो जाई अउर सादी अपने लिए फिलहाल आउट आफ कोर्स है। तुम खुदै चलकर कहो साला बाबू।

मिट्ठू : लेकिन वहाँ मेरी जान जाने का खतरा है कक्काजी।

कक्काजी : अपनी जान का दर्सन हुए की खुसी भी तो है साला बाबू। अउर ई भी समझा जाए कि हियाँ आहें भर के मरने से तो अच्छा है कि हुआँ उसे बाँहों में भर के मरा जाए। सालाबाबू। प्यार किया तो डरना क्या। रोमियो तो दीवार फाँदकर पहुँच गया था ससुर। हम तो तुमका कार की डिग्गी में अस्मगल करि रहे हैं। चलो।

रामअवध बाबू का मकान। कक्काजी कार से उतरकर मिट्टू को हिदायत देते हैं। मिट्टू कार की डिग्गी में बैठा है।

कक्काजी : भीतर ही बैठा जाए—जब हम खाँसें तो एक्सन लें।

रामअवध : किससे बात कर रहे हो?

कक्काजी : *(आते हुए रामअवध से कहते हैं)* आपहि से मालिक। हम कहे भीतर बैठिए, हमें खाँसी है, उसी की वजह से बुखार सा है।

रामअवध : गजानन कैम्प का कुछ अंदरूनी खबर लाए हैं।

(रामअवध और कक्काजी अन्दर चले जाते हैं। बातों के बीच कक्काजी खाँसते हैं। इशारा समझकर मिट्टू कार की डिक्की से निकलता है और मोहिनी के कमरे में चला जाता है।)

मोहिनी : रोमियो रोमियो····तुम छोड़ क्यों नहीं देते। हो ना उस जीजा का साला—पड़ गया है जिस कारन प्रेम पर ताला। तुम किसी और जीजा के साले होते—तब भी तो इतने ही मतवाले होते।

मिट्टू : तेरी खातिर सारी दुनिया से मैं लूँगा मुँह मोड़, जीजा क्या जीजी से भी नाता लूँगा तोड़। बस तुम आ जाओ। मैं करूँगा तुम्हारे साथ शादी।

मोहिनी : अभी तुम जाओ, मैं आऊँगी। यहाँ रुकने में है मौत, बरबादी।

मिट्टू : तेरे बिछोह में मौत-सी जिंदगी बसर करूँ, इससे बेहतर है तेरी ड्योढ़ी पर रख सर मरूँ।

मोहिनी : क्या तुम सचमुच मेरे हो सनम?

मिट्टू : हाँ सूरज की कसम, चन्दा की कसम।

मोहिनी : सूरज की न खाओ कसम, वो है बड़ा निर्मम, कभी पूरब का सनम, तो कभी पश्चिम का खसम। और चन्दा का तो भूले से न लो नाम, पन्द्रह दिन में पन्द्रह बार बदलना है उसका काम। कसम खानी हो तो अपनी खाओ सनम, तुम्हीं मेरे दम, तुम्हीं हमदम।

रामअवध : *(मोहिनी और मिट्टू की बात सुन लेता है)* दम तो मैं निकालूँगा इसका।

(रामअवध गुस्से में उठकर मोहिनी के कमरे में जाता है।)

रामअवध : खबरदार फिर कभी मिली इस बदमाश से, नहीं तो तुझे भी गोली से उड़ा दूँगा। और उस गजानन को भी नहीं छोड़ूँगा।

गजानन बाबू का घर। गजानन बाबू गुस्से से भरे हैं। कक्काजी एक ओर खड़े हैं।

गजानन : ई सब ई ड़जुआ के काड़न हुआ। कड़ाईसीस में डाल दिया है हमड़ा साड़ा पालिटिकल लाइफ। तुमसे किसने कहा था जी कि हमड़े साला को ऊ लोफड़ ड़मअबधुआ की बिटिया से मिलवाओ?

कक्काजी : प्रेमी साला बाबू कि दुखी आत्म ने मालिक।

गजानन : अड़े तो ई से किसकी आत्मा सुखी हुई गई? अदालती नोटिस भेज दिया है ड़मअबधुआ। अखबाड़ों में भी छपवा ड़हा है हमड़े खिलाफ। हमारे दुसमन को अम्यूनीसन दिलवा दिए हो तुम।

जानकी : हम कहती हैं शादी की बात क्यों नहीं चलवा देते?

गजानन : एक तो ई ड़जुअ। बेवकूफ, तुम उससे भी जास्ती भाड़ी बेवकूफ। अपोसीजन वाला को समधी बनाएके हम का अपनी खटिया खड़ी कड़े का है का? ई बँगला-टँगला सब छिन जाई समझी? कँगला-टोला में रहे का परी।

जानकी : छिन जाने दो। बाकी मेरे भाई का दिल मत तोड़ो जी। रामअवध बाबू से झगड़ा खत्म करो, उन्हें अपना समधी बनाओ।

गजानन : अड़े हम ड़मअबधुआ के खिलाफ अजीटेसन कड़के अपना इमेजुवा ठीक कड़वाए हैं, अब ऊ पानी को गला लगाय के अपनी इमेज का गला घोंट दें का? ऊ हमका नोटीस भिजवाया है तो हमहूँ भिजवाएँगे।

कक्काजी : नहीं मालिक। दुई-चार दिन सीज-फायर रखा जाए। हमका मौका दिया जाए साला बाबू के जान बचाय का। ऊ तो जहर खाए को कह रहे हैं।

जानकी : ये हत्या आपके सिर लगेगी।

गजानन : *(सुसाइड डिस्टर्ब्ड)* कुछ नहीं खाएगा जी जहड़-वहड़।

जानकी : आपको का पता प्रेमी लोग का करत हैं। कभी प्रेम किया हो तो तब न जानते।

गजानन : तुम जानती हो? तुम की हो प्रेम? को से की हो प्रेम?

जानकी : आप से। और सच कहती हूँ, जब-जब आप हमारी बात नहीं माने हैं, हमार जहर खाने का जी किया है।

गजानन : तो खा लो । तुम और तुम्हारा भाई दोनों। क्योंकि ड़मअबधुआ को समधी बनाकर हमका अपनी पोलिटिकल समाधि नही बनवाए की है।

·रामअवध की कोठी। नेताजी और मिट्ठू कोठी के बाहर खड़े हैं।

मिट्ठू : ये क्या बहुत जरूरी है कक्काजी?

कक्काजी : वैरी वैरी इम्पोटेण्ट।

मिट्ठू : मैंने तो कुछ खाने को नहीं कहा था।

कक्काजी : हम तो जारी किए हैं अस्टेटमेण्ट तुम्हार बिहाफ में। तुमसे जिस कोरे कागज पर साइन कराए थे उस पर तुम्हारा आत्महत्या का चिट्ठियो टाइप करके हम रख आए हैं गजानन बाबू के कागजों में। ऊ की कापी अभी-अभी भिजवाए है ऊपर मोहिनी को। अब जरा फुर्ती से खा लिया जाए जहर।

मिट्ठू : मगर क्यों ?

कक्काजी : यों कि रोमियो भी खाया रहा। ऊ तो मर गया था ससुर पर तुम तर जाओगे। क्योंकि ई जहर में कौनो असर नहीं। दुई चम्मच खाओ और जी. सी. सी. का नाम लेकर किरकिटवा की चिता पर लेट जाओ। जूलियट आती ही होगी।

(मिट्ठू के जहर खाने की खबर सुनकर मोहिनी आती है।)

मोहिनी : ये तुमने क्या किया मिट्ठू। जहर खा लिया। मैं भी खाती हूँ। मैं भी आती हूँ तुम्हारे पास।

(मोहिनी मुँह में कुछ डालकर मिट्ठू के नजदीक ही लेट जाती है जैसे मर गई हो।)

मिट्ठू : मोहिनी ! मोहिनी ! मर गई क्या⋯ ?

मोहिनी : अभी नहीं ⋯और तुम ?

मिट्ठू : मर गया होता तो तुमसे बोलता कैसे ?

मोहिनी : मैं समझी हमारी बातचीत स्वर्ग में हो रही है।

कक्काजी : स्वर्ग हिंया धरती माँ ही बसा दिया जाई अब—पब्लिक आय रही है। मर जाओ

(गजानन बाबू और उनकी पत्नी जानकी कार से वहाँ आते हैं । रामअवध भी पहुँच जाते हैं।)

जानकी : हाय मिट्ठू भइया, ये क्या किया तूने⋯ ।

रामअवध : मेरी बेटी⋯ ।

जानकी : ये हत्या आप लोगों के सिर लगी।

रामअवध : जान दे दी मगर जिद नहीं छोड़ी।

गजानन : हमको मालूम होता कि प्रेमुवा इतना सीरियस है तो तुमसे नेगोसिएट ही कर लेते।

कक्काजी : तो अब कर लीजिए नेगोसिएट एक ठो पलिटिकल सेटिलमेण्ट।

गजानन : अब ऊ सबसे का होगा जी।

कक्काजी : अउर भी कछु न होई तो प्रेमी लोगन का आत्मा को सान्तीए मिली। आप गजानन बाबू कीजिए प्रामिस कि राअवध बाबू के खिलाफ में जो केसेज चलवाए हैं, ऊ सब वापस ले लेंगे। और आप रामअवध बाबू कीजिए प्रामिस कि गजानन बाबू के दुस्मनों के साथ हाब-नाब करना छोड़ के सालिडली में गजानन बाबू के साथ आ जाएँगे। इस अग्रीमेण्ट से गजानन बाबू को रामअवध बाबू को फिर पार्टी में लाए का क्रेडिट मिली, रामअवध बाब को कोर्ट-कचहरी से फुर्सत मिली और प्रेमीजन का स्वर्ग में मिलन हो सकी। इन प्रेमियन के इस अमर जोड़े के सिर पर

हाथ रखकर आसीर्वाद दिया जाए तनि। रामअवध बाबू, आप अपनी बिटिया का हाथ गजानन बाबू के साला बाबू के हाथ में दे दें।

मोहिनी : थैंक्यू पापा।

रामअवध : बेबी जिंदा है।

मिट्ठू : थैंक्यू जीजा।

जानकी : मिट्ठू भी।

कक्काजी : ई है दास्ताने रोमियो-जूलियट उर्फ लैला-मजनूँ। ई अमर प्रेमी कबहूँ नहीं मर सकत।

जे. आर. आई. उर्फ जेल रेजिडेंट इण्डियन

गजानन बाबू का स्टडी रूम। कक्काजी फोन के पास बैठे हैं। माधव उनके साथ है। कक्काजी ने रिसीवर उठा रखा है।

कक्काजी : *(फोन पर)* घणी खम्भा ठाकराँ। सेवक रो ध्यान राखवा चाइजे। *(माधव से)* तो माधव सेठ तुम्हारा ई काम तो हुई गवा और आदेस किया जाए। *(हँसकर रिसीवर रख देता है।)*

माधव : कोई इंटरनेशनल चक्कर चलवाइए कक्काजी।

कक्काजी : अगले फॉरिन टूर में आपके लिए करेंगे कहीं कोशिश।
(माधव मिठाई का एक किलो का डिब्बा कक्काजी की ओर बढ़ाता है।)

कक्काजी : ई में का है।

माधव : मेरी श्रद्धा है कक्काजी।
(कक्काजी डिब्बा खोलकर देखते हैं। उसमें नोट हैं। वह फिर डिब्बे को हाथ पर रखकर तोलते हैं।)

कक्काजी : श्रद्धा का अद्धा ही दिए हो अभी।

माधव : बाकी अद्धा काम होने के बाद।
(दोनों हँसते हैं। उधर से दूबेजी आ जाते हैं और आते ही कक्काजी के चरणों में गिर पड़ते हैं।)

कक्काजी : अरे दूबेजी महाराज, आप काहे आ गए। आपके थानेदार बिटुवा का तबादला करवा तो दिया था।

दूबेजी : धन्यवाद करने आए हैं कक्काजी।
(दूबेजी झुककर पाँर छूते हैं और मिठाई का डिब्बा पाँव के पास रख देते हैं।)

कक्काजी : धन्यवाद दिए के वास्ते चरणों में गिरे की कउनो जरूरत नहीं। बस अपने बिटुवा से कह दिया जाए कि हमारा एहसान ना भूले। *(दूबे जाने लगता है। कक्काजी पाँव के पास पड़ा हुआ डिब्बा उठाते हैं और हिलाते हैं)* ई डिब्बा में झुनझुना जैसा का बोलता है?

दूबेजी : बूँदी है। देवता के चरणों में तो प्रसाद ही चढ़ाया जाएगा।

कक्काजी : ई आप लोगन का बुँदिया लयवल करप्सन कब दूर होई ससुर? आधा किलो प्रसाद चढ़ाकर बड़ा से बड़ा काम कराए लेत हैं और काम होए के

बाद में चिल्लाते फिरत हैं कि नेता बिरादरी बहुत करप्ट है ससुर—सारा काम ही सिफारिशी करवा दिया है।

(जाते हुए दूबेजी से मिट्ठू टकराता है। मिट्ठू बीसीवाल को लेकर भीतर आता है।)

मिट्ठू : वाह, कक्काजी के साथ माधव सेठ भी बैठे हैं। सोने पे सुहागा। कक्काजी इनसे मिलिए ये हैं हमारे दोस्त मिस्टर सी. एस. बीसीवाल।

(इन लोगों को मीट करने के लिए कक्काजी और माधव उठ जाते हैं। बीसीवाल तपाक से हाथ मिलाता है और अमेरिकी लोगों की तरह रुक-रुक कर मिलाता ही रहता है। वो अंग्रेजी और हिन्दी एक ही उत्साह भरे अमेरिकी ढंग से बोलता है।)

बीसीवाल : हाय कक्काजी ! कैसे हैं कक्काजी ? श्योर, ग्लैड टू मीट यू कक्काजी। आपसे मिलकर बहुत खुशी हुई।

मिट्ठू : मिस्टर बीसीवाल, ये हैं सेठ माधवलाल।

माधव : *(हाथ मिलाता है)* हाउ डू यू डू।

बीसीवाल : हाउ डी पाल *(दोस्त क्या हाल ?)*

माधव : आपकी तारीफ।

मिट्ठू : मिस्टर बीसीवाल के बीसियों उद्योगधंधे हैं।

बीसीवाल : बीसियों देशों में। मगर अब अपने देश भारत में एक्सपोर्ट क्वालिटी सामान तैयार करने के लिए एक दर्जन छोटी, आधा दर्जन मझौली और पौना दर्जन बड़ी इंडस्ट्रीज लगाना चाहता हूँ। *(माधव का हाथ छोड़कर कक्काजी का हाथ अपने हाथों में लेकर हिलाने लगता है)* और यही वजह है कक्काजी कि मैं आपके पास आया हूँ। मेरे दोस्त मिट्ठनलाल ने बताया है कि आप हर दर्द की दवा हैं।

कक्काजी : हम का देते हैं ऊ तो हमको मालूम है। जरा ई बताया जाए प्रेमपूर्वक आप का देते हैं मिस्टर बीसीवाल।

बीसीवाल : हनी, आई गिव ओनली मनी *(प्यारे, मैं सिर्फ पैसा देता हूँ।)*

कक्काजी : नौ नकद देते हो गुरु कि तेरह उधार।

बीसीवाल : नौ नकद भी और तेरह उधार भी, कुल मिलाके बाईस।

कक्काजी : तब तो तुम्हारा नाम बाइसीवाल होना चाहिए था, बीसीवाला काहे रखे हो ?

बीसीवाल : हम लोगों के परदादा का कर्जा उतारने के लिए हमारे इलाके के राजा ने अपने बीस गाँव दिए थे इसी वजह से बासीवाल कहलाते हैं।

कक्काजी : तो उन बीस गाँवों में से कौन से गाँव से आ रहे हैं इस समय।

बीसीवाल : मैं तो न्यूयार्क से आ रहा हूँ। एन. आर. आई. हूँ।

कक्काजी : यानी भा भा भा ?

मिट्ठू : भा भा भा ?

कक्काजी : भारत से भागा भारतवासी।

बीसीवाल : *(हँसता है और कक्काजी की पीठ पर धौल जमाता जाता है—हा हा हा)* मीटिंग यू इज ग्रेट फन। आपसे मिलना महाआनंद। कक्काजी मेरी काया भले ही विदेश में रहती हो, आत्मा इंडिया में ही मँडराती रहती है।

कक्काजी : और हम लोगों का अइसा है कि काया भले ही भारत में रहती हो, आत्मा विलायते में मँडराती है ससुर।

बीसीवाल : *(हँसता है और कक्काजी के धौल जमाता जाता है)* बहुत हँसोड़ ! बहुत हँसाते हैं !

कक्काजी : जो हँसाने पर इसी तरह पिटाई होई तो आइंदा ना हँसाई।

बीसीवाल : *(कक्काजी की पीठ को दबाने लगता है)* सॉरी सॉरी, बहुत माफी। कक्काजी इंडिया में इंडस्ट्री लगाने के लिए मुझे एक ऐसा साझीदार चाहिए जो फुर्तीला हो, जोशीला हो।

कक्काजी : तो आप गलत आदमी के पास आए हैं। हम तो बिजनेस में सिलीपिंगे पार्टनर होइ सकत हैं। एक ठो बेड का इंतजाम करके लम्बी ताने रहें और हमारा पार्टनरुवा हमरे वास्ते बिरेकफास्ट-लंच-डिनर तीनों की ब्यौस्था करता रहे।

माधव : आप किस तरह की इंडस्ट्री लगाना चाहते हैं मिस्टर बीसीवाल।

बीसीवाल : हम ऐसी हर इंडस्ट्री लगाना चाहते हैं जिसके लिए कच्चा माल और कारीगर आप यहाँ जुटा सकते हों और पूँजी और नो हाउ हम बाहर से ला सकते हों।

माधव : इस तरह के कुछ काम तो मैं खुद शुरू करना चाहता था।

बीसीवाल : *(माधव से हाथ मिलाता है)* डन ! समझिए शुरू हो गए।

मिट्ठू : मैं कहता था ना, कक्काजी के पास जाकर आपको अपनी हर समस्या का हल मिल जाएगा।

बीसीवाल : एक छोटी-सी समस्या रह जाती है। माधव, दोस्त ऐसा है कि इंडिया में हम जो उद्योग-धंधे शुरू करेंगे उनके लिए ज्यादातर पूँजी तो मैं खुद विदेशों में जुटाऊँगा लेकिन शुरुआत में कुछ पैसा तुम्हें भी लगाना होगा। इंतजाम हो जाएगा ना।

मिट्ठू : ये भी कोई पूछने की बात है। माधव के पिता सेठ दीनदयाल हैं और ससुर सेठ दानमल।

माधव : शुरू में करोड़ का इंतजाम तो मैं खुद ही कर लूँगा।

बीसीवाल : हाऊ मच इज़ दैट इन डॉलर्स। डॉलर में कितना। लेस देन ए मिलियन, दस लाख से भी कम। वट आर शेम। कितनी शर्म। भारत के अमीर भी अब तक गरीब हैं। इतना पैसा तो मैं अपने अफसरों को देता हूँ। खैर, कोई बात नहीं, एक छोटी-सी शुरुआत से भी बड़ी बात पैदा हो सकती है। *(बारी-बारी से सबसे हाथ मिलाता है)* तुम मेरे साथ होटल चलो माधव सेठ, वहीं सब तय कर लेंगे। *(हाथ हिलकर माधव को घसीटता हुआ चला जाता है)* बाय कक्काजी ! बाय क्रिकेटर।

मिट्ठू : *(बीसीवाल से)* कक्काजी से आप वो दूसरी बात करना तो भूल ही गए।

बीसीवाल : आव शक्स ! हत्तेरे की ! कक्काजी मेरी शादी हो रही है।

कक्काजी : बधाई। दुल्हन यहीं दिल्लीयै की है।

मिट्ठू : वो हालैंड में बसी हुई एन. आर. आई. है।

बीसीवाल : दैट्स राइट सही बताया। उसका अपना हीरों का व्यापार है।

मिट्ठू : ये तो उसी की जिद के मारे इंडिया आए हैं शादी करने। हालाँकि इन दोनों बिचारों का यहाँ अपना कोई नहीं है।

बीसीवाल : वहाँ भी कोई नहीं है। तो कक्काजी, शादी में आपको आना होगा और साथ में वी. आई. पीज. को लाना होगा। देयर इज़ मूला इन इट। ऐसा करने में पैसा है।

कक्काजी : कुछ पेसगी देते जाइए।

बीसीवाल : *(जेबें थपथपाता है)* आव शक्स ! हत्तेरे की ! मैं आपको चेक दे दूँगा। वैसे भी मेरा ज्यादा पैसा बैंक में ही रहता है। *(चला जाता है।)*
(बीसीवाल के जाने पर कक्काजी बुदबुदाते हैं।)

कक्काजी : ये जम्हूरा कहाँ से पकड़ लाए साला बाबू ?

मिट्ठू : बाहर लॉन से। ये जीजाजी से मिलने आए थे मगर वो तो जरूरी मीटिंग के लिए चले गए तो ये मुझे बैटिंग प्रेक्टिस कराते रहे। क्रिकेट के ये इतने शौकीन हैं कक्काजी कि हर साल क्रिकेट देखने अमेरिका से वेस्टइंडीज जाते हैं। *(जेब से एक तस्वीर निकालकर दिखाता है)* ये देखिए रिचर्ड के साथ बीसीवाल का फोटे। जमेयका में खिंचवाया था।

कक्काजी : इस बात की क्या गारंटी है कि ई फोटू जयपुर में नहीं खिचवाया गया ससुर, और तुमको का दिये दान दच्छिना।

मिट्ठू : *(घड़ी उतारकर दिखाता है)* अपनी ये महँगी घड़ी उतारकर दे गए।

कक्काजी : नकली माल होई ससुर। हमको तो आदमिये नकली लगा।

मिट्ठू : क्या बात करते हैं कक्काजी। उन्होंने मुझे विदेशी अखबारों की कतरनें दिखाईं। उनमें जगह-जगह लिखा हुआ था कि चतुर भाई सुजान भाई बिजनस की दुनिया में जीनियस साबित हुआ।

कक्काजी : चतुर भाई सुजान भाई कौन?
मिट्ठू : अपने मिस्टर बीसीवाल। सी. एस. चतुर भाई सुजान भाई।
कक्काजी : इस चतुर सुजान से सावधान रहेगा चाही।

होटल की लॉबी में माधव और बीसीवाल बैठे हुए हैं। इनके साथ एक लड़की मीरा भी बैठी हुई है।

बीसीवाल : तो लागोस से जहाज पर कोको लदवाकर मैं एम्सटर्डम पहुँचा। वहाँ कोको का सौदा इतना अच्छा हुआ कि मैंने कहा कि चलो इसी खुशी में एक हीरा खरीदते हैं। लेने गया हीरा और ले आया मीरा। तुम्हारी ये होने वाली भाभी।

मीरा : इनसे बचके रहना माधव, ये बड़े वो हैं। पता है इन्होंने क्या किया? जब ये हीरा खरीदने आए तो मैंने इनसे पूछा कि आपको किसे देने के लिए चाहिए? तो ये बोले तुम्हें। जस्ट लाइक दैट। किसी को सोचने का मौका देते ही नहीं ये।
(कक्काजी और मिट्ठू आ जाते हैं।)

कक्काजी : सौ पैसा सच बात कही है आप।

बीसीवाल : *(मीट करने के लिए उठता है)* हाय कक्काजी! आइए। मीरा, ये हैं कक्काजी। कक्काजी, ये मीरा—मेरी मँगतेर।

मीरा : हाय।

कक्काजी : जीती रहो। इस समय अर्जेन्ट में कैसे बुलाय रहे चतुर सुजान।

बीसीवाल : माधव की साझेदारी में एक बड़ा केमिकल प्लांट लगाने के बारे में हमारी डील फाइनल हो गई है। मीरा चाहती है कि हमारी शादी और नई कम्पनी की लांचिंग एक ही दिन हो जाए। तो कक्काजी, आप उसके लिए शुभ मुहूर्त निकलवाइए और··· ।

कक्काजी : नेता लोगन के साथ गारलैंडिंग विद वीडियो अरेंज कराइए।

मीरा : एगज़ेक्टली।

बीसीवाल : *(सबको पेस्ट्रीशॉप की तरफ ले जाता है)* मगर उससे पहले मुँह मीठा कीजिए। क्योंकि एक खुशखबरी और ये है कि मैंने आपके इन क्रिकेट खिलाड़ी मिट्ठू बाबू को अमेरिका में क्रिकेट को लोकप्रिय बनाने का ठेका दिलवाने के लिए पूरी बात कर ली है। देयर इज़ मूला इन इट। ऐसा करने में पैसा है।

मिट्ठू : *(खुश होता है और हाथ मिलाता है)* थैंक्यू।

बीसीवाल : युअर वेलकम।

कक्काजी : ई में तो वेलकम का बात है नहीं। मिट्ठू बाबू तो किरकिटिया का विरोध

करके इयूथ लीडर बने हैं।

बीसीवाल : यूथ लीडर! वंडरफुल नोट क्रिकेटर वंडरफुल! तब तो इनको यूथ अक्सचेंज का ठेका दिलवा देते हैं। देयर इज़ मूला इन इट। ऐसा करने में पैसा है।

कक्काजी : पैसा मगर है कैसा, सूरत तो देखें उसकी।

(पेस्ट्रीशॉप में एक लड़की काउंटर के पीछे खड़ी है।)

लड़की : वॉट वुड यू लाइक टू हैव सर?

बीसीवाल : कक्काजी बताइए।

कक्काजी : जइसे अपने यहाँ काला जाम है वैसे विलायती मिठाई में का होता है ससुर?

मीरा : यू मीन ब्लैक फॉरेस्ट पेस्ट्री?

कक्काजी : दिया जाए! ब्लैक फारेस्ट—काला जंगल ससुर! *(हँसता है।)*

लड़की : हाउ मैनी पीसेज सर?

कक्काजी : कट-पीस उट-पीस नहीं, मयडम पूरा दुई किलो।

लड़की : सर, किलो के हिसाब से तो केक मिलेगा, पेस्ट्री तो नग के हिसाब से है।

कक्काजी : तो दुई दर्जन रख दी जाए।

लड़की : विद दैट बी आल सर?

कक्काजी : हाँ, एकहि जगह। ऑल इन वन डिब्बा।

मिट्ठू : ये पूछ रही हैं कुछ और लेंगे?

कक्काजी : दो किलो मिठाई के बाद तो चूर्ण की गोली ही ले सकते हैं।

(लड़की बिल बनाकर बीसीवाल को देती है। बीसीवाला जेबें थपथपाता है।)

बीसीवाल : क्रेडिट कार्ड यहाँ चलेगा?

लड़की : यस सर!

बीसीवाल : कहाँ गया? डार्लिंग, तुम्हारे पर्स में तो नहीं है?

मीरा : *(अपना पर्स खोलती है)* नहीं तो।

कक्काजी : आप काहे तकलीफ करते हैं हम ढूँढे लेते हैं।

(कक्काजी बीसीवाल की जेब में हाथ डालते हैं। उधर माधव जेब से पैसे निकालकर बिल अदा कर देता है। इस बीच बीसीवाल कक्काजी का हाथ पकड़कर अपनी जेब से निकाल देता है।)

बीसीवाल : ठीक भी है पार्टनर। आखिर इंडियन करेंसी वाला खर्चा तो तुम्हें ही करना है, मैं तो डालर लाने का जिम्मेदार हूँ।

(कक्काजी का जेब से जो हाथ निकला उसकी मुट्ठी बंद थी। अब वह

उसे खोलकर देखते और दिखाते हैं।)

कक्काजी : इंडियन करेंसी में एक ठो खोटी चवन्नी आप काहे लिए घूम रहे हैं। *(बीसीवाल कक्काजी के हाथ से चवन्नी लेकर फिर से जेब में डाल लेता है।)*

बीसीवाल : ये वो चवन्नी है जो अमेरिका में कदम रखते समय मेरी कुल जमा पूँजी थी।

कक्काजी : आप अपने को तो चला ले गए अमेरिका मगर ई खोटी चवन्नी नहीं चला सके का।

(बीसीवाल जोर से हँसता है और मीरा की ओर इशारा करके कक्काजी की पीठ पर धौल जमाता रहता है।)

बीसीवाल : वाट डिड आई टेल यू। मैंने क्या कहा था। कक्काजी इज़ ए फन गाय। कक्काजी मस्तमौला है।

(मीरा की आँखों में चमक आ जाती है और कक्काजी का हाथ अपने दोनों हाथों में लेकर वह जोर से दबाती है।)

मीरा : ही इज़ ग्रेट।

बीसीवाल : बहुत खूब हैं, बहुत अच्छे हैं।

मीरा : हमारी शादी पर बड़े-बड़े लोगों को बुला लेंगे ना।

बीसीवाल : देयर इज़ मूला इन इट। ऐसा करने में पैसा है।

कक्काजी : वो अइसा है कि पईसा तो हम उसी को मानते हैं जो पाकिट में पड़ जाए। यूँ तो अलग-अलग क्षेत्र का और अलग-अलग क्वालिटी का बी. आई. पी. लाने का अलग-अलग रेट है हमरा लेकिन आप जइसन दोस्तों की खातिर हम टाप कुवालिटी बी. आई. पी. ही जुटाते हैं और रेट फी बी. आई. पी. बीस हजार का लगाते हैं। बाहिर से आने वाले बी. आई. पी. का हवाई जहाज, होटल का किराया अलग से।

बीसीवाल : टू मच बहुत ज्यादा।

कक्काजी : डालर में हिसाब लगाइए तो डेढ़ हजार से भी कम का नुस्खा है।

बीसीवाल : डर्ट चीप, माटी के मोल। इट्ज़ डन! सौदा पक्का *(हाथ मिलाता है।)*

कक्काजी : नॉट डन, नॉट पक्का जी। विदाउट पेसगी टू कक्काजी। जितना भी बी. आई. पी. चाही ऊ हिसाब से आधा जब पेसगी मिल जाई तब कक्काजी हाथ मिलाई। वेन गेटिंग ठन ठनाठन ओनली देन डन डनाडन।

मिट्ठू : मेरे ख्याल से दस वी. आई. पी. काफी होंगे।

माधव : दो लाख का हिसाब हुआ।

बीसीवाल : दैट्स राइट। सही बताया। माधव, इनके लिए एक लाख का इंतजाम कर देना।

माधव : डन।

कक्काजी : वेन गेटिंग ठन ठनाठन ओनली देन डन डनाडन।

(बीसीवाल कक्काजी से भी ज्यादा जोर से हँसता है और कक्काजी की पीठ पर धौल जमाता है। कक्काजी रियेक्ट करते हैं।)

कक्काजी गजानन बाबू के घर में फोन घुमा रहे हैं। वह फोन ठोड़ी से दबाए हैं और पास में बैठे हैं माधव, मिट्ठू, मीरा तथा बीसीवाल।

कक्काजी : *(फोन पर)* हलऊ! गोड़ लागी बाबा! फिर रांग नम्बर! अरे बार-बार रांग नम्बर मिलता है तो तू उठाता काहे है अक्ल के पैदल? *(माधव से)* सही नम्बर मिल जाए ससुर तो एक मिनट में मिस्टर बीसीवाल के लिए एक ठो और लीडराने वतन जुटा दें। *(फोन पर)* हाँ हल्लो गोड़ लागी बाबा। तोहरे लरिका दिल्ली से बोलत तानी। कक्काजी तो औरों के हैं मालिक, आपके तो बच्चा ही है। *(हँसता है)* वो अइसा है कि गजानन बाबू के अमेरिका में एक ठो भगत हैं चतुरभाई जिनका हियाँ अगले सुक्रवार फाइव अस्टार में सादी है। गजानन बाबू का आदेस हुआ है कि ऊ में आपको चीफ गैस्ट की हैसियत से जरूर बुलाया जाए। जी, जी···जी··· जी···जी, नहीं ऊ सब तो माधव सेठ कराय देई इंतजाम। जी···जी ···। अच्छा रख दें? प्रणाम।

(फोन डिसकनेक्ट करके दुबारा डायल करते हैं।)

(फोन पर) हाँ, हलऊ गोड़ लागे छी मालिक। हम दिल्ली से कक्काजी बोले छौ। सरकार अपने के पुराने खवास। *(हँसता है)* हमरे मित्र बीसीवाल के इंटरनेसनल मैरिज में सामिल हुए के मंजूरी एखनो धैर नहीं भेल छे मालिक। हमर पोजीसन बड एम्ब्रेसिंग भी गेल छे। अपने राम छी, हम अपने के हनुमान, दया केल जाल कृपानिधान! जी जी। जी जी। परनाम।

(कक्काजी डायल करते हुए सिर हिलाते हैं।)

बीसीवाल : मंजूरी मिली।

मिट्ठू : मैंने कहा ना आपसे, होता वही है जो मंजूरे कक्काजी होता है।

(कक्काजी शांत रहने का इशारा करते हैं।)

कक्काजी : *(फोन पर)* हाँ, हलऊ सुनील? हम तुम्हारे अस्कोरर कक्काजी बोल रहे हैं। वो अइसा है, अमरीका से तुम्हारे एक भगत आए हैं मिस्टर बीसीवाल। वो चाहते हैं कि तुम अमेरिका में क्रिकेट को पापुलर बनाने का ठेका ले लो। एक आधा टीम ऊम्म ले जाओ वहाँ नुमाइश मैचों के लिए। तो अइसा है मित्र कि अगले सुक्रवार इनकी सादी है। यहाँ आ

जाओ और सारी बात तय कर लो। हाँ, टी. ए., डी. ए. के अलावा कनसलटेंसी भी देंगे भाई। बाय बाय। *(फोन डिसकनेक्ट करते हैं। फिर डायल करता है) (बीसीवाल से)* क्रिकेट के खिलाड़ी का तो हो गया। अब एक ठो पत्रकारो सैट कर दें। *(फोन पर)* हाँ, हलऊ! सत्‌सिरीकाल जी। मैं तुवाडा ताबेदार कक्काजी बोल रेयाँ हाँ। ओ ऐस तराँ मालिकाँ के मैं तुवानूँ हिक इंटरनेसनल विया दा इनवीटेसन कार्ड दे गया सी। उसदे विच तुवानूँ जरूर दर्सन देड़ें नें। आहो जी तुवानूँ साढ़े आठ तो पहलाँ छड़ देड़ाँ है। ओ एसतराँ हैं जी के बाद इच मिस्टर बीसीवाल तुवानूँ अपनी इंडस्ट्रीयल एम्पायर विखान लई इंटरनेसनल टूर करा देंगे। कि दसया? तुसी टूर तो वापस आके मिस्टर बीसीवाल नूँ गलाँ कड्‌डोगे। जरूर कड्‌डनाँ जी मिस्टर बीसीवाल, बेमजा नहीं होने हैं। *(हँसता है)* राइट जी, चंगा जी।

(कक्काजी अपनी लिस्ट पर आखिरी टिक लगाते हैं और माधव को थमा देते हैं। (माधव से) लो हमने तो कर दिए अपने हिस्से के दस।*)*

बीसीवाल : वाह, वाट ए परफार्मेंस। वाह, क्या जमाया है रंग। कर दिया दंग। कक्काजी, आप कभी कोई भाषा बोलते हैं कभी कोई, आप हैं कहाँ के।

कक्काजी : हम तो वहीयै हैं गंगादास केयर आफ गंगा, जमुनादास केयर आफ जमुना। डेमोक्रेसी की भासा बोलते हैं। हिन्दुओं को परनाम, मुसलमानों को सलाम, सिखों को सत्‌सिरीकाल, अउर क्रिस्चन भाइयों को गुडमार्निंग।

मीरा : ग्रेट ग्रेट ग्रेट।

बीसीवाल : महाँ महाँ महाँ।

कक्काजी : मगर रोकड़ा कहाँ। *(माधव जूते का एक डिब्बा कक्काजी की ओर बढ़ा देता है। कक्काजी डिब्बा खोलकर देखते हैं कि उसमें नोटों की गड्डियाँ हैं)* थैंक्यू मिस्टर बीसीवाल, इसी तरह प्यार से जुतियाता रहा जाए।

बीसीवाल : आपका सिर सलामत रहे जूतों की क्या कमी है।

(हँसता है और कक्काजी धौल खाने से बचने के लिए उठ खड़े होते हैं। दूसरे लोग भी।)

मीरा : अच्छा, बाई बाई कक्काजी।

बीसीवाल : थैंक्स ए लॉट कक्काजी। सी यू मिट्ठू बाबू।

(माधव, बीसीवाल और मीरा चले जाते हैं। कक्काजी अपनी पीठ सहलाते हुए बैठते हैं और जूते के डिब्बे से नोटों की गड्डियाँ निकालकर जेब में डालते हैं।)

कक्काजी : देयर इज़ घूँसा इन इट एंड देयर इज़ जूता इन इट। ऐसा करने में पैसा है।

मिट्ठू : मगर कक्काजी, एक बात सुनिए। आपने तो हमारे जीजा गजानन बाबू का नाम ले-लेकर सब लोगों को इन्वाइट कर दिया है। मगर खुद उनसे तो कुछ कहा नहीं है।

कक्काजी : जीजा बाबू से आप बात करेंगे साला बाबू हम नहीं। इस इंटरनेसनल जमूरे का आप ही यहाँ लाए और आप ही के जोर देने पर हमने इतना कुछ किया। मगर गजानन बाबू से हम ई नहीं कह सकत हैं कि बीसीवाल हमरा दोस्त है।

मिट्ठू : वो तो हम कह देंगे।

कक्काजी : वही ना हम आपसे कहने को कह रहे हैं मिट्ठू बाबू।

लॉन में गार्डन चेयर्ज पर गजानन बाबू, मिट्ठू और कक्काजी बैठे हुए हैं।

गजानन : फालतू बात बोलते हो जी। हमारे पास कउनो आलतू-फालतू एन. आर. आई. की शादी में जाय का वक्त नहीं है।

मिट्ठू : वो कोई आलतू-फालतू आदमी नहीं, मेरा दोस्त है जीजाजी।

गजानन : फिर फालतू बात। अमड़ीका में रहता है तो तेड़ा दोस्त कइसे बन गया। तू कब गया है अमड़ीका?
(इस सवाल से मिट्ठू सकपकाता है।)

कक्काजी : पत्र मित्र है मालिक, पेन फ्रेंड। देखिए कितना बढ़िया घड़ी लाया है साला बाबू के लिए। और इनको अमेरिका में इयूथ कलचर मेला करने का ठेका भी दिया है। साला बाबू, दिखाई जाय चिट्ठियाँ।
(मिट्ठू बढ़िया लेटरहैड पर टाइप की गई चिट्ठी निकालकर देता है। गजानन बाबू चश्मा ढूँढते हैं। कक्काजी गजानन बाबू की जेब में से चश्मा निकालकर नाक पर रख देते हैं।)

गजानन : हूँ।

कक्काजी : और मालिक, एक बात ई भी है कि साला बाबू अपने उत्साह में सियाबर बाबू समेत चार ठो और लीडरों को अन्वाइट कर लिए हैं आपका नाम लेके।
(मिट्ठू का रिएक्शन)

गजानन : तेड़ा ई हिम्मत हुआ कैसे मिट्ठुवा।

कक्काजी : मालिक, अपनी तरफ से साला बाबू ई कामो आपकी भलाई के लिए किए। बीसीवाल को ओबलाइज़ इस मारे किए हैं कि वो आपको ओबलाइज़ करे। बताया जाए साला बाबू।

मिट्ठू : जीजाजी, मिस्टर बीसीवाल माधव सेठ के साथ मिलकर एक बड़ा कैमिकल प्लांट खोल रहे हैं—आपके ज़िले में। शादी के पंडाल से वे

इस बारे में एक जरूरी ऐलान करेंगे।
(गजानन बाबू सुनकर खुश होते हैं।)

शादी का पंडाल। मीरा और बीसीवाल कुर्सियों पर बैठे हैं। माधव, मिट्ठू, कक्काजी पीछे खड़े हैं। वी.आई.पी. वीडियो तथा साधारण कमरे से वर-वधू के साथ फोटो उतरवाते हैं। गजानन बाबू आते हैं।

बीसीवाल : फ्रैंड्स, नाव एन इम्पोर्टेंट अनाउंसमेंट। गजानन बाबू मुझ अनाथ की शादी में पिता बनकर आए। इन्होंने एक तरह से मुझे गोद लिया, इसलिए मैंने फैसला किया है कि इनके अनाथ ज़िले को मैं गोद ले लूँगा। शुरू में मैं वहाँ माधव सेठ के साथ मिलकर केमिकल प्लांट लगा रहा हूँ जिसकी जानकारी आपको पेमफ्लेट में दी गई है। इसके अलावा हम गजानन बाबू के ज़िले में एक बहुत बड़ा इंजीनियरिंग कॉलेज भी खोलेंगे और गाँव में रोज़गार जुटाने के लिए एक्सपोर्ट क्वालिटी माल बनाने वाले पचास कुटीर उद्योग खोलेंगे।
(बीसीवाल की घोषणा के अंत में तालियाँ बजती हैं।)

होटल की लॉबी। माधव, मिट्ठू, मीरा, कक्काजी और बीसीवाल बैठे हुए नाश्ता कर रहे हैं। अखबारों का एक ढेर लगा है जिसमें मीरा और बीसीवाल की शादी की तस्वीर छपी है। तस्वीर में गजानन बाबू प्रमुखता से दिखाई दे रहे हैं।

मीरा : शादी को तो बहुत अच्छी कवरेज़ मिली है कक्काजी।

बीसीवाल : सब कक्काजी की मेहरबानी है। बाय द वे माधव इनका बकाया देना मत भूलना।

माधव : वो मैं लाया हूँ। माधव जूते के डिब्बे की ओर इशारा करता है।

बीसीवाल : देयर इज़ मूला इन इट।

कक्काजी : यस प्यार का जूता इन इट।
(कक्काजी डिब्बा खोलते हैं। नोटों की गड्डियाँ देखते हैं।)

गजानन बाबू अपनी कोठी के लॉन में गुस्से में खड़े हैं।

गजानन : सौ ठो जूता मारा जाय और गिना जाय पचास। ऐसा काम किया है तू मिट्ठुवा। हम अपना हाथ रोके ले रहे हैं तो यहीयै सोचके कि तुमड़ी जीजी गुस्सा कड़ी।
(कक्काजी और मिट्ठू खड़े हैं। सामने टेबल पर अखबार रखा है जिसमें बीसीवाल की तस्वीर छपी है।)

कक्काजी : हुआ का मालिक?

गजानन : सत्यानास हुआ। नाक कट गया हमड़ा। ऊ तुमड़ा बीसीवाल, जिसको तुम एन.आर.आई. कहते थे, ठग है ठग। जानते हैं जेल से भागकर इधर आया था।

कक्काजी : जे. आर. आई. था, जेल रेजीडेन्ट इंडियन।

गजानन : ई कौनो जोग कड़ने का मौका नहीं है। ई जो साड़ा फोटुवा निकलवाया है हमड़ा उस पाजी के साथ में, ऊको दिखा-दिखाके कश्मीड़ में लोगों को ठग लिया।

कक्काजी : कसमीर गए हनीमून मनाने और लगे हाथ पब्लिक को मूरख बनाने। ऐसा करने में भी पैसा है। *(हँसता है।)*

गजानन : तुम काहे हँसता है जी ई सब तुमड़ी वजह से हुआ।

कक्काजी : हमारी वजह से नहीं मालिक। हम तो देखते ही कह दिए थे कि ये आदमी नकली है। सी. एस. बीसीवाल का मतलबै चार सौ बीसीवाल है। मगर का करते साला बाबू कहे कि इनका पेनफ्रेंड है पुराना। माधव सेठ कसम खाये कि इंडस्ट्रियलिस्ट है इंटरनेसनल।

(माधव आता है।)

माधव : गजानन बाबू प्रणाम लें।

गजानन : हम कौनो अइसे आदमी का प्रणाम नहीं लेंगे जी जो उस चार सौ बीसीवाल के साथ हमको फँसवाया। टोटली में डेमेज कड़ दिया हमड़ा इमेज। अगड़ हम कहता हूँ कि उस बीसीवाल को हम नहीं जनता था तो जनता कहबै करेगी, देखो कईसा मूरख है कि एक जाने-माने ठग से भी ठगा गया। अगड़ हम कहता हूँ कि हम उसको जानते थे तो जनता कहबे करेगी कि ठग का साथी ठग, चोड़ का साथी चोड़।

(गजानन बाबू चले जाते हैं।)

माधव : क्या हो गया कक्काजी ?

कक्काजी : हुआ ये सेठजी कि जिसे आप समझे थे एन.आर.आई. वो निकला जे.आर.आई.। जेल रेजिडेन्ट इंडियन।

माधव : यू मीन वो ठग था।

कक्काजी : आई मीन कुछ लोगों को तो ठग ही सकता था।

माधव : उसने अपने यहाँ के सारे बिल मुझसे दिलवाये। कश्मीर में हनीमून के लिए पैसे मुझसे ले गया और वहाँ लाखों का उधार करके कहीं चला गया। मेरे पास फोन पे फोन आ रहे हैं। मेरा दस-पन्द्रह लाख का नुकसान हो गया।

कक्काजी : कोई बात नहीं माधव सेठ। ब्लैक के पैसा को तो सचमुच हाथ का मैल समझे का चाही।

मिट्ठू : तुम्हारा तो पैसा ही गया माधव, तेरा तो सबकुछ चला गया क्योंकि इन कक्काजी ने जीजाजी से कह रखा था कि वो मेरा दोस्त है।

कक्काजी : नर हो न निरास करो मन को। का समझे साला बाबू। किस्मत का मजा आज नरम है तो कल गरम होईबे करेगा। *(जेब से नोटों की गड्डी निकालते हैं और कुछ नोट मिट्ठू के आगे रखते हैं)* अपना कमीसन रखा जाए।

मिट्ठू : आपको तो हँसी सूझ रही है क्योंकि आपने तो इस मामले में भी मुनाफा कमाया है।

कक्काजी : वो अइसा है साला बाबू कि हानि लाभ जीवन मरन, जस अपजस बिधि हाथ। नहीं समझे। इंगलिस मीडियम में सुना जाय। लास गेन, डाइंग लिविंग, फेम ब्लेम, हिज़ हैंड।
(हँसते हैं।)

□□□